लोकतंत्र

डॉ. ब्रह्मदत्त अवस्थी

विद्या विहार, नई दिल्ली

प्रकाशक : विद्या विहार, 1660 कूचा दखनीराय, दरियागंज, नई दिल्ली–110002
सर्वाधिकार : सुरक्षित / संस्करण : प्रथम, 2012 / मूल्य : एक सौ पचहत्तर रुपए
मुद्रक : भानु प्रिंटर्स, दिल्ली ISBN 978-93-80186-50-4

LOKTANTRA *by.* Dr. Brahma Dutt Awasthi Rs. 175.00
Published by Vidya Vihar, 1660 Kucha Dakhni Rai, Darya Ganj, New Delhi-2

लोक-समर्पित शिक्षक परम श्रद्धेय
पूज्य पिताजी श्री मुंशीलालजी अवस्थी
को समर्पित

अभिमत

भारत धर्म प्रधान देश है। लोक की संकल्पना यहाँ आदिकाल से चलती चली आई है। भू-लोक इसका जीता-जागता प्रमाण है, जो कालांतर में भू-लोग और वर्ण विपर्यय के आधार पर भू-गोल में परिवर्तित हो गया। इस भूगोल में वह सभी कुछ है, जो लोक का अंग है। इस लोक का सजीव तंत्र ही लोकतंत्र है, जिसे डॉ. ब्रह्मदत्त अवस्थीजी ने बीजमंत्र के रूप में क्रांतिबीज बना, लोक के आँगन में बोया है।

डॉ. प्रभाकर कुमार अवस्थी
प्राध्यापक-भूगोल

भूमिका

भारतीय सनातन संस्कृति सनातन काल से लोकजीवन पद्धति के आचरण, सिद्धांत और परंपराएँ तय करती आई है। लोकजीवन की इस यात्रा को विदेशी व्याख्याकारों ने Democracy का नाम दिया। शाब्दिक अर्थ भले ही इसके लोकतंत्र के एकदम नजदीक हों, परंतु भारतीय लोकजीवन पद्धति से उपजा लोकतंत्र भारत के संदर्भ में जितने संपूर्ण अर्थ रखता आया है, उतने नजदीक विदेशी दर्शन पहुँच नहीं सका है।

भगवान् राम, कृष्ण, महात्मा गांधी, पं. दीनदयाल उपाध्याय, जयप्रकाश नारायणजी की परंपरा में अनेक साधक अब भी भारत में लोकतंत्र के माध्यम से उस लोकजीवन और संस्कृति की रक्षा में लगे हैं, जिसे अंग्रेजों ने, उसके पहले मुगलों ने और वैश्विक संस्कृति के नाम पर कुछ नासमझ लोगों ने दूषित किया। इसे ही 'व्यवस्था परिवर्तन' की संज्ञा दी गई है।

ग्राम को सँभालते-सँवारते कस्बों, नगरों और महानगरों से होते हुए संपूर्ण राष्ट्र में लोक साधना का अलख जगाने का काम बहुत से मनीषी कर रहे हैं। डॉ. ब्रह्मदत्त अवस्थी उनमें से एक हैं, वे 'लोक' के साधक रहे हैं। अब उनकी साधना संघर्ष की आँच में तपकर वरदायिनी हो गई है। यह पुस्तक 'लोकतंत्र' उसी साधना का वरदान है।

हाल ही में संपन्न लोकसभा के आम चुनाव ने बरबस आचार्य विनोबा भावे की एक उक्ति इस पुस्तक के संदर्भ में याद दिला दी है। ''आज सरकारें निर्वाचित तो हैं, पर लोकमत द्वारा नियंत्रित नहीं।'' वास्तव में ऐसा ही हुआ है। लोकमत का स्थान नोट तंत्र, गिरोह तंत्र और बाजार तंत्र ने ले लिया है। संसद् और विधान सभा में चुने गए प्रतिनिधि अपनी संपत्ति का ब्योरा 'करोड़' में प्रस्तुत करते हैं। जो सदन को धनवानों का सदन बना देता है। 'गरीबपरस्त' और 'भारतपरस्त' सोच रखने की

आशा इनसे व्यर्थ है। आज भी फिर 'लोक' की साधना का समय आ गया है और मैं मानता हूँ कि डॉ. ब्रह्मदत्त अवस्थी ने अपनी साधना का नवनीत इस पुस्तक के रूप में भारत की लोक-साधना के साधकों को दिया है। पुस्तक पठनीय तो है ही, संग्रहणीय भी है। मैं डॉ. अवस्थी के शतायु होने की भी कामना करता हूँ।

—के.एन. गोविंदाचार्य

प्राक्कथन

मैं डॉ. ब्रह्मदत्त अवस्थी से काफी समय से परिचित हूँ। वे चिंतक हैं, विद्वान् हैं। अपनी बात को काफी जोर और स्पष्टता से प्रस्तुत करते हैं। समाजशास्त्र और राजनीति के विद्यार्थी रहे हैं और आज भी अध्येता हैं। आज की राजनीति और सामाजिक समस्याओं पर निरंतर विचार-विमर्श करते हैं। भारतीय संस्कृति और परंपराओं के प्रेमी हैं। उनके चिंतन और विचारों पर हिंदू धर्म और परंपरा का प्रभाव है। आधुनिक विचारकों के विचारों से भी अच्छी तरह से परिचित हैं। साथ ही के सामाजिक सरोकारों से भी जुड़े हैं। अनेक संस्थाओं से संबंधित हैं। एक प्रबुद्ध और जागरूक नागरिक होने के नाते आज जो राजनैतिक स्थिति देखते हैं और प्रजातंत्र या लोकतंत्र की विसंगतियाँ और विभीषिकाएँ देखते हैं तो उनके दिल और दिमाग पर गहरी चोट पड़ती है। वे व्यथित हृदय से अपने उद्‌गार प्रकट करते हैं। उनको वह रोष के साथ व्यक्त करते हैं। उनके अपने तर्क और निष्कर्ष हैं। उनके आक्रोश का एक कारण यह भी है कि वे स्वतंत्रता-संग्राम के समय के आदर्शवाद में पले हैं, उस समय के वातावरण और उस समय के नेतृत्व के मूल्यों और त्याग की भावनाओं से परिचित हैं। उस समय नेताओं ने कैसे आदर्श, मूल्य और साथ--ही-साथ स्वराज प्राप्ति के उपरांत जो देश की तसवीर होगी जनता के सामने प्रस्तुत की थी। वे सब सपने आज छलनी-छलनी होते नजर आते हैं। जो आश्वासन मिले थे और जो आशाएँ सँजोई थीं, वे सब अस्त-व्यस्त हो गई हैं। आपाधापी, भ्रष्टाचार, उपभोक्तावाद, मूल्यविहीन आचरण और भविष्य के प्रति संशय, परंपराओं और निर्धारित मर्यादाओं की अवहेलना, हर प्रकार की उच्छृंखलताएँ आदि विकृतियाँ ही दृष्टिगोचर होती हैं।

राजनीति संविधान से संचालित होती है। पर आज की दूषित और भ्रष्ट राजनीति बहुत व्यक्तियों की राय है, जो हमारे संविधान पर ही हावी हो रही है। वह राजनीति को

नियंत्रित नहीं कर पा रहा है। कुछ लोगों का विचार है कि जिन परिस्थितियों और जिस प्रकार से संविधान का निर्माण हुआ वह भारतीय परंपराओं और आवश्यकताओं से मेल नहीं खाता है। वह कुछ परिवर्तनों के साथ देश के पुराने और पश्चिम की विचारधारा के अनुरूप पहले से चले आ रहे सन् 1935 के ब्रिटिश संसद् में पारित कानून का ही अनुकरण है। संविधान निर्मात्री सभा कोई मूलभूत परिवर्तन नहीं कर सकी। लोग उदाहरण देते हैं कि गांधीजी के बहुत और बार-बार कहने के उपरांत विकेंद्रीकरण की थोड़ी गुंजाइश का प्रावधान मुश्किल से संविधान में किया गया। गांधी, जो बराबर कर्तव्यों पर जोर देते रहे और कहते रहे कि कर्तव्य का दूसरा पक्ष ही अधिकार है, पर हमारे संविधान में अधिकार की अवधारणा को ही प्रमुखता दी गई। कर्तव्य का एक अध्याय संविधान में जोड़ा गया आपातकाल या इमरजेंसी के समय। यह भी स्वाभाविक है कि उसी कारण नागरिक के दायित्वों के विषय में बहुत कम लोग जानते हैं, केवल अधिकारों की ही बात होती है। कर्तव्य की शुचिता और प्रभाव ही कम हो गए। अपने-अपने दृष्टिकोण हैं और प्रजातंत्र में उनको समझने की आवश्यकता है। यही नहीं, आखिर संविधान तो एक दस्तावेज ही है। उसका कार्यान्वयन तो मनुष्यों द्वारा होता है। अपनी समझ में उस समय की पृष्ठभूमि को ध्यान में रखते हुए संविधान निर्माताओं ने एक अच्छा संविधान तैयार किया, इस आशा के साथ कि अच्छे लोग, अच्छी मंशा से, भारत के भले निवासियों के लिए अच्छी तरह अनुपालन करेंगे, पर धीरे-धीरे हुआ उसके विपरीत। कहावत है जैसा राजा होगा वैसी प्रजा होगी। नेतृत्व का मार्गदर्शन देश की प्रगति को निश्चित करता है। भूमंडलीकरण की विडंबना, अपराधीकरण, सर्वत्र व्याप्त भ्रष्टाचार के कारण अपना अधिकार, नेताओं की असंवेदनशीलता, धृतराष्ट्र प्रवृत्ति और आत्मकेंद्रित आचरण की वजह से लोगों का लोकतंत्र या प्रजातंत्र से मोहभंग हो रहा है। एक नैराश्य, अविश्वास और नकारात्मक आस्थाहीनता की छाया सब ओर दिखती है। विषय बहुत विस्तृत है, गंभीर है और उसके संबंध में यहाँ इस प्राक्कथन में अधिक कहने की गुंजाइश नहीं है।

इस तत्कालीन परिस्थिति का अवलोकन और विवेचन डॉ. अवस्थी धर्म, राजनीति, भारतीय और पश्चिमी परंपराओं के आधार पर अपने ढंग से और अपनी सोच के आधार पर करते हैं। लोकतंत्र क्या है? क्या जिसे हम पाश्चात्य परंपरा में डेमोक्रेसी कहते हैं और लोकतंत्र एक है? रामराज्य क्या है? समाज में अलग-अलग क्षेत्रों में लोकतंत्र की भावना कैसे लाई जाए अथवा परिलक्षित हो, अपने दृष्टिकोण से, उसका भी विवेचन करते हैं। देश और समाज के सर्वांगीण विकास और उन्नति की प्रबल इच्छा उनकी इस पुस्तक में निहित है। धर्म के अनुसार (यहाँ धर्म से तात्पर्य किसी मत, पंथ या संप्रदाय से नहीं है) क्या मान्यताएँ निर्धारित की गई हैं? अवस्थीजी अपने विश्लेषण में बड़े क्षोभ से

कहते हैं आज की डेमोक्रेसी में लोगों का तो कोई स्थान ही नहीं है। उन्होंने अपने एक अध्याय का नामांकन किया है, 'डेमोक्रेसी लोकतंत्र की हत्यारिन'; मैं अपने को उससे सहमत नहीं पाता। डॉ. अवस्थी के भी अपने तर्क और तथ्य हैं, पर उनका वह नामांकन एक विचारशील नागरिक को झकझोरने का काम करेगा। क्यों ये विडंबनाएँ और विसंगतियाँ पैदा हुई हैं? उनको कैसे दूर किया जा सकता है? क्या नागरिकों का अपना कोई सोच और दायित्व नहीं है? इस तरह के प्रश्न उठना स्वाभाविक है। उन्होंने अपनी सोच के अनुसार सुझाव भी दिए हैं।

जैसा मेरा विश्वास है यह आवश्यक नहीं है कि आप लेखक के विवेचन, विचार, तर्क, निर्णय और समाधान तथा सुझावों से सदा सहमत हों। जरूरी है कि उसके दृष्टिकोण को समझा जाए। मेरा स्वयं मतभेद उनके विश्लेषता और समस्या के निराकरण से कम नहीं है। उसके विस्तार में यहाँ नहीं जा सकता हूँ। संभव और आवश्यक भी नहीं है। सरदार भगतसिंह और बटुकेश्वर दत्त ने केंद्रीय एसेंबली में बम फेंकने के बाद जो पर्चे अपने उद्देश्य के स्पष्टीकरण के लिए फेंके थे, उसमें उन्होंने कहा था कि उनकी मंशा जो कान बंद किए हुए हैं, आँख बंद किए हुए हैं उनको जनभावनाओं से अवगत कराना है। मैं सोचता हूँ कि अपनी 'लोकतंत्र' की पुस्तक के माध्यम से वही करने का उनका अपना उद्देश्य संभवत: है। सुधी पाठक पुस्तक के पढ़ने पर विचलित होगा। प्रजातंत्र के भविष्य पर चिंता करने के लिए विवश होगा। अवस्थीजी की प्रस्तुतीकरण निस्संदेह विवादास्पद है। मैं डॉ. अवस्थी की पुस्तक को अंग्रेजी में संज्ञा देना चाहूँगा 'An Angry Citizen's Primer / Guide to Democracy in India Today.' इसमें समाज या Society भी आप जोड़ सकते हैं। लेखक का मंतव्य सफल होगा यदि हमारे लोकतंत्र या प्रजातंत्र की कमजोरियों पर जनता जनार्दन और बुद्धिजीवी विचार करेंगे, निर्भयता और बिना किसी पूर्वाग्रह के। मेरी अपनी मान्यता है कि हमारे संविधान और लोकतंत्र में यह जीवंत तत्त्व हैं जिनके आधार पर लोकतंत्र की सही और मूल कल्पना को साकार किया जा सकता है। इसके लिए जनता में वांछित चेतना और जाग्रति उत्पन्न करने की आवश्यकता है। जो विसंगतियाँ हमारे और आप जैसे लोगों ने पैदा की है, वे कोई दैवी देन नहीं है। अतएव उनका निदान भी हमारे और आप जैसे लोगों पर है, यदि हम प्रबुद्ध नागरिकता, देशभक्ति और लोकसंग्रह के व्याकरण को समझ सकने की चेष्टा करें।

—त्रिलोकी नाथ चतुर्वेदी

पुरश्चरण

देश में डेमोक्रेसी चल रही है। चल ही नहीं रही, दौड़ रही है। दिल्ली के तख्त से लेकर गाँव के गंगू की चौपाल तक उसी की चलती है। चौपाल ही नहीं, चूल्हे में भी उसी की चलती है। इस डेमोक्रेसी को आज के विद्वान् और नेता लोकतंत्र कहते हैं। मैं सुनकर चौंकता हूँ, क्योंकि डेमोक्रेसी की परिभाषा देनेवाले महान् विद्वान् अब्राहम लिंकन इसे लोकतंत्र नहीं, सरकार-तंत्र कहते हैं। वह कहते हैं—'जनता की सरकार जनता के लिए जनता के द्वारा' साफ-साफ 'सरकार' शब्द का प्रयोग करते हैं और हमारे नेता 'लोक' शब्द बलात् 'सरकार' को हटाकर घुसेड़ देते हैं। मैं सिर धुनता हूँ। लोकतंत्र तो 'लोक' का तंत्र है। लोक-चेतना का तंत्र है। डेमोक्रेसी तो 'लोक' की कौन कहे, समाज का भी तंत्र नहीं, लोगों के पुरखों का, लोगों की औलाद का तो बिलकुल तंत्र नहीं। यह तो केवल वर्तमान के एक राज्य के वोटरों का तंत्र है। इसमें वे लोग शामिल नहीं, जो वोटर नहीं हैं। 18 वर्ष से कम आयु के लोग वोटर नहीं, साधु, संन्यासी, घुमंतू लोग वोटर नहीं, जो लोग वोट बनानेवालों की कलम से छूट गए या छोड़ दिए गए वे वोटर नहीं। जो वोटर हैं और जो यह डेमोक्रेसी तंत्र चलाते हैं, उनमें से 50 प्रतिशत वोटर वोट नहीं डालते और जो 50 प्रतिशत वोट पड़ते हैं, उनमें से 15 या 16 प्रतिशत वोट पाकर लोग चुने जाते हैं। कुल जनता के 7 या 8 प्रतिशत लोग ही सरकार बनाते और चलाते हैं। इस तंत्र में 'लोक' की धरती नहीं शामिल, धरती की वनस्पति नहीं शामिल, पशु-पक्षी नहीं शामिल, आदि काल से चलती आई सनातन जीवन-धारा नहीं शामिल, भविष्य की कल्पना और जिंदगी नहीं शामिल, केवल वर्तमान के वोटर बने लोग ही शामिल हैं इसलिए इसे डेमोक्रेसी भी नहीं, वोटतंत्र कहिए।

डेमोक्रेसी के इस वोटतंत्र को मैंने पढ़ा है, समझा है, इसमें काम किया है, काम कराया है, इसके चुनाव दंगल में उतरा हूँ, विधानसभा का चुनाव लड़ा नहीं विधानसभा

के चुनाव में प्रत्याशी बन उतरा हूँ, आदर्श प्रस्तुत किया है, पैदल चुनाव, बिना खर्चा के चुनाव और अंत तक जीतता हुआ सत्तातंत्र तथा षड्यंत्र के हाथों हारा हूँ। चुनाव में हारा, किंतु चरित्र नहीं हारा। चुनाव लड़ा नहीं जाता, चुनाव होता है। किंतु डेमोक्रेसी में चुनाव लड़ा जाता है। इस डेमोक्रेसी को खूब भोगा है, सहा है और आज भी भोग रहा हूँ। न जाने लोकतंत्र कब आएगा?

लोकतंत्र लोकचेतना का राज्य है। समग्र लोक उसमें विराजता है। कहीं सत्ता की, कानून की, दंड की, दंड देनेवाले की आवश्यकता नहीं पड़ती। सब अपना-अपना धर्म पालन करते हुए चलते हैं। लोक उत्कर्ष को प्राप्त होता है। राजा आया, तो वह राम बन आया, जो लोकचेतना के समग्र स्वरूप हैं, लोक की धड़कन हैं। राम नहीं, राम में बैठे 'लोक' का शासन चलता है। दशरथ पुत्र राम नहीं, राजा राम का शासन चलता है।

इस लोकतंत्र का प्राण 'धर्म' है। लोक-अनुभूति, लोक-अभिव्यक्ति, लोक-संचरण और लोकहित-समर्पण इसके चार तत्त्व हैं। इनके आधारभूत सिद्धांत हैं सर्वमिदं खलु ब्रह्म, आत्मवत् सर्वभूतेषु, सर्वभूत हितेरता और इदं न मम, इदं राष्ट्राय। इसमें कहीं Right का भाव नहीं, केवल करने का, मानव धर्म का भाव है।

यह लोकतंत्र लाओ। जनमत नहीं, लोकमत चलाओ। जन-जन का मत नहीं, विराट् 'लोक' का मत निकालो। इस मत को समझो। इसी के आधार पर तंत्र चलाओ।

विश्वास है, हमारी आँख खुलेगी। हम अपने लोक को पहचानेंगे और लोकतंत्र पर चलेंगे।

—डॉ. ब्रह्मदत्त अवस्थी

विषय सूची

धर्म की गंगा है 'लोकतंत्र'

लोकतंत्र सत्ता का तंत्र नहीं, लोक का तंत्र है। यह लोक संचरण का वह स्वरूप है, जिसमें लोकचेतना ध्वनित होती है। इसमें व्यक्ति नहीं; व्यक्ति में बैठा लोक बोलता है, इसमें जन नहीं; जन में धड़कता लोक आचरण करता है, इसमें दशरथ पुत्र राम नहीं; लोक चैतन्य के विराट-अस्तित्व राम शासन करते हैं जहाँ राजा राम के आगे पति राम बौने बन जाते हैं। यहाँ लोक ही आराध्य है और लोक ही आराधक। व्यक्ति, वर्ग, दल, जाति, मजहब का कहीं प्रश्न नहीं उठता।

जिस व्यक्ति में, जिस वर्ग में, जिस दल में, जिस जाति में और जिस मजहब में लोक की धरती नहीं धड़कती, लोक की चेतना नहीं उमड़ती, लोक-जीवन की धारा नहीं उमंगती, सनातन लोक-प्रवाह की तरंगें नहीं उठती, लोक की पहचान नहीं थिरकती, वह वर्ग, वह दल, वह जाति और वह मजहब लोक-संचरण का अंग नहीं हो सकता। लोक-प्राण ही लोकतंत्र की संचालिनी शक्ति है। लोक के कण-कण में प्रत्येक क्षण परिव्याप्त परम् की वह चेतना, जो अपनी भौगोलिक कोख और गोद के आँचल से सजती-सँभलती हुई प्रत्येक में संचरित है, लोक का प्राण है। भारतीय लोक की चेतना, अरब की चेतना नहीं बन सकती, भारत के लोक की चेतना अमेरिका और रूस की चेतना नहीं हो सकती।

'लोक' का अर्थ जन नहीं होता। 'लोक' का तात्पर्य 'पब्लिक' से नहीं बनता। 'लोक' समग्र का जीवन-अस्तित्व है। इसकी परिधि में धरा, धरा की संतान, धरा पर उगे पेड़-पौधे, पेड़-पौधों पर चहकते पक्षी, पशु, कीट-पतंगें, सभी जीवनधारी, सभी जड़ पदार्थ, धरा पर चलता चला आया कालक्रम, कालक्रम में हुए और होनेवाले सभी कर्म तथा कर्म करनेवाले सभी कर्ता, दृश्य और दृष्टा सभी कुछ समाहित है।

'लोक' अनेकता का नहीं, एकता का बोधक है। इसकी परिधि में आनेवाली समस्त इकाइयाँ इसी एक्यचेतना में बँधी हैं। इसकी इच्छा, जन-जन की इच्छा अलग-अलग रूप ले नहीं फूटती। इसका मत, जन-जन का अलग-अलग मत का रूप ले नहीं प्रकट होता।

लोकेच्छा एक होती है। लोकमत एक होता है। राम राजा बनें यह लोकेच्छा है, लोकमत है। जन-जन का अलग-अलग मत लोकमत नहीं होता।

'लोकमत' लोक इकाई का मत होता है। लोक एक इकाई है इसीलिए इसका मत भी एक ही है। यह मत वही व्यक्त कर सकता है जिसके हृदय में, जिसके मस्तिष्क में और जिसकी आत्मा में समग्रलोक बसता है। जिसके हृदय में अरब विराजता है, जिसके मस्तिष्क में रूस और चीन तिरता है, जिसकी आत्मा में अमेरिका और इंग्लैंड उमड़ता है, वह भारतीय-लोक का मत कैसे व्यक्त कर सकता है? जिसके मन में जातिवाद का जहर उफान मारता है, जिसके हृदय में मजहबी उन्माद का विष हिलोरें लेता है और जिसके दिमाग में हरदम विदेशी परचम फहरता है, वह राष्ट्र के लोक की इच्छा क्या जाने? लोकमत को क्या पहचाने?

इस इच्छा और इस मत को जानने के लिए राम और कृष्ण की, चाणक्य और चंद्रगुप्त, राणा और शिवाजी, बंकिम और अरविंद की तरह सतत एकात्म साधना करनी होगी। इसी साधना से फूटेगा 'राम-राज्य' का संकल्प। गूँजेगा अखंड भारत का 'स्वर'। यह है 'लोकमत'। लोक-अनुभूति, लोक-अभिव्यक्ति, लोक-प्रवाह और लोकहित-समर्पण लोकतंत्र के प्रबल स्तंभ हैं।

इस लोकचेतना के तंत्र को प्रकृति स्वयं ही संचालित करती है। प्रत्येक इकाई अपना-अपना धर्म पालन करते हुए लोकधर्म का सहज निर्वाह करती है। व्यक्ति धर्म का पालन करता है तो उसमें से ही पुत्रधर्म, पिताधर्म, माताधर्म, भगिनीधर्म, भ्रातृधर्म, मित्रधर्म आदि सभी पक्षों में विस्तृत होता हुआ लोकधर्म का स्वरूप विराट बन सामने आता है और लोक-साधना चलती है। कहीं किसी भय का, किसी दंड का, किसी विधि का, किसी न्यायालय का, किसी प्रशासन का प्रश्न नहीं आता। यह धर्म का राज्य होता है, लोक राज्य होता है। इसमें सत्ता का तंत्र नहीं चलता, लोकतंत्र चलता है। यह सर्वोत्तम व्यवस्था है—

न वै राज्यं न च राजाऽसीत् न दण्डो न च दाण्डिका:
धर्मेणैव हि प्रजा सर्वा रक्षन्तिस्म परस्परम्।

यही धर्म-पालन लोकतंत्र का प्राण है। यदि व्यक्ति के जीवन से धर्म का पालन सरक गया, तो लोकतंत्र नहीं चल सकता। व्यक्ति का तंत्र चलने लगेगा। चाहे एकतंत्र हो, चाहे बहुतंत्र हो, चाहे सर्वतंत्र हो। यहाँ लोकचेतना का साम्राज्य नहीं होगा। जब लोकचेतना, लोकेच्छा व्यक्ति-तंत्र में भी ध्वनित होने लगती है और उसका नियंत्रण चलने लगता है तो वह लोकतंत्र बन जाता है। राम का राज्य एकतंत्र था, परंतु लोकचेतना का सर्वोत्तम ध्वनन, आराधन और नियंत्रण उसमें था, इसीलिए वह आदर्श लोकतंत्र था। धर्म का पूर्ण पालन देखने को मिलता था।

मिलता भी क्यों न, आदर्श लोकतंत्र के चारों तत्त्व जन-जन में आ विराजे थे। व्यक्ति

के अस्तित्व में लोक की अनुभूति थी। वह दिखाई पड़नेवाला हाड़-मांस का पुतला नहीं था, पूरा राष्ट्र था। कश्मीर से लेकर कन्याकुमारी तक, अतीत से लेकर भविष्य तक, व्यक्ति के बिंदु से लेकर समष्टि के सिंधु तक समग्र-जीवन उसमें तिरता था। वह लोक का अंग था और लोक का प्रतिनिधि भी। इसी लोक को अपने में जीता हुआ वह अपने चिंतन और आचरण में लोक ही व्यक्त करता था। उसके शब्दों में लोक बोलता था और उसके आचरण में लोक चलता था।

यह दूसरा तत्त्व लोक-अभिव्यक्ति का उसमें भरपूर फूटता था, जिसके कारण लोकतंत्र का तीसरा तत्त्व लोक-प्रवाह अपने आप ही झर-झर बहने लगता था। न कहीं व्यक्ति-पाषाण अटकते थे और न कहीं 'वर्ग' के शिलाखंड सामने आते थे। न कहीं जाति के अवरोध खड़े होते थे और न कहीं मजहबी उन्माद के पहाड़ मिलते थे। कल-कल करता हुआ लोक कल्याण हित लोक-प्रवाह बहता चला जाता था।

इसी प्रवाह में बहते हुए भरत सत्ता को उछाल देते थे। कहते थे कि सत्ता तो राम की है। वही लोक के साधक हैं। लोक उन्हीं में पूर्णता और पवित्रता के साथ संचरित होता है। 'रामराज्य' ही लोकराज्य है। लोकतंत्र का चौथा तत्त्व लोकहित-समर्पण है। यदि स्वयं के लिए अधिकारिता जाग गई तो लोकतंत्र गया। अधिकारिता तो 'डेमोक्रसी' की पाशविक और विकृत कोख है, जिसमें से छविराम निकला करते हैं। लोकतंत्र तो लोकहित-समर्पण का पावन गंगा है, जिसमें राम उभरा करते हैं।

लोकतंत्र का आधारभूत चिंतन है 'सर्व खल्विदंब्रह्म'। सभी में वही परमात्मा रमा हुआ है। सब एक ही हैं, दो का प्रश्न नहीं। यह एकात्मभाव एकात्म-दृष्टि उपजाता है। किससे विरोध किया जाए? किसका छीना जाए? किससे लड़ा जाए? हाँ, धर्म पालन में, जहाँ अवरोध के टीले आते हैं उन्हें अवश्य हटाकर सभी का हित किया जाए। प्रभु राम अंगद से कहते हैं—

रिपु सन करेहु बतकही सोई। काजु हमार तासु हित होई॥

कहीं भी अहित नहीं सोचते। अपने समान ही सभी है 'आत्मवत् सर्वभूतेषु'। कोई भेद नहीं तो दूसरे का हित भी अपना ही हित है। यही तो हृदय का विस्तार है जो इतना बढ़ता जाता है कि अपने को छोड़कर दूसरे का हित करना अच्छा लगता है। माँ को भीगे में सोते हुए और अपने बच्चे को सूखे में सुलाते हुए किसने नहीं देखा। जब इसका व्याप बढ़ता जाता है तो कवि गा उठता है—

तन समर्पित, मन समर्पित और यह जीवन समर्पित
चाहता हूँ देश की धरती तुझे कुछ और भी दूँ।

समर्पण की धारा बहती चली जाती है। भाव उमड़ता है 'इदं न मम' यह मेरा नहीं है

क्यों संचित करूँ? क्यों जोड़ूँ? क्यों छीनूँ? क्यों भ्रष्टाचार करूँ? क्यों चोरी करूँ? यह तो सब उसी परमेश्वर का है।

ईशावास्यमिदं सर्वं यत्किञ्च जगत्यांजगत्।
तेन त्यक्तेन भुञ्जीथा मा गृधः कस्यस्विद् धनम्॥

केवल उतना ही भोग करें जितना आवश्यक है। आज इसके विपरीत अधिकारिता का सैलाब उमड़ता है। यह मेरा अधिकार है। इसके लिए आरक्षण चाहिए। मैं लेकर रहूँगा। सड़क पर नारे लगते हैं—'चाहे जो मजबूरी हो, हमारी माँगें पूरी हों।' यह 'डेमोक्रेसी' नहीं 'डेमनोक्रेसी' है। पाशविक गुंडातंत्र है। इसमें कहाँ 'लोक' और कहाँ 'लोकधर्म'?

'इदं न मम' से ही निकलता है 'इदं राष्ट्राय'। इसी भावधारा से जनमते हैं बंकिम, इसी प्रवाह से निकलते हैं अरविंद, इसी कल-कल करते प्रवाह से फूट पड़ते हैं गोलवलकर। यह सहज-प्रवाह ही लोकतंत्र का चौथा आधार है। इन आधारभूत भावों के बिना लोकतंत्र नहीं चला करता। आज इनका लोप है, इसीलिए लोकतंत्र कहीं देखने को नहीं मिलता। डेमोक्रेसी है और डेमोक्रेसी लोकतंत्र की हत्यारिन है। जहाँ डेमोक्रेसी होगी, वहाँ लोकतंत्र पनप ही नहीं सकता। लोकतंत्र में समर्पण की पराकाष्ठा है और 'डेमोक्रेसी' में अधिकार के आवरण में छीनने की पराकाष्ठा।

लोकतंत्र धर्म की गंगा है, जिसके प्रवाह में प्रत्येक का कल्याण है, जिसका दर्शन मात्र ही प्रत्येक का कल्याण करनेवाला है, मज्जन और पान तो और भी कल्याणप्रद है। इस धर्म गंगा में करना-ही-करना है, देना-ही-देना है, अपने हृदय में समाहित कर कल्याणप्रद बनना-ही-बनना है, कहीं भी लेने का नाम नहीं। यह तो कर्तव्य की पावनतम धारा है। यह गंगोत्री के शिखर पर भी हरहरा सकती है और गंगासागर की गहराई में भी मचल सकती है।

हिंदू सनातन काल से लोकतांत्रिक है। लोकतंत्र इसका स्वभाव है। राजा पर लोक का नियंत्रण है। राजा कहता है—'अदण्डनीयोऽहम्', तभी पुरोहित पालाश दंड मारकर समझाता है—'धर्मदण्डोऽसि'। सदैव राजा, धर्म के अधीन रहा। धर्म माने लोकमंगल की धारणा। इसी लोकमंगल के लिए धरा अपनी कीली पर नाचती है और नाचते-नाचते सूर्य की परिक्रमा करती है। इसी लोकमंगल के लिए सूर्य नित्य निकलता है और अस्त होता है। दिन-रात होते हैं। ऋतुएँ होती हैं। वर्षा होती है। वृक्ष फलते हैं। सृष्टि चलती है। इसका कोई मनुष्यकृत संविधान नहीं, प्रकृतिदत्त-संचरण है। इसकी अपनी 'लय' है। इसी का नाम 'ऋत' है। इसी का लोक-संचलन में आचरण है। इसके विपरीत कोई व्यवस्था सफल हो ही नहीं सकती। प्रकृति प्रतिकूल संचरण विनाश को आमंत्रण है।

□

लोक 'परम का व्याप'

लोकतंत्र का 'लोक' जनतंत्र का 'जन' नहीं है। जन मात्र व्यक्ति है व्यक्तियों का समूह नहीं है, व्यक्तियों का संघ नहीं है, व्यक्तियों का परिवार नहीं है, व्यक्तियों का विराट् रूप नहीं है, व्यक्तियों का समूह या व्यक्तियों का जमघट भी नहीं है। जन तो केवल जन हैं, उनमें लगाव का, उनमें एक्य का, एकता का, एकात्मता का, एकनिष्ठता का, एक साधना का, एक लक्ष्य का कहीं कोई बोध नहीं। उसमें बिखराव का, प्रत्येक के अलग-अलग होने का, अनेकता का, व्यक्ति के नाते अति साधारण अस्तित्व का, संबंध शून्यता का, संवेदनहीनता का भाव ही 'जन' में छलकता है। न भावात्मक अभिव्यक्ति है और न ही सार्थक दृष्टि।

'जन' का उच्चारण करते ही, 'जन' शब्द पढ़ते ही दृष्टि में 'लोग' तिरने लगते हैं किंतु लोगों की माँ धरती, धरती की जलवायु, धरती पर फैली वनस्पति की हरी-भरी चादर, हरी-भरी चादर में फुदकते पक्षी, कुलाँचें भरते हिरन और खरगोश और सभी के अंतस से फूटती एक ही जिंदगी की तरंग कहीं नहीं तिरती। विराट की गोद में वीरानापन लगता है। सभी के बीच अकेलापन खलता है। काश यह 'जन' हमें संतान का बोध कराता। माँ धरती की गोद में बैठ विराट बन जाता, जिसके करोड़ों चरण होते, करोड़ों हाथ और करोड़ों नेत्र होते, किंतु गति एक होती, कृति एक होती, दृष्टि एक होती। यह विराटता समग्रता को बटोरती।

'जन' से धरती अलग है, धरती की संपदा अलग है, धरती से संबंध अलग है और पारस्परिक संबंध भी शून्य है। कल तक यूरोप की धरती पर बसनेवाला 'जन' आज अमेरिका की धरती का वासी है। कल तक इंग्लैंड का वासी आज ऑस्ट्रेलिया का निवासी है। उसका मातृवत् लगाव न तो यूरोप की धरती से था और न अमेरिका और ऑस्ट्रेलिया की धरती से है। यह धरती तो उसके लिए भोग्या है। कल छोड़कर कहीं

और ठिकाना कर लेगा। यूरोप के वासी अब उसके अपने नहीं, अमेरिका और ऑस्ट्रेलिया के वासी भी बस स्वार्थ के संबंधों से बँधे हैं। शुद्ध पाशविक भूख का साम्राज्य है। देवत्व की बात तो बहुत दूर, मनुषत्व का ककहरा भी इन्हें छू नहीं पाता। ये तो केवल 'जन' हैं।

'जन' शब्द सूखा, रसहीन, निर्जीव सा लगता है। अपने में तटस्थ। कोई भावनात्मक संचरण नहीं। कोई बौद्धिक विस्तार नहीं। कोई आत्मिक फैलाव नहीं। तटस्थता के शिकंजे में कसे, सब अलग-अलग खड़े दिखाई पड़ते हैं जैसे किसी मैदान में सैकड़ों बिजली के खंबे तो खड़े हैं किंतु उन्हें जोड़नेवाला कोई तार नहीं। 'लोग' शब्द की झलक भी कहीं 'जन' में मिल जाती तो एक इकाई का बोध पकड़ में आता। 'जन' बहुवचन है और ऐसा बहुवचन जहाँ लक्ष्य की, साधना की, रहने की, चलने की, करने की, सोचने की, कोई भी दृष्टि एक इकाई में बाँधने का काम नहीं करती। 'विद्यार्थी', 'शिक्षक', 'विद्यार्थी और शिक्षक' शब्द अनेक होने का बोध कराते हैं, किंतु उनमें जोड़ने का एक भाव, एक दृष्टि है। इकाई का अस्तित्व है। 'जन' में यह भाव ही लुप्त है इसलिए 'जनतंत्र' का 'जन' 'लोकतंत्र' का 'लोक' नहीं हो सकता।

'प्रजातंत्र' का शब्द 'प्रजा' भी लोकतंत्र के शब्द 'लोक' को व्यक्त करने में असमर्थ है। असमर्थ ही नहीं बौना और घिनौना भी है। 'प्रजा' शब्द तो उच्चारित होते ही किसी 'राजा' का बोध कराता है। राजा का स्वामित्व, वर्चस्व, श्रेष्ठत्व ध्वनित करता हुआ 'प्रजा' के हीनत्व, तुच्छत्व और दासत्व को प्रकट करता है। यूरोप में राजाओं के विरोध में प्रतिक्रियास्वरूप डेमोक्रेसी का जन्म हुआ। यह नकारात्मक और स्वार्थपरक चरण है। इसमें लेने की, दबोचने की, सत्ता में भागीदारी की पाशविक भूख है। इसमें करने की, देने की, लोकहित-समर्पण की तथा व्यक्ति इकाई से लेकर घर, परिवार, समाज, राष्ट्र और सृष्टि को साधने की रचनात्मक साधना-दृष्टि नहीं।

'जन' और 'प्रजा' दोनों ही शब्द अति साधारण और बहुत अधूरे हैं। पूरापन उनमें बैठता ही नहीं। न क्षेत्र का विस्तार अँटता है, न काल की सीमा समाती है। न कर्म की गति दिखती है और न ही कर्ता की सृष्टि झलकती है। न धरा पर फैला जीवन उभरता है और न फैले जीवन से फूटते बोध। भूगोल दूर मिलता है और इतिहास खड़ा कहीं अलग दिखता है। न साहित्य है, न संस्कृति। ये शब्द हमारी भावभूमि की कोख से नहीं जनमे यह तो पश्चिम की दृष्टि का प्रकटन है।

यहाँ तो 'जन' और 'प्रजा' से भी आगे बढ़ 'समाज' शब्द भी बहुत छोटा और बहुत हलका लगता है। 'समाज' शब्द में परम् का फैला हुआ विस्तार कहाँ समाता है? फिर 'समाज' तो अलग-अलग देशों में अलग-अलग रूप ले खड़ा है। कहीं समाज संबंधों का जाल है, कहीं समाज वर्गों का संच है। भारत में व्यक्ति का व्याप ही समाज

है। व्यक्ति से लेकर समष्टि तक एक ही विराट-अस्तित्व है। स्वयंभू सावयव जीवमान अस्तित्व, जिसके हम सब स्वभावेन घटक हैं, परंतु यह भी तो केवल मनुष्यों को व्यक्त करनेवाला है। पूर्ण विस्तार इसमें नहीं बैठता इसलिए शब्द आता है 'लोक'।

'लोक' शब्द 'ल', 'ओ' और 'क' ध्वनियों के योग से बना है। 'ल' का अर्थ है लालित्य, सौंदर्य, रस, जीवन और 'ओ' का अर्थ है चतुर्दिक् विस्तार। 'क' का अर्थ है 'परम तत्त्व'। इस प्रकार 'लोक' का अर्थ है परम के सौंदर्य और जीवन रस का चतुर्दिक् फैलाव। 'क' केंद्र से चतुर्दिक् विस्तार में फैलता हुआ 'लो' परिधि ले एक बृहत् 'वृत्त' बनता है, यह है 'लोक'।

इसमें क्षेत्र है और काल भी। क्षेत्र में धरती है, सागर है और गगन भी। काल में अतीत है, वर्तमान है और भविष्य भी। क्षेत्र में फैले थलचर हैं, जलचर हैं और नभचर भी। काल में बैठा अतीत का इतिहास है, वर्तमान का कर्म है और भविष्य की कल्पनाएँ भी। पदार्थों और जीवों के मध्य मनुष्य की समग्रता का विस्तार इसमें समाया है। न कोई 'कण' छूटा है और न कोई 'क्षण'। न दृष्टि छूटी है न दृष्टा। न कोई कृति छूटी है और न कोई कर्म। सभी कुछ लोक में है। यह पूर्ण से बनी एक पूर्ण इकाई है। इस इकाई में भी अन्य इसी की तरह, इसी का सभी कुछ समेटे 'लोक' इकाइयाँ हैं। उनमें 'भारत' सर्वोत्तम और अपने में पूर्ण तथा सुंदरतम 'लोक' इकाई है। विश्व इसमें सिमटकर बैठा है। यह विश्व की आरसी है। उपयुक्ततम कृति है।

जैसे विश्व का एक संचरण है, संचरण का एक क्रम है, क्रम की एक दृष्टि से उपजा एक जीवन है, जीवन में समग्र को साधने की पूरकता है, इसी से विश्व चलता है। धरा का अपनी कीली पर नर्तन और सूर्य की परिक्रमा, हवाओं का निश्चित दिशा और निश्चित समय पर चलना, बादलों का निश्चित समय और निश्चित ढंग से उमड़ना; गरजना और बरसना, जलधाराओं का एक ही दिशा में अपना वैशिष्ट्य ले बहना, तापमान और प्रकाश का अपना स्थान और मान बनाए रखते हुए सतत बिना बदलाव के चलते रहना, इन सभी गतियों के हाथों से सँभलनेवाला जीवन अपनी-अपनी पहचान लिये एक सा चलते रहना; एक इकाई 'लोक' (विश्व) को सदा एक बनाए रखता है, बिखरने नहीं देता। ठीक वैसे ही 'लोक' (भारत का समग्र-संचरण) एक इकाई के रूप में सतत चलता चला आया है। भारत का हिमालय और भारत का सिंधु एक ही संचरण रेखा से सतत सधा है। हिमालय से बहनेवाली सरिताएँ सिंधु, गंगा, यमुना और ब्रह्मपुत्र सागर में जा मिलती है तो सागर से उठनेवाले मेघ पूरे भारत को नहलाते हुए हिमालय के शिखर पर जा पहुँचते हैं। हिमालय और सागर का मिलन चलता रहता है। मानसून का वर्ष भर का क्रम ग्रीष्म की तपन से लेकर वसंत के पुष्प खिलने तक, एक-सा ही चलता चला जाता है। मानो ग्रीष्म की तपन से धरा जल माँग बैठती है और विह्वल हो सागर मेघ

की गागर उड़ेलता हुआ धरा की प्यास बुझाता चला जाता है और जब धरा तृप्त हो कह उठती है 'बस-बस', तभी बस अंत (बसंत) हो जाता है और जीवन खिल उठता है।

इस धरा की संतान पूरे लोक को नित्य स्मरण करती है और अपने को लोक का अंग तथा प्रतिनिधि मान जीवन जीती है। न अतीत को त्यागती है और न भविष्य को छोड़ती है। वर्तमान का कर्म विस्तार, अतीत और भविष्य दोनों को ही जोड़े रहता है। कश्मीर से लेकर कन्याकुमारी तक पूरा भारत भारतवासी के हृदय में विराजता है। स्वाभाविक ढंग से भारत की धरती, भारत पर चलता काल और काल में दौड़ते कर्म एक ही इकाई के धागे में बँधे रहते हैं। यह एक लोक का क्रम है। इस लोक में एक धरा है, एक कृति है, एक रक्त है, एक जीवन है, एक कालक्रम है, एक ही संस्कृति है और एक ही चेतना है। प्रकृति एक है, प्रकृति का संचरण एक है। धरा की संतान एक है, संतान का जीवन-प्रवाह एक है। कहीं खंड नहीं, सनातन है।

जीवन का प्रवाह समग्रता में है, अकेलेपन में नहीं। समष्टि के बिना व्यक्ति की कल्पना कैसे? समाज से पृथक व्यक्ति का अस्तित्व नहीं। समाज-पुरुष का अंग बनकर और उस स्थिति में अपेक्षित कर्म करने से ही व्यक्ति के जीवन की सार्थकता है।

- जब भी मोक्ष की कामना अतिशय वैयक्तिक लालसा का पदार्थ बनी है, लोक ने अपने आलोक से नियंत्रित और नियोजित किया है।
- धर्म, अर्थ और काम की श्रेणियों से कटकर, लोक से दूर मोक्ष या अ-लोक (अलौकिक) तृषा से जब भी व्यक्ति उद्यत और स्वार्थी बना, लोकदृष्टि ने उसे धरती और विश्व मानवता की ओर उसे खींचा है।
- धरती और विश्व मानवता को छोड़ व्यक्ति कहाँ जा सकता है। वह तो धरती की संतान है। धरती उसके रक्त में, मांस में, मज्जा में, हड्डियों में समाई है।
- मानव ईश्वर की चेतना का उत्तराधिकारी है।
- ईश्वर उसका परम पिता है और धरती उसकी माता। दोनों का चैतन्य और वैशिष्ट्य उसके जीवन की धड़कन है, थिरकन है। समष्टि के साथ एकात्म ही व्यक्ति की पूर्ण विकसित अवस्था है।

'व्यक्ति' समाज का अंग और प्रतिनिधि है। 'समाज' लोक का अंग है और धरती से जुड़ा है। समग्रता लोक का व्याप है। लोक की प्रत्येक इकाई में इसका वैशिष्ट्य स्पंदित है। भारत तो पूर्ण और उपयुक्ततम इकाई है। व्यक्ति और विश्व दोनों को ही सँभालने और श्रेष्ठ बनाने की इसमें सामर्थ्य है। भारतीय राजनीति के लोकतंत्र का लोक 'भारत' है, समग्र भारत है (केवल वर्तमान नहीं, अतीत से लेकर भविष्य तक) केवल व्यक्ति नहीं, जड़ और चेतन सभी और सभी का चैतन्य तथा कर्म, एक विराट-अस्तित्व।

- 'रुच' धातु से व्युत्पन्न 'लोच', 'लोचन' आदि शब्द और आज का 'लोग' अपने

अन्वितार्थ और निर्माण क्रिया के आधार पर यह सिद्ध करने के लिए पर्याप्त हैं। 'लोक' एक ऐसी सर्वतोन्मुखी धारणा है, जिसमें दृष्टि, दृष्टा, कर्ता, कर्म, क्रिया, विषय-विषयी सभी का समाहार और समन्वय है। इससे भिन्न किसी तत्त्व की कल्पना भी नहीं की जा सकती है।

• प्रयोग की दृष्टि से यह 'जाति', 'जगत्', 'जन', 'दृश्य' आदि अर्थों में प्रयुक्त होता रहा है। भौगोलिक अर्थों में जितने लोकों की चर्चा की गई है, उसकी कोई सीमा नहीं। वे अखिल ब्रह्मांड को समेटते हैं। त्रिलोक हैं, चौदह लोक हैं। ऋग्वेद में भी 'लोक' जीव के लिए आया है। (3/53/12, पुरुष सूक्त) तुलसी 'लोक' शब्द स्थान के लिए प्रयुक्त करते हैं तो समाज के लिए भी प्रयोग करना नहीं भूलते।

'लोक लाज', 'लोक मर्यादा' आदि शब्द 'समाज' को ही इंगित करते हैं किंतु लोकतंत्र में लोक-संचरण, लोक-यात्रा, लोक-व्यवस्था की दृष्टि से समग्रता का सोच और उसी दृष्टि से चिंतन और आचरण आवश्यक है, इसलिए 'लोक' का अर्थ 'समग्र व्याप' से है, मात्र 'जन' से नहीं।

संदर्भ

1. उमाकांत केशव आप्टे, मृत्युंजय, सुरुचि साहित्य 1980, पृष्ठ 180
2. सूर्य देव शास्त्री, भारत चिति, आर्थिक लोकतंत्र विशेषांक, भारत चिति संस्थान, लखनऊ, पृष्ठ 196
3. कुमारी सेंपुल, मानव तथा आर्थिक भूगोल, एस.डी. कौशिक, रस्तोगी प्रकाशन मेरठ 1973, पृष्ठ 54
4. डॉ. राधाकृष्णन, पूर्व-पश्चिम कुछ विचार, राजपाल एंड संस, नई दिल्ली 1981, पृष्ठ 25
5. दीनदयाल उपाध्याय, राष्ट्रधर्म मई 78, राष्ट्रधर्म प्रकाशन लखनऊ, पृष्ठ 130
6. सूर्य देव शास्त्री, भारत चिति, भारत चिति संस्थान, लखनऊ 1979, पृष्ठ 195
7. 'लोक लाहु परलोक निबाहू' 1/19/1, 'लोकहुँ बेद सुसाहिब रीती' 1/27/3

□

लोकयात्रा सनातन है

सृष्टि चलने का क्रम है, रुकने का विधान नहीं। स्वायंभुव मनु के समय में नाक्षत्रिक जगत् तैयार हुआ, स्वयंभू मनु के समय में पृथ्वी तैयार हुई। तीसरे मनु के समय में चंद्रमा पृथ्वी से अलग हुआ। चौथे मनु के काल में समुद्र से पृथ्वी ऊपर आई। पाँचवें मनु के समय में वनस्पति उपजी। छठे मनु के समय में पशु हुए और सातवें वैवस्वत मनु के समय में मनुष्य का जन्म हुआ।

सूर्य से अलग हुई पृथ्वी एक जलता हुआ पिंड थी। इसी पिंड से चंद्रमा निकला और इसी 'पैंजिया' से अमेरिका, ग्रीनलैंड, अफ्रीका, ऑस्ट्रेलिया अलग हुए। वैगनर ने इस अलग होने की प्रक्रिया को 'काण्टीनेंटल ड्रिफ्ट सिद्धांत' कहा है।

यह काल वैवस्वत मनु का 28वाँ 'कलि' है। कल्प 14 मन्वंतरों अथवा एक सहस्त्र चतुर्युगियों का होता है। वैवस्वत मनु की 27 चतुर्युगी बीत चुकी हैं। 28वीं सदी में भी (सत, त्रेता, द्वापर) तीन युग बीत चुके हैं। कलि भी बीतता जा रहा है, परंतु कालगति का क्रम वही है—चरैवेति, चरैवेति।

सूर्य से अलग हुई धरती अपनी कीली पर नाचने लगी। कभी रुकी नहीं। कभी थकी नहीं। अनवरत नाचती जा रही है। अपनी कीली पर ही नाचना नहीं, वह सूर्य के चारों ओर भी परिक्रमा करने लगी। दोनों ही नर्तन की गतियों ने मानो सृष्टि के चरण आगे रख दिए। दिन हुआ, रात हुई और ऋतुएँ उभरकर सामने आ गईं। शीत का समय आया, तो ग्रीष्म का समय भी तपा और तपन की प्यास वर्षा ने बुझाई। वर्षा के आते ही वनस्पति लहलहा उठी। पशु-पक्षी चलने और चहचहाने लगे। मनुष्य का धरा पर आगमन हुआ। चलना जगत् का धर्म है। जिस तरह व्यक्तिगत जीवन में चलना होता है, उसी तरह समष्टिगत जीवन में भी चलना पड़ता है।

धरा ने अपना अस्तित्व-धर्म अपनी कीली पर नाचना तथा समष्टि-धर्म सूर्य की परिक्रमा करना प्रारंभ किया और सतत उसका निर्वाह भी होता आ रहा है। धरा की

कोख से उपजी और धरा की गोद में पली सृष्टि की सभी इकाइयाँ इसी धर्म का पालन करती आ रही हैं। वे अपने को बनाए रखने के लिए गतिशील हैं, तो दूसरी इकाइयों को भी साधती हुई समग्र-सृष्टि को साधने में गतिशील हैं। धरा के नाचने पर, धरा पर टिके सभी नाचते हैं और ये अस्तित्व पर्वत हों या सागर, वायु समूह हों या बादल, पशु हों या पक्षी, मनुष्य हों या कीट धरा-नर्तन के साथ ही अपना-अपना अलग नर्तन भी करते हैं। कहीं सागर की कोख से पर्वत निकलते हैं, उभरते चले जाते हैं तो कहीं सागर की छाती पर जलधाराएँ दौड़ लगाती हैं। वायु का वेगवान प्रवाह चलता है तो बादलों का उमड़ना और बरसना होता है। पशु-पक्षी और मनुष्य सभी अपने स्वभाव के अनुकूल दौड़ लगाते चले जाते हैं।

आदि देश भारत की धरती पर मनुष्य पैदा हुआ और विस्तार के पग रखता हुआ अमेरिका, अर्जेंटाइना, मेक्सिको, जर्मनी, रूस, ईरान सभी देशों में पहुँच गया। वह गया तो अपने साथ भारत की भाषा, भारत की चेतना, भारत की संस्कृति और भारत की दृष्टि भी ले गया। विश्व की भाषाओं को पढ़ते ही दिमाग ठनकता है कि यह शब्द तो भारत की भाषा संस्कृत का है। फारसी 'दस्त', 'हफ्त', 'पिदर', 'मादर', 'सितारा', 'माह' को देखिए और संस्कृत के 'हस्त', 'सप्त', 'पितर', 'मातर', 'तारा' और 'मास' पर दृष्टि गड़ाइए। अरबी का 'इंतकाल' संस्कृत के 'अंतकाल' से मिलाइए। 'अंग्रेजी के 'मदर', 'ब्रदर', 'डॉटर', 'नेम', 'पाश्चर' आदि शब्दों को देख जाइए। सब संस्कृत के हैं। मिस्र की भाषा में 'आप' ज्यों-का-त्यों है, 'अस्त' में केवल त में हलंत लगा है। चीनी का 'तान' संस्कृत का 'स्थान' है।

विदेश में फैला जीवन जहाँ वह विकृति का शिकार नहीं हुआ, बहुत कुछ एक ही दृष्टि से बँधा मिल जाता है। यह घूमने और खोजने का क्रम, बाहर निकलने और बसने का क्रम चलता ही रहा। कोलंबस, वास्कोडिगामा, मार्कोपोलो, फाहियान, ह्वेन सांग की यात्राएँ और अमेरिका, ऑस्ट्रेलिया, अफ्रीका में लोगों का बसना यही तथ्य स्पष्ट करता है।

आदमी ही नहीं मछलियाँ हजारों मील का रास्ता तय कर दूसरे महासागरों में जा विरमती हैं, पक्षी हजारों मील की यात्रा कर एक देश से दूसरे देश चले जाते हैं और फिर वापस भी चले आते हैं, पशु झुंड-के-झुंड एक स्थान से दूसरे स्थान को आते-जाते हैं। प्रवास का यह क्रम चलता रहता है, परंतु प्रत्येक इकाई अपने जीवन की यात्रा स्वाभाविक ढंग से करती रहती है। यह 'यात्रा' न तो दूसरे अस्तित्व की यात्रा को बाधित करती है और न अपनी अंगीय इकाई की यात्रा को छोड़ देती है।

'गाँव' इकाई को ही लें। गाँव में बहनेवाली नदी स्वयं तो बहती ही है, सबको जल देती है, शीतलता देती है, मछली देती है, घास देती है। गाँव के वृक्ष स्वयं बढ़ते हैं

तो लोगों को छाया देते हैं, फल देते हैं, लकड़ी देते हैं। पशु स्वयं विचरते हैं, चरते हैं तो समाज को दूध देते हैं, खाद देते हैं और लोगों को ढोते हैं। गाँव में मनुष्य अपने को बनाए रखते हुए गाँव के और मनुष्यों को, अपने-अपने व्यवसाय और श्रम से सहयोग करते हैं। पूरा गाँव इकाई रूप में आगे बढ़ता है।

यह चलने का क्रम, यह जीने का ढंग किसी कानून से नहीं चलता। कोई शासन और कोई प्रशासन नहीं चलाता। यह तो प्रकृतिदत्त है। स्वयं इसने राह पकड़ी है। मनुष्य उसे मानता और स्वीकारता हुआ आगे बढ़ता गया है। टिथीज सागर से विश्व के उच्चतम हिमाद्रि का उभरना किसी सरकार की योजना के हाथों नहीं हुआ। हिंद महासागर के ही अंग गंगासागर (बंगाल की खाड़ी) और सिंधु सागर (अरब सागर) का भारत के पश्चिमी और पूर्वी भाग को छूते हुए अंदर तक धँसते चले जाना किसी शासन या प्रशासन की योजना से नहीं हुआ। इस प्राकृतिक निर्मिति के बल पर भारत में ग्रीष्म से लेकर वसंत ऋतु तक चलनेवाली स्वाभाविक मानसून-यात्रा किसी योजना के अंतर्गत सरकार ने नहीं चलाई। सिंधु, गंगा और ब्रह्मपुत्र का हिमालय से प्रवाह, वह भी सुंदरतम और संपन्नतम रूप में, सागर में जा हहरना किसी नियम और किसी कानून के हाथों नहीं हुआ। नहरों की तरह इन नदियों को खोदकर अखिल प्रवाह में नहीं लाया गया।

भौतिक रचना के समान ही सामाजिक व्यवस्था की रचना में नारी को अपने शिशु को गोद में उठा पुचकारना, दुलराना, दूध पिलाना, सँभालना किसी मानवाधिकार कानून के अंतर्गत नहीं चला। हाथियों का झुंड हो या हो हिरनों का, अपने बच्चों को संरक्षण देने के लिए, उनकी रक्षा करने के लिए उन्हें बीच में घेरकर चलना, उनकी चिंता करना किसी विधान से नहीं किया गया। पिता का बच्चे को संरक्षण देना, लालन-पालन करना, संत का उपदेश करना, शिक्षा देना, गुरु का शिष्य को विद्यादान करते चला जाना किसी ऐक्ट और किसी आदेश के अंतर्गत नहीं हुआ। घर की इकाई, कुटुंब की इकाई, संबंधियों की श्रृंखला, किसी संसद् और किसी विधानसभा में हाथ उठाकर नहीं बनाई गई। समाज में ग्लानि की अनुभूति, लज्जा का भाव, भय की दृष्टि, दंड का नियम, बहिष्कार की व्यवस्था, सम्मान और अपमान का प्रकरण, किसी भारतीय दंड विधान के अंतर्गत नहीं चला। यह सब स्वाभाविक मनोविज्ञान, सामाजिक संबंध निर्वाह, संस्कार और परंपरा, आदर्श और मूल्यों के हाथों सधा हुआ चला है। यह लोक-चेतना और लोक-संस्कारों की कोख से फूटा है।

आज भी कानून का हाथ बहुत सीमित क्षेत्र तक चलता और चलाया जाता है। यह भी सच है, कानून वह नहीं करा सकता जो व्यक्ति-चैतन्य, लोकधर्म और राष्ट्रनिष्ठा समाज के घटकों के हाथों संपन्न कराती है, कराती रही है। घर के अंदर, संबंधियों के बीच में, संतों के कार्यक्रमों में सांस्कृतिक व्यवहारों और कार्यक्रमों में, कौन कानून

व्यवस्था सँभालता है ? चाहे साईंबाबा का कार्यक्रम हो, चाहे गायत्री परिवार का, चाहे राष्ट्रीय स्वयंसेवक संघ का हो, चाहे विश्व हिंदू परिषद् का, कौन सा सरकारी कानून, कौन सी सरकारी योजना तथा कौन सी नियंत्रण व्यवस्था के अंतर्गत चलता है ? यह सब तो लोक-व्यवस्था के अंतर्गत चलता है और कहीं अच्छा चलता है। विधानसभा और लोकसभा में जूता-चप्पल, माइक-मुक्का, गाली-गलौज, धक्का-मुक्की का दृश्य मिलता है किंतु इन धार्मिक, सांस्कृतिक, सामाजिक स्थानों में नहीं। क्योंकि यहाँ लोक-व्यवस्था है, लोकचेतना है, लोक-संस्कार है और संसद् तथा विधानसभा में राजनीतिक व्यवस्था है, प्रशासनिक व्यवस्था है, कानून-व्यवस्था है।

यह लोकयात्रा लोक-चेतना के हाथों चलती आई है और चलेगी। सन् 1947 के आते ही राजनीति (सत्तानीति) ने लोक-चेतना को पीछे धकेल दिया, 'लोक' इकाई ही ध्वस्त कर दी। एक धरा, एक जन, एक रक्त, एक जीवन प्रवाह, एक लक्ष्य, एक पथ, एक मान, एक आदर्श का भाव ही रौंद डाला गया। 'लोक' का विराट्-अस्तित्व जो 'राष्ट्र' रूप में पूजित और वंदित था उसे ध्वस्त कर 'राज्य' इकाई को सामने रख दिया गया। 'राज्य' को भी एक इकाई नहीं रखा, उसे 'राज्यों का संघ' बना दिया। राष्ट्र की संतान को 'वोटर' (नागरिक) बना डाला। वोटर की पाशविक भूख जगी। सत्ता की कुरसी आराध्या बनी और 'लोक' ही नहीं लोक की लघु इकाइयाँ घर से लेकर खानदान और देवालय से लेकर विद्यालय तक सब ध्वस्त हो गई। आज मकान है पर कहीं घर नहीं। लोगों के स्वार्थ संबंध हैं पर कहीं वंश और कुटुंब नहीं। कहीं संबंधों का निर्वाह नहीं। विद्यालय में विद्या नहीं और देवालय में निर्वाण की धारा नहीं।

व्यक्ति को व्यक्ति नहीं रखा। कभी वह भोक्ता बन उभरा, कभी श्रमिक बन निकला कभी संसाधन बन गया, किंतु ईश्वर का अंश बन लोक और परम का साधक बनना भूल गया। जब व्यक्ति ही नहीं तो समाज की धारणा कैसी ? आज भीड़ है। गिरोह इसे हाँक रहे हैं, इसे लूट रहे हैं और इसी के हाथों लुट रहे हैं। कानून गिरोहों का संरक्षक है। आपातकाल सन् 1975 का दृश्य हो या आज का, सर्वत्र लोक को रौंदता हुआ गुंडा राज्य दिखाई पड़ता है। लोक को जगना होगा, लोकयात्रा लोक के हाथों चलानी होगी।

□

लोकयात्रा का तंत्र लोकतंत्र है

लोक चलता है, लोक का प्रत्येक अंग चलता है, अंग-अंग में बैठा लोकचैतन्य चलता है और इस चलने का एक ढंग है, एक क्रम है। इसे मनुष्य ने नहीं बनाया, मनुष्य ने देखा है, समझा है और अपने विवेक से ढंग और प्रचलन में बिना किसी मूल परिवर्तन के साधने-सँभालने का काम किया है। लोकयात्रा चलती रहे और श्रेष्ठ ढंग से चलती रहे, इस हेतु प्रभु ने मनुष्य को बनाया और उसे दिव्य स्थान पर प्रथम उतारा, जो प्रकृति की सर्वोत्तम और पावनतम कृति है, यह भारत है। भारत विश्व का केंद्र है। मानव की आदि स्थली है, प्रयोगशाला है, विश्व की आरसी है। विश्व को पालनेवाली और ज्ञान देने वाली शक्ति है।

इस धरती पर जनमे व्यक्ति ने देखा कि धरती अपना काम करती है, सूर्य अपना काम करता है, चाँद अपने यात्रा-चरण चलता है। पशु-पक्षी अपने आहार की, अपने भोजन की, अपने आवास की, अपनी कामवासना की और अपनी रक्षा की चिंता करते हैं। उसी के लिए उनका सारा जीवन खप जाता है। वे अपने बच्चों और अपने आत्मीयों के लिए भी इन्हीं सब बातों की चिंता करते हैं। मनुष्यों में भी अधिक लोग वही हैं, जो पशुओं के समान आहार, निद्रा, भय और मैथुन की भावना से ग्रसित हो अपने जीवन को चलाते हैं। विकास के नाम पर वे इन वृत्तियों को वित्तेषणा, पुत्रेषणा और लोकेषणा की संज्ञा दे, अपने कार्य को आगे बढ़ाते हैं, किंतु उनका स्तर ऊँचा नहीं उठ पाता। कुछ तो केवल अपनी ही चिंता करते हैं, कुछ हैं जो अपने आत्मीयजनों और पड़ोसियों की चिंता करते हैं और कुछ आगे बढ़ते चले जाते हैं किंतु कर्म का क्षेत्र रहता है यही आहार, निद्रा, भय और मैथुन।

श्रेष्ठजन कर्म को ऊपर उभारते हुए कर्तव्य की कोटि में ले आते हैं और कर्तव्य इतना महत्त्वपूर्ण बन जाता है कि उसे 'धर्म' की संज्ञा मिल जाती है। इस धर्म का पालन करना अनिवार्य बन जाता है। समाजधर्म और राष्ट्रधर्म इसी कर्म का उभार है। भारत में

अतीतकाल में इस कर्तव्य-निर्वाह का, इस धर्म-पालन का व्यापक स्वरूप रहा है। सभी अपने-अपने कर्म से अवगत थे। अपना कर्तव्य पालन करते थे और जिसका जो धर्म है, उसका विधिवत पालन करते थे, इसीलिए प्रत्येक इकाई व्यक्ति से लेकर घर, कुटुंब से लेकर समाज और राष्ट्र से लेकर सृष्टि तक अपने सुदृढ़ आधार पर टिकी थी। उस समय किसी विधान की आवश्यकता नहीं थी, किसी दंड की जरूरत नहीं थी, किसी राज्य की आवश्यकता नहीं थी। सर्वत्र शांति थी, सुव्यवस्था थी, सुख था।

अपने सुख के लिए जीनेवालों की संख्या तो अधिक थी ही और वे अपनी इच्छाओं की पूर्ति के लिए कर्म करते थे, अपनी आवश्यकताओं की संतुष्टि के लिए सहकार करते थे और अपनों के लिए कर्तव्य की डोर में बँधते चले जाते थे; परंतु वे लोग भी कम न थे जो अपने को ईश्वर का अंश मानते थे, अपने को प्रभु की संतान समझते थे तथा प्रभुप्रदत्त दायित्व का निर्वाह करने के लिए कटिबद्ध थे। उनका लक्ष्य था नर से नारायण बनना, उनका उद्देश्य था समाज को 'श्रेष्ठ' बनाना। उन्हें पता था कि लौटकर जाना वहीं है। कहावत रही 'ताल का पानी तालै जाय, लौट फेर पातालै जाय', 'आत्मा' को 'परमात्मा' से मिलना ही है। वे उसी पथ पर बढ़ते थे और उसी के काम के लिए चलते थे। इस धर्मपथ का पहला चरण था—'व्यक्ति-विकास'। सामर्थ्य का समग्रता में पूर्ण उत्कर्ष। प्रत्येक बढ़ता हुआ पग धर्म की कसौटी पर कसा रहता था। अपने से आगे बढ़ 'परिवार और कुटुंब का समर्थ और श्रेष्ठ विकास' दूसरा चरण था। विस्तार बढ़ाते हुए 'समाज को सँभालना और साधना' तीसरा चरण रहा। समाज से आगे बढ़ 'राष्ट्र का समुत्कर्ष' चौथा चरण बना और अंत में 'समष्टि-हित समग्र का विकास' अंतिम पाँचवाँ चरण बना।

कोई भी कर्म दूसरे क्षेत्र के कर्म में बाधक नहीं, साधक बनता था। व्यक्ति परिवार इकाई का साधक था, परिवार समाज का साधक था, समाज राष्ट्र को उठाने और बढ़ानेवाला था तथा राष्ट्र सृष्टि-कल्याण के लिए समर्पित था, न कहीं विरोध, न कहीं संघर्ष। रचनात्मकता समग्र उत्कर्ष की राह रही।

पूरा लोक एक ही क्रियातंत्र में बँधा और सधा था। एक ही क्रिया दूसरे को आगे बढ़ाती रही, जैसे जहाज पर चलते-फिरते यात्री, स्वयं तो चलते ही रहे परंतु चलता हुआ जहाज सभी यात्रियों की यात्रा की चाल रहा। वैयक्तिक यात्रा तो रही ही, मंडली यात्रा और चाल तो रही ही, परंतु सभी की सामूहिक यात्रा जहाज-यात्रा के साथ एकरूप और एकात्म रही। क्रियाएँ चलती रहीं किंतु यात्रा का लक्ष्य नहीं बदला। लक्ष्य सभी का एक रहा।

इस यात्रा पर निकले मनुष्य का लक्ष्य एक ही है 'परम की प्राप्ति' और कण-कण में व्याप्त इस परम की सेवा ही इसका पथ है। सेवा कैसे हो, इसकी हमें दृष्टि मिली है।

'दृष्टि' ही नहीं, होती हुई सेवा का 'दर्शन' हमें मिला है। प्रभु ने केवल बताया ही नहीं, दिखाया भी है। बेटा क्या करे? बाप क्या करे? भाई क्या करे? राजा क्या करे? समाज क्या करे? मित्र क्या करे? और तो और शत्रु भी क्या करे? सभी कुछ सामने रख दिया है। व्यक्ति-आचरण का, समाज-व्यवहार का, राष्ट्र-धर्म का, सृष्टि साधना का समग्र कर्म व्यापार खुलकर सामने उभरा है। लोक ने उसे स्वीकारा है, जिया है।

लोक स्वीकारता क्यों न? लोक जीता क्यों न? सर्वत्र लोकचेतना का स्पंदन और नियंत्रण है। कहीं भी 'व्यक्ति राम' नहीं, 'लोक-प्राण और लोक-नायक राम' कर्म में रत है। उन्होंने दृष्टि दी है लोक-साधना की, उन्होंने कला सिखाई है 'जीने की'। 'इदं न मम', 'इदं न मम, इदं राष्ट्राय', लेना नहीं, देना, देना ही देना। औरों के लिए करना, लोक के लिए करना। यही तो पथ है, यही तो 'धर्म' है। 'व्यक्ति-धर्म', 'समाज-धर्म', 'राष्ट्र-धर्म' और 'सृष्टि-धर्म', कभी इससे डिगना नहीं। यह कर्मभूमि है, यह धर्मभूमि है, यह देवभूमि है, यहाँ कैसी पशुता? यहाँ दूसरों को लूटकर जीने की कैसी इच्छा? कैसा right कहाँ का right। कर्तव्य के प्रवाह के सामने और धर्म-निर्वाह की गंगा के सामने, प्रत्येक की प्रत्येक इच्छा और प्रत्येक की प्रत्येक आवश्यकता सहज ही पूर्ण और संतुष्ट होती चली जाती है। माँ के वात्सल्य भरे हाथों से लुटते हुए प्यार सने साधनों में बेटी और बेटे की कोई माँग उभर ही नहीं पाती। बाप और बाबा के संरक्षण-हित साधनों से भरे उठते हाथों के सामने बेटे और बेटी के, नाती और पोते के दिल में कोई लेने की, माँगने की इच्छा आ ही नहीं पाती। इच्छा उमंगी कि पूर्ण हुई। गुरु इस देने और लुटाने के पथ पर आगे बढ़ अपना सर्वस्व शिष्य के आगे उड़ेल देता है और चाहता है कि शिष्य कहीं आगे, कहीं श्रेष्ठ बन विश्व में छा जाए। सर्वत्र यही देने का राज्य, यही करने का राज्य, यही सँभालने और साधने का राज्य उमड़ता है। लोक-आनंद हहर जाता है।

व्यक्ति का नहीं, वर्ग का नहीं, जाति का नहीं, मजहब का नहीं 'लोक का चैतन्य' लोक के सभी प्राणियों को बाँधे, एकरस, एक साथ आगे बढ़ाता चला जाता है। यहाँ सत्ता नहीं, सत्ता की कुरसी नहीं, सत्ता प्राप्ति के लिए वोट नहीं विराट्-चेतना 'राष्ट्र' की धड़कन, सबकी इच्छा और सबके कर्म की नियंत्रक बनती है, जैसे हनुमान कहते हैं—राम काज कीन्हे बिना मोहि कहाँ विश्राम और उन्हें स्मरण दिलाया जाता है—'रामकाज लगि तव अवतारा' वैसे ही हमारा संकल्प है 'त्वदीयाय कार्याय बद्धा कटीयम्'। हमारी यात्रा है 'राष्ट्र के परम वैभव की' और सतत इच्छा है, 'तन समर्पित, मन समर्पित और यह जीवन समर्पित, चाहता हूँ देश की धरती तुझे कुछ और भी दूँ।'

कर्म एक के हाथ से चले चाहे अनेक के हाथों से चले, किंतु कर्म चले लोक कल्याण के लिए, चले लोक-स्वभाव से, चले लोक-सामर्थ्य से। व्यक्ति से लेकर घर तक, परिवार से लेकर कुटुंब तक, समाज से लेकर राष्ट्र तक सर्वत्र फैले 'व्यक्ति और

व्यक्तियों से बनी संस्थाओं का कर्म' बने लोक-हिताय, लोक पहचान से भरपूर और लोकशैली से संपृक्त। सर्वत्र 'लोक' पले, 'लोक' गूँजे। 'तेरा तुझ को अर्पण क्या लागे मेरा', 'सबै भूमि गोपाल की', 'सीय राममय सब जग जानी, करहुँ प्रणाम जोरि जुग पानी' का भाव भर प्रत्येक हाथ कर्म के लिए ऊपर उठे और यात्रा पर प्रत्येक चरण आगे बढ़े।

यह यात्रा का तंत्र, व्यक्ति का तंत्र नहीं, वर्ग और जाति का तंत्र नहीं, मजहब और संप्रदाय का तंत्र नहीं, सत्ता और सिंहासन का तंत्र नहीं, 'लोक' का तंत्र है। लोक की धरती इसमें बसी है, धरती की चेतना इसमें रमी है, धरती की जलवायु और धरती की वनस्पति इसमें बोलती है, धरती की अतीत से लेकर आज तक की जिंदगी इसमें पगी है। पूरा लोक प्रत्येक के जीवन में तिरता है। धरती के पहाड़, धरती के सागर, धरती की नदियाँ, धरती के पोखर, धरती के वृक्ष, धरती के पक्षी, धरती के पशु, धरती के जीव और सभी मनुष्य इस लोक के व्यक्ति में नित्य कौंधते हैं। कश्मीर से लेकर कन्याकुमारी तक और अतीत से लेकर भविष्य की कल्पना तक, पूरा जीवन भारतीय, नित्य अपनी प्रार्थना में, अपने संकल्प में वह देख जाता है, इसीलिए उसके कर्म 'लोक' की धरती से बँधे हैं। उसके जीवन का तंत्र लोकतंत्र है। कहीं वैयक्तिक इच्छा, कहीं right की गूँज पर तक नहीं मारती, सर्वत्र 'मानव धर्म' की लहर चलती है।

दुर्भाग्य है आज देश में न लोक है और न लोकतंत्र। 'तंत्र' ही तंत्र दिखाई देता है और 'लोक' नदारद।[1] 'आज देश में न राजतंत्र है, न लोकतंत्र। हम राजतंत्र चाहते नहीं, न हम किसी दूसरे प्रकार का एक तंत्र चाहते हैं। लेकिन लोकतंत्र निर्माण का हमने कोई प्रयास नहीं किया। नतीजा यह कि देश में न राजतंत्र है और न लोकतंत्र। लोकतंत्र की उपेक्षा का परिणाम यह है कि आज गाँव गाँव नहीं रह गया, जंगल बन गया है। यहाँ हर जानवर अपना ही अलग-अलग जीवन जीता है और अपने से छोटे को खा जाता है।'[2] आज दुनिया सभी जगह सर्वाधिकारी राज्यवाद यानी तानाशाही का शिकार है।[3] 'लोक सेवक' ही 'लोक' का शोषण कर रहे हैं।[4] जनता मृत पशु लाश की तरह पड़ी है और चारों ओर से असंख्य गिद्ध उसे नोचकर खा रहे हैं।

गाँव की गली से लेकर दिल्ली के तख्त तक खुली बेधड़क डकैती पड़ रही है। धन लुट रहा है, लोग मर रहे हैं, आग लग रही है, बलात्कार हो रहा है, सम्मान मिट रहा है, सर्वत्र चीत्कार है, किंतु डकैतों को निकाल फेंकने का कोई सार्थक प्रसास नहीं

1. धीरेन मजमूदार, लोकगंगा यात्रा सर्वसेवा संघ प्र., वाराणसी 1979, पृष्ठ 6
2. वही, पृष्ठ 6
3. वही, पृष्ठ 7
4. वही, पृष्ठ 7

है। कोई संकल्प नहीं। कोई साहस नहीं। डकैतों के गिरोह बदलते हैं, किंतु डकैती चालू रहती है। कानून का हर लफ्ज और कानून की हर चाल डकैतों की मुट्ठी में है। प्रबुद्धता उनकी चेरी है, साधुता उनकी दास है, सेवा उनकी अनुचरी है, संपन्नता पैरों पर है और हर आशीष भी उनके सिर पर है। दिन और रात चौबीसों घंटे यह डकैती अनवरत चल रही है। लोक सिसक रहा है, किंतु मूर्खता और पशुता की भूख में बँधा अपने स्वार्थ के लिए कभी इस डकैत के तो कभी उस डकैत के पैरों पर पड़ा घिघिया रहा है। अपना विराट् रूप नहीं देखता। अपनी सामर्थ्य नहीं पहचानता। औरों का 'तंत्र', औरों का 'मंत्र', गैरों का 'भाव' और गैरों का 'कर्म' ही वह अपना मंत्र और तंत्र समझता है, भाव और कर्म समझता है।

लोकयात्रा 'लोक-तंत्र' से चलती है, 'व्यक्ति तंत्र' से नहीं। लोकतंत्र 'लोकचेतना' से निकलता है, विदेश की जूठन से नहीं। लोक-चेतना धरती की धड़कन से फूटती है, लोगों की अलग-अलग इच्छाओं से नहीं। भारत की चेतना भारत की धरती से फूटी सनातन चेतना है, जो राम के दिव्य आचरण में, कृष्ण के श्रेष्ठ चिंतन में, चाणक्य और शिवा के सोच में, अरविंद और गांधी के व्यवहार में, हेडगेवार और गोलवलकर के संकल्प व कर्म में, लोहिया और दीनदयाल के समर्पित जीवन में हहरती मिलती है। यह समर्पण की गंगा है, इसमें गोते लगाना होगा। लोक का नेतृत्व 'सत्ता' को नहीं, सत्ता बनानेवाले 'लोक-सामर्थ्य' को करना होगा। सत्ता-तंत्र नहीं, सत्ता बनानेवाले लोक-सामर्थ्य को करना होगा। सत्तातंत्र नहीं, लोकतंत्र को चलाना होगा।

□

लोकतंत्र का प्राण धर्म है

लोकतंत्र विराट् इकाई 'लोक' का तंत्र है। लोक के सामाजिक, आर्थिक, राजनीतिक, सांस्कृतिक, शैक्षिक, धार्मिक आदि अनेक क्षेत्र हैं। इन क्षेत्रों में अनेक संस्थाएँ हैं, अनेक इकाइयाँ हैं। इनकी सहायक संस्थाएँ और सहायक इकाइयाँ हैं। प्रत्येक के अपने नियम, अपने सिद्धांत, अपने आदर्श और अपने मूल्य हैं, परंतु हैं सब इसी लोक इकाई के अंतर्गत। अपने-अपने संचालन सूत्र और नियम हैं, अनेक कानून हैं किंतु सब-के-सब नियम और कानून भारतीय संविधान के आलोक में गठित और सही। संविधान को उपेक्षित कर, संविधान का उल्लंघन कर कोई भी कानून नहीं चल सकता। लोकतंत्र लोक चेतना से संचालित है। लोक-आत्मा उसमें निवास करती है। यह लोक-इच्छा का 'लोक' है, विदेश की धरती का लोक नहीं, इसलिए देश की धरती का कण-कण और क्षण-क्षण, देश के रक्त का बिंदु-बिंदु और रक्त के संस्कार का प्रत्येक चरण इसमें समाहित है। राजनीतिक इकाई 'राज्य' का संविधान भी इस समग्रता की इकाई 'लोक' के तंत्र को लाँघ नहीं सकता। यदि कुछ अनजाने में या विकृति में लाँघने का प्रयास होता है तो संशोधन का रास्ता खुला है।

लोकतंत्र में प्रत्येक इकाई, छोटी से लेकर बड़ी तक अपने स्वभाव, अपने लक्ष्य, अपने कर्म और अपने संस्कार के अनुसार अपने को स्वस्थ, समर्थ और सिद्ध बनाए रखते हुए, अपनी से बड़ी इकाई को साधती, सँभालती हुई वृहत्तम इकाई 'लोक' को साधती है। कहीं विरोध नहीं, संघर्ष नहीं। लक्ष्य ओझल नहीं, पथ विस्मृत नहीं। एक तंत्र, एक साधना। लोक इकाइयों के द्वारा जो भी रचना होती है, चाहे चिंतन की हो; चाहे कर्म की, चाहे सोच की हो; चाहे व्यवहार की, चाहे समारोह की हो; चाहे संस्कार की—सभी लोक दृष्टि लोकहित और लोकचेतना में बँधी रहती हैं। भक्ति और उपासना भी यदि लोक हित के विपरीत हो, लोक-प्राण के प्रतिकूल हो, लोकतंत्र के विरुद्ध हो

तो वह त्याज्य है, निंदनीय है, घृणित और सदैव समाज द्वारा तिरस्कृत है।

'लोक' इकाई की समाज रचना और समाज व्यवस्था, जब लोक की लघुतम इकाई 'व्यक्ति', व्यक्ति से आगे बढ़ 'परिवार' और परिवार से आगे आ 'कुटुंब' इकाइयों को ध्वस्त कर, व्यक्ति में 'वोटर' उगाती है, घर में 'मकान' निकालती है और कुटुंब में 'कलह' बसाती है तो वह रचना और वह व्यवस्था इस भारत के लोक की नहीं, विदेशी आक्रमण के हाथ की होती है। यह विनाशक है। भारतीय लोक की अर्थव्यवस्था, जब अर्थ को अनर्थ का माध्यम बनाने लग जाती है, 'लक्ष्मीपति' को 'लक्ष्मीवाहन' में बदल डालती है, 'साधन' को 'साध्य' बना पूजा करती है, व्यक्ति 'साधक' नहीं लोक-उपासक नहीं, मजदूर, भोक्ता और संसाधन बना डालती है तो सर्वत्र हिंसा, अन्याय और अत्याचार बढ़ता है। भारतीय लोकचेतना किनारे हो जाती है और विदेशी पाशविक भूख-चेतना आ धमकती है। यह लोकतंत्र नहीं, मात्र विदेशी पाशविक तंत्र है। जब भारतीय लोक की राजनीति में राम की वंदनीय राजनीति, चाणक्य और शिवा की गौरवपूर्ण राजनीति और गांधी, लोहिया, दीनदयाल की श्रद्धास्पद राजनीति भूल पाशविक भूख के लिए जार की सत्ता की राजनीति आ विराजती है, पावनतम धवल गंगा, जिसमें से राम निकला करते थे, एक किनारे हो वेश्यालय की दुर्गंध सनी नाली, जिसमें से छविराम निकला करते हैं, आ विराजती है। 'लोक' तिरोहित होता है, व्यक्ति, वर्ग, जाति और मजहब आ धमकता है, राजनीति गंदी गाली बन जाती है। यह भारतीय 'लोक' और 'भारतीय लोकतंत्र' के लिए घातक बन जाती है।

भारतीय 'लोक' की व्यवस्था और साधना के लिए भारत ने सुविचारित और सुव्यवस्थित तंत्र दिया है। भारत की धरती धर्म की धरती है, कर्म की धरती है, पुण्य की धरती है। यहाँ कर्म के लिए उठा हर हाथ धर्म के प्रकाश में चलता है, लक्ष्य यात्रा पर चला हर चरण धर्म की दृष्टि ले आगे बढ़ता है, योजना का प्रत्येक चरण धर्म के आलोक में सधता है। अर्थ की इच्छा, उपभोग की लालसा, उपभोग का रूप और उपभोग की मात्रा, सभी कुछ धर्माधारित है। उत्पादन धर्माधारित है। वितरण भी धर्म की कसौटी पर है। कामनाओं की तृप्ति धर्माधारित है। राजनीति का प्रत्येक पग धर्म से बँधकर चलता है। केवल राजनीति और भोग ही नहीं, 'मोक्ष' के लिए उपासना, वंदना, प्रार्थना सभी कुछ धर्म के प्रकाश में चलती है। धर्माधारित समग्र जीवन है।

यह धर्म लोक की समस्त क्रियाओं का, लोक की समस्त व्यवस्थाओं का, लोक की समस्त मान्यताओं का, लोक की समस्त दृष्टियों का प्राण है। लोक का समस्त कार्य-व्यापार इसमें बँधा है। धर्म लोकतंत्र का प्राण है। भारत में चाहे पंथ हों, चाहे मत हों या भारत में बाहर से आया मजहब हो, रिलीजन हो, चलना उसे धर्म की कसौटी पर ही होगा। धर्म के प्रतिकूल कोई चिंतन और कोई कार्य सहन नहीं। जो लोक को ही मिटा दे, लोक पहचान को ध्वस्त कर दे, लोक-स्वाभिमान को रौंद दे, लोक-व्यवस्था को भंग कर दे, लोक-चेतना

को सुला दे, लोक-संस्कार को समाप्त कर दे, धरती पर विदेश का परचम फहरा दे, देश के दिल में विदेश का झंडा गाड़ दे, वह सोच और कर्म कैसे सहन हो सकता है। भारत में 'भारत का लोक' होगा, भारत की चेतना होगी।

भारत लोक को साधता है। लोक व्यवस्था को सँभालता है। पूरे लोक को उसमें जुटाता है। कोई अलग नहीं रहता। पहले हर बच्चा ब्रह्मचर्य आश्रम में अपने को स्वस्थ, सुविकसित, समर्थ और सुसंस्कृत करता है। तब गृहस्थ आश्रम में, दायित्व का निर्वाह करने समाज के आँगन में आता है। सब प्रकार समाज का पोषण करता है और गृहस्थ आश्रम बीत जाने पर, घर छोड़ समाज की सेवा में वानप्रस्थ आश्रम वरण करता है, अंत में संन्यास ले परम की साधना में जुटता है। व्यक्ति और समाज का पूरा जीवन लोकसाधना का जीवन होता है। धर्माधारित जीवन होता है।

समाज में भी इसी लोकतंत्र के प्राण 'धर्म' का भरपूर संचालन होता है, कर्म पूरे समाज का कर्म होता है। कोई बुद्धि पक्ष को सँभालता है तो कोई शक्ति पक्ष को, कोई सेवा पक्ष को साधता है तो कोई अर्थ पक्ष को, परंतु क्रिया समग्र-समाज की होती है। लोक-पुरुष की सेवा में पूरा लोक लगता है। समाज तो जुटता ही है, समाज के हाथों सधे-सुधरे वृक्ष, लता, सरिता, पोखर, पशु, पक्षी सभी जुटते हैं। समग्र लोक में कर्म साधना अनवरत चलती है। इसकी चेतना एक ही होती है और इसका लक्ष्य एक ही होता है।

भारत लोक में चल रहे इस तंत्र के अंतर्गत सभी पक्षों के तंत्र और नियम, कानून और व्यवस्थाएँ हैं। पक्ष चाहे सामाजिक हों या आर्थिक, राजनीतिक हों या सांस्कृतिक, सभी पक्ष लोक के हैं। लोकचेतना से संचालित हैं। लोक के लिए और लोक के सेवक हैं। कोई पक्ष भले ही वह राजनीतिक क्यों न हो, लोक स्वामी नहीं, लोक नियंत्रक नहीं। उसका तंत्र और उसका मंत्र लोकतंत्र नहीं। वह तो लोक और लोकतंत्र के अंतर्गत है। उसी के अनुसार उसे चलना है। लोक के 'लोकतंत्र' ने बोध के सिद्धांत दिए हैं—

1. व्यक्ति 'लोक' का साधक है, भोक्ता नहीं।
2. व्यक्ति का जीवन 'साधना' है, संघर्ष नहीं।
3. प्रत्येक का पोषित होना आवश्यक है, केवल शक्तिवान का शक्तिहीन को रौंदकर जीना ठीक नहीं।
4. व्यक्ति प्रत्येक के पोषण के लिए है, प्रत्येक के शोषण के लिए नहीं।
5. व्यक्ति धरा का पुत्र है, इसलिए धरा का पोषण ही नहीं, धरा की भक्ति और पूजन चाहिए।
6. धरा और धरा की इकाइयों का शोषण नहीं, धरा और धरा की इकाइयों से पोषण प्राप्त करें।
7. कहीं right नहीं, सर्वत्र मानव-धर्म का स्वर चाहिए।

8. पूरा लोक व्यक्ति में है, लोक की साधना ही व्यक्ति की साधना है। हमारा लक्ष्य है 'नर' से नारायण बनना समाज को श्रेष्ठ, समर्थ और सुसंस्कारित बनाना। हमारा पथ है धर्म पथ। हमारे आदर्श हैं, साक्षात् धर्म के विग्रह 'राम'। इसी को लेकर हम आगे बढ़ते हैं और लोकतंत्र चलता है।

आज 'लोकतंत्र' के नाम पर 'सत्ता तंत्र' का बोलबाला है, करने और देने के स्थान पर लेने और सबकुछ छीन लेने का नग्न तांडव है। 'पश्चिम' में जिस राजसत्ता के कारण राजतंत्र का विरोध हुआ, वही राजसत्ता लोकतंत्र का आधार व अस्त्र बनीं, आज इसी तंत्र की ओट में सत्ता हथियानेवालों के द्वारा, इसी अस्त्र के द्वारा, लोकतंत्र की अनैतिक हत्या के प्रयास होते हैं।[1] आज सरकारें निर्वाचित तो हैं पर लोकमत द्वारा नियंत्रित नहीं।[2] लोक नाम के लिए अपने स्वामी हैं, पर वास्तव में वे दास के अतिरिक्त और कुछ भी नहीं।[3] हों भी कैसे? राजनीति को आज स्वामिनी बना बैठे हैं। हम अपनी शक्ति खो बैठे हैं, अपना दायित्व भुला बैठे हैं। समाज की शक्ति सत्ता के हाथों में गिरवी है। पूरा लोक लुटेरों के हाथों में सिसक रहा है। लोकचेतना शून्य पर है। पशुता की भूख चरम पर पहुँच, अट्टहास कर रही है। आज का लोक सेवकों के शोषण और दमन से पिस रहा है।[4] आज देश में न राजतंत्र है न लोकतंत्र।[5]

लोकतंत्र कानून से नहीं चलता। कानून का राज्य तो सर्वाधिक अक्षम और भयावह होता है। कानून समर्थ के हाथ की वह तलवार है, जो कमजोर के सिर पर सदा बरसती है। सन् 1975 में आपातकाल की घोषणा को कौन रोक सका? आपातकाल के अत्याचारों को कौन थाम सका? आज भी ऊँची कुरसी पर बैठे हुए अपराधी के गिरेवान को कौन पकड़ सका? पूरे देश में गाँव की गली से लेकर दिल्ली के राजपथ तक खुली डकैती पड़ रही है, कौन रोक सका? नए-नए अपराध के प्रकार आते हैं और उन अपराधों के लिए कानून बनते हैं, किंतु अपराध थमते नहीं। क्यों? राज्य कानून का नहीं, राज्य व्यक्ति का होता है और व्यक्ति के हाथ में हथियार कानून का होता है। लोकयात्रा और लोक-व्यवस्था कानून से नहीं, व्यक्ति से बनती है। कानून नहीं व्यक्ति बनाओ। व्यक्ति किसी कल-कारखाने में नहीं बनते, किसी उद्योगशाला में नही ढलते, व्यक्ति बनते हैं माँ की गोद में, पिता के संरक्षण में और गुरु के आशीष में। हमने इन्हीं मातृत्व, इन्हीं पितृत्व, इन्हीं गुरुत्व के रूपों पर सन् 1947 में सत्ता सँभालते ही प्रहार किया है। माँ, पिता और गुरु के प्रति अश्रद्धा ही नहीं, घृणा भर दी है और अपने देश भारत के मातृत्व को तो मिट्टी में मिला दिया है। भारतमाँ माँ नहीं रही, हम बेटा नहीं रहे। भारत इंडियन यूनियन बन गया, हम वोटर रह गए। गंगा माँ और गौमाता की दुर्दशा है। पिता के स्वरूप को नष्ट कर दिया। अतीत के महापुरुष भुला दिए। अपना ज्ञान हीन और तुच्छ समझ भुला दिया। कैसे बनें व्यक्ति?

भारत ने व्यक्ति में भगवान् निकाला है। भारत ने समाज में लोकपुरुष पूजा है। भारत ने कण-कण में परम को आराधा है। हर क्षण में उसी को साधा है। समग्र अस्तित्व लोक है और हम उसके साधक हैं। लोक से लेकर व्यक्ति तक की यात्रा लोकयात्रा है। लोकयात्रा का तंत्र 'लोकतंत्र' है। धर्म ही इसका प्राण है। इसी धर्म को आज की राजनीति और आज की शिक्षा ने निकाल फेंका। धर्म के शब्द में रिलीजन और मजहब को बैठा दिया, जो न तो भारत की चेतना से बँधे हैं और न भारत के स्वभाव से सधे हैं। भारत का लोक भारत की माटी की चेतना से निकला है और इस लोक का तंत्र शुद्ध प्रकृतिदत्त तंत्र का संस्कारित श्रेष्ठतम तंत्र है लोकतंत्र। धर्म इसका प्राण है, अतः हम धर्म पर चलें, बढ़ें।

संदर्भ

1. स्वामी राघवाचार्य, पांचजन्य जयंती अंक, 1978 पृष्ठ, 111
2. विनोबा भावे, डेमोक्रेटिक वैल्यूज, सर्व सेवा संघ प्र.,1979 पृष्ठ 67
3. वही, सन् 1979
4. धीरेन मजूमदार, लोकगंगा यात्रा, 1975 सर्वसेवा संघ प्र., वाराणसी, पृष्ठ 108
5. वही, 76 पृष्ठ

□

लोकतंत्र के मूल तत्त्व

लोक लोक-स्वरूप में बना रहे, लोक-संचरण रहे, लोक-कल्याण और लोक-उत्कर्ष के लिए, लोक-जीवन लगा रहे, इस हेतु प्रभु ने बुद्धि की समझ और विवेक देकर, हृदय की विशालता और गहराई सौंपकर, आत्मा की सबलता और विराटता झोली में डाल मनुष्य को इस धरती पर उतारा है। उसे नए-नए प्रयोग, आविष्कार और शोध करने के लिए सृष्टि की श्रेष्ठतम धराकृति भारत सौंपी है। मनुष्य ने प्रभु का दिया हुआ दायित्व त्यागा नहीं, निभाया है, अच्छी तरह निभाया है। प्रकृति के हाथों सधी और संचरित धरा को, धरा-जीवन को मनुष्य ने श्रेष्ठ बनाया, संस्कारों से भरा। इकाई-इकाई में दायित्व-बोध की दिशा भरी कि सभी अपना-अपना दायित्व निभाते हुए बढ़ चलें। किसी भय की, किसी दंड की, किसी नियंत्रण की, किसी दिशा-निर्देश की आवश्यकता नहीं पड़ी। इतना सुंदर काल सामने आया कि न तो 'राज्य' इकाई उभरी और न स्वामित्व दरशानेवाला 'राजा' सामने आया। न कानून की बात उठी और न दंड की। न दंड देनेवाला कोई था और न दंड। सर्वत्र स्वयमेव व्यवस्था। सुख, शांति और संपन्नता।

न वै राज्यं न च राजाऽसीत्, न दण्डो न च दाण्डिका:
धर्मेणैव हि प्रजा सर्वा, रक्षन्ति स्म परस्परम्॥

यह भारत का सतयुग था। लोक का पूर्ण प्रभुत्व। कहीं सत्ता का नाम नहीं, शुद्ध धर्मराज्य। अपना धर्म-पालन करते हुए सभी लोकधर्म का सहज निर्वाह करते थे। केवल मनुष्य समाज ही नहीं, पशु-पक्षी, जीव-जंतु और सभी जड़ पदार्थ भी अपनी गति से सधे थे। गति में कोई तिक्र नहीं, कोई व्यवधान नहीं, कोई विकृति नहीं। सब शांत और सुखकर।

लोक का समग्र लोक-संचरण और लोक-कर्म मनुष्य के हाथों ने सँभाला था। धरा के स्वरूप को वह देखता, समझता और व्यवस्थित रखता था। धरा की चादर की

चिंता करता था। पेड़-पौधे और घास सुरक्षित थे, नए-नए पेड़ लगाना, लताओं को बढ़ाना, सुंदर बनाना उसका नित्य का दायित्व था। धरा उसके लिए माटी का टुकड़ा नहीं थी, माँ थी। इसकी वह पूजा करता था और आज भी वे लोग, जो विदेशी चश्मा नहीं लगाते, प्रगतिशीलता का चोला नहीं ओढ़ते, सत्ता की भूख में अंधे औरों के हाथों में नहीं नाचते, धरा को माँ मान पूजते और स्मरण करते हैं। वे कहते हैं—

समुद्र वसने देवि पर्वत स्तन मण्डले
विष्णु पत्नी नमस्तुभ्यं, पादस्पर्शं क्षमस्वमे।

पर्यावरण को, गगन को शुद्ध रखते। प्रदूषण मुक्त रखते। सुगंध से भरते। यज्ञ कर चारों तरफ जीवन फैलाते। यज्ञ से बादल उमड़ते। बादलों से वृष्टि होती, वृष्टि से जीवन लहलहाता। सागर को, सागर की लहरों और तंरगों को, धाराओं-उफानों को मनुष्य अपनी कर्म साधना से व्यवस्थित रखता। आकाश के फैलाव को खुला और स्वच्छ रखता। धरा पर पशुओं को पालता, जीवों को सँभालता, सभी में अपनत्व भर वह सभी के लिए जीता। पर्वतों, सागरों, नदियों, पोखरों की पूजा तो करता ही, वृक्षों, पौधों, पशुओं और जीवों में उन पशुओं और जीवों की भी पूजा करता, चिंता करता जो उसके लिए भयंकर है, मारक हैं। वह साँपों को दूध पिलाता, सिंहों की पूजा करता। समग्रता को अपने व्याप में बाँध लोक-जीवन के तंत्र को श्रेष्ठतम गति देता था।

पक्ष कोई भी हो, दिशा कोई भी हो, कर्म किसी का भी हो, कहीं भी हो, दृष्टि लोक की थी, हित लोक का था, संचरण लोक का था, लोक जीवन था, टुकड़ा-टुकड़ा जीवन नहीं था। संघर्ष नहीं था, साधना थी। लेना-छीनना नहीं था, देना-ही-देना था, करना-ही-करना था। सर्वत्र धर्म की ज्योति आलोकित थी, वह प्रत्येक के हाथ को, प्रत्येक के चरण को, प्रत्येक के मन को, प्रत्येक के मस्तिष्क को, प्रत्येक के हृदय को साधे थी। न ईर्ष्या, न द्वेष, न घृणा, न दुत्कार, न हिंसा, न प्रहार।

यह कैसे संभव हुआ? कैसे चला? बात सरल है, पर आज Democracy के काल में समझना कठिन। वह लोकतंत्र था, यह सत्तातंत्र है। तब लोक का नियंत्रण था, आज सत्ता का शासन है। तब लोक-स्पंदन का जीवन था, अब सत्ता के दंड का संचरण है। लोकतंत्र में कहीं भी सत्ता को महत्त्व नहीं। लोकतंत्र तो जीवन-पद्धति है। यहाँ स्वार्थ का रूप नहीं, सेवा का सागर हिलोरें लेता है।

1. शोषण नहीं, समर्पण चलता है। सत्ता नहीं, समष्टि पूजित है। तंत्र नहीं, लोक आराधित है। 'लोकतंत्र' में लोक ही सबकुछ है, सत्ता कुछ भी नहीं।

2. लोक के अंग बनो, लोक के प्रतिनिधि बनो, लोक-जीवन गंगा के पावन जलकण बन सर्वत्र हहरो। सर्वहित यात्रा पर निकलो। 'इदं मम' नहीं 'इदं न मम' की

दृष्टि फैला 'इदं राष्ट्राय' का भाव पालो; सब सहज ही कल्याणप्रद हो जाएगा। अपने को छोटा नहीं बड़ा करो; कर्म की डगर पकड़ पाशविक-भोग की गली छोड़, इस सुखकर तंत्र के लिए लोक को अंतस् में बसाना होगा। इस लोकतंत्र के चार तत्त्व हैं। एक भी छूटा तो लोकतंत्र गया।

1. लोक-अनुभूति—हमारा लोक हमारे भौगोलिक विस्तार में बँधा है। हमारे सांस्कृतिक संसार में सधा है। हमारे रक्त प्रवाह में संचरित है। हमारे रक्त के कर्म ने सँभाला है। कर्म के श्रेष्ठत्व में उभरा है। केवल अपने को ही नहीं, हमारी गोद को, गोद में पलनेवाले सभी हमारे अपनों को और सभी को धारण करनेवाली माँ धरती को इस 'लोक' में लिया है। हिमाद्रि और सिंधु के मध्य फैले समग्र विस्तार को, हिमाद्रि के पहले अक्षर 'हि' और 'सिन्धु' के अंतिम अक्षर 'न्धु' को एक साथ मिला 'हिन्धु' संज्ञा से जाना है, माना है। यह 'हिन्धु' स्थान प्रकृति के हाथों बनी और ढली स्वाभाविक सुंदरतम रचना है।

इसके पर्वतों ने इसे चारों तरफ से सुरक्षित बनाते हुए अपने हाथों में उठा रखा है। जहाँ आवश्यकता पड़ी कहीं विंध्याचल बन, कहीं अरावली और गिरिनार बन, कहीं महेंद्र और पारसनाथ बन सहारा दिया है। देश को कहीं दबने और झुकने नहीं दिया। नदियों ने समग्र हिंदुस्तान के लोक को अपने जलप्रवाह के जीवन-संचरण से सींचा है। हिमालय को सागर से मिलाया है। एकात्मता की अनुभूति प्रदान की है। दक्षिण के मलय पवन ने उत्तर के उत्तुंग शिखर को छुआ है, तो विश्व की ऊँचाई ने रामेश्वर पर अपने जल को समर्पित कर दिया है।

इस फैलाव के आँचल में वृक्ष, लता और पौधों की हरियाली बिखरी है। कुलाँचे भरते पशु हैं, चहकते पक्षी हैं, झनझनाते जीव हैं और सबके साथ 'नर से नारायण' की ओर यात्रा करनेवाले हम हैं। हमारा सनातन रक्त है, सनातन जीवनप्रवाह है, सनातन संस्कार है, कर्म हैं, आदर्श हैं, मूल्य हैं, मानबिंदु हैं, लक्ष्य हैं, पथ हैं और है यात्रा। यह समग्र लोक का विस्तार है।

इस 'लोक' को हमारे जीवन के प्रत्येक संस्कार में पंडितजी हमें स्मरण कराते हैं। काल का, क्षेत्र का, रक्त का, गुरु का, लक्ष्य का और साधना का सतत संकल्प में ध्यान कराते हैं।

''ॐ विष्णुः विष्णुः विष्णुः हरि ॐ एतस्य श्री ब्रह्मणो, द्वितीयपरार्धे श्री श्वेतवाराहकल्पे वैवस्वतमन्वन्तरे, अष्टाविंशतितमे कलियुगे प्रथम चरणे, जम्बूद्वीपे भारतवर्षे रेवाखण्डे आर्यावर्तैक देशान्तर्गते⋯कलि संवत्सरे⋯विक्रम संवत्सरे⋯उत्तरायण/दक्षिणायणे⋯ पक्षे⋯तिथौ⋯वासरे⋯गोत्रोत्पनः⋯नाम अहं⋯कार्ये⋯हेतु संकल्पं करिष्यामि।

हम अपने को इसी का रूप स्वीकारते हैं। केवल हाड़-मांस के चलते-फिरते

पुतले हम नहीं। हमारे अंदर हमारी धरती बोलती है, चलती है। हमारे पूर्वजों का रक्त बहता है। पूर्वजों के कर्म बसते हैं। उनका स्वाभिमान और उनका संकल्प रहता है। लोक-जीवन का कण-कण और क्षण-क्षण डोलता है तभी तो स्वामी रामतीर्थ और महर्षि अरविंद कह उठते हैं—'मैं भारत हूँ।' भारत के विराट् स्वरूप को स्वीकार, हम उसकी वंदना करते हैं। हम उसके अंग हैं। समग्र लोक हमारे अंदर हहरता है।

हम इसकी अनुभूति करते हैं। प्रात: उठते ही माँ धरती को प्रणाम है। पर्वतों को, सागरों को, सरिताओं को, महापुरुषों को, उनके कर्मों को, उनके संकल्पों को समाज स्मरण करता है। लोक का चैतन्य हो, अपने आसन से उठते हैं और प्रभु को पूजते हैं। सूर्य को जल देते हैं, गौ के चरण छूते हैं, पीपल पर; तुलसी पर जल चढ़ाते हैं। पूरा एक रस, एकात्म जीवन बन कर्म की डगर पर आगे बढ़ते हैं। यदि लोक ही नहीं है जीवन में तो कैसा लोकतंत्र?

आज हमारे 'लोक' भारत में डेमोक्रेसी है। यह सत्तातंत्र है। यह भारत का तंत्र नहीं, इंग्लैंड और अमेरिका का तंत्र है। यह लोक का तंत्र नहीं, जन का तंत्र है। जन भी कहीं से आए! कैसे भी आए! कहीं बसे! बस अपनी पाशविक आवश्यकता के लिए एक सत्तातंत्र बना बैठे। पूरे लोक का कहीं चिंतन नहीं, धरा की चेतना का कहीं प्रश्न नहीं, पूर्वजों के जीवन और संस्कार का, जीवन-दृष्टि और जीवन-साधना का कहीं रूप नहीं। केवल सत्ता की बात और सत्ता के लिए नए-नए तंत्र की बात। इस तंत्र को 'लोकतंत्र' मत कहो। लोकतंत्र लोकहित समर्पण की पावन गंगा है, जिसमें राम निकलते हैं। यह डेमोक्रेसी पाशविक सत्ता की भूख की वह गंदी नाली है, जिसमें से 'छविराम' निकलते हैं। लोकतंत्र 'इदं न मम, इदं राष्ट्राय' के पावन गंगा मुख से निकलनेवाली गंगा है और डेमोक्रेसी 'इदं मम' की अपावन दृष्टि right की कोख से उपजी वेश्यालय की गंदी नाली है।

लोकतंत्र में लोक-अनुभूति का ज्वार उमड़ना चाहिए। कहीं व्यक्ति और वर्ग का उफान नहीं।

सीय राममय सब जग जानी। करउँ प्रनाम जोरि जुग पानी॥

2. लोक-अभिव्यक्ति—कोख और गोद को छुपाया नहीं जा सकता। कोख सिर चढ़कर बोलती है और गोद गरजती हुई अपना आचरण करती है। सर्वत्र पानी के तत्त्व एक ही है। एचटूओ का सिद्धांत पानी की बूँद-बूँद पर लागू है। पानी तो पानी है, फिर भेद क्यों? नदी का पानी सागर से अलग क्यों? कूप का जल, नदी से भिन्न क्यों? नदियों का भी जल, सर्वत्र एक सा क्यों नहीं? वोल्गा और दजला का पानी यमुना के जल से अलग क्यों? गंगा का गंगाजल सभी से भिन्न और सर्वोत्तम क्यों, अमृत क्यों?

पानी के तत्त्व समान रखते हुए भी, गंगाजल माँ गंगा की कोख ओर गोद का वैशिष्ट्य समेट विश्व में अनूठा है, सर्वोत्तम है, अमृत है।

मनुष्य सर्वत्र मनुष्य हैं, किंतु अपनी धरती का वैशिष्ट्य रखते हुए वे अलग-अलग पहचान बनाते हैं। धरती, जलवायु और समग्र पर्यावरण की पहचान इनसान के हाड़, मांस, मज्जा, रक्त, मन, मस्तिष्क, हृदय और स्वभाव में धँसती चली जाती है। कुमारी सेंपुल सही कहती है—'धरती हमारी माँ है, उसी ने जन्म दिया है, पाला है, दिशा दी है, सामर्थ्य दी है।'

माता भूमिः पुत्रोऽहम् पृथिव्याः।

माँ संतान में तो चमकेगी ही, झलकेगी ही। गोपिकाएँ कृष्ण को चिढ़ाती हैं—'गोरे नंद जशोदा गोरी तुम कत श्यामल गात'। कितना ही कोई अपने को छिपाने का प्रयास करे, किंतु उसका रक्त तो उसमें बोलेगा ही।

पं. जवाहरलालजी विदेश में पढ़े थे, दृष्टि विदेश की पकड़ी थी, किंतु रक्त तो देश का था। जब-जब विदेश में गए, मस्तिष्क ने विदेश की उड़ान भरी, अंतस में उमड़ती भारतीय हृदय की चेतना ने, आत्मा के स्पंदन ने और धरा के रक्त ने, उड़ान को गंगा की गोद में लाकर पटक दिया। नेहरू ने पत्नी कमला की अस्थियाँ गंगा में विसर्जित की हैं। अपनी वसीयत में, अपने मरने पर अपनी राख को गंगा में प्रवाहित करने के लिए लिखा है और जो कहते थे 'आई एम हिंदू बाई चांस', वही अपनी आत्मा की आवाज को दबा न सके। हिंदू कर्मकांड के आँचल में बँध विदा हुए।

आज इसी अभिव्यक्ति पर आक्रमण है। विदेशी शक्ति ने सत्ता छोड़ी किंतु आक्रमण नहीं छोड़ा। आक्रमण के हाथ बदले हैं, आक्रमण नहीं बदला। आक्रमण के लक्ष्य बदले हैं, आक्रमण के वार नहीं बदले। पहले सत्ता पर, संपत्ति पर आक्रमण था, अब राष्ट्र-चेतना पर और पहचान पर आक्रमण है। हमारी मूर्खता और विदेश की धूर्तता ने जिन षड्यंत्र सने आक्रमण के हाथों को देश की छाती में धँसाया है, वे इतने गहरे बैठते चले जाते हैं कि हम हाड़-मांस के इनसान तो लगते हैं किंतु हमारी भारतीयता की पहचान निकलती चली जाती है। पहले हम गुलाम बनाए गए थे और अब हम स्वयं गुलाम बनते चले जाते हैं। उसमें भी गर्व का अनुभव करते हैं।

सत्ता पाते ही हमने अपनी धरती को मिट्टी का टुकड़ा बना डाला। वह भारत माँ न रही 'इंडियन यूनियन' बन गई। इंडिया भी नहीं, इंडियन यूनियन, 'टुकड़ों का संघ'। हम माँ भारत के बेटे न रहे, वोटर हो गए। मातृत्व को मार पितृत्व पर प्रहार किया। रक्त को भुला दिया। हमारे पूर्वज हमसे दूर किए। सनातन रक्त प्रवाह को काट दिया। काटा ही नहीं, अपमानजनक, शर्मनाक तरीके से मिट्टी में गाड़ दिया। कहने लग गए कि राम हुए ही नहीं, कैसा 'राममंदिर'? कैसा 'रामसेतु'? धरा भूली, रक्त भूला और धरा तथा

रक्त के संघात से निकली राष्ट्र की चेतना 'संस्कृति' भी भूल गई। विदेश का रक्त अट्टहास कर उठा, वह देश के रक्त को निकम्मा, नालायक कहता हुआ पकड़कर नचाने लगा। देश की धरती पर विदेश की धरती का परचम फहरने लगा। देश का भगवा काटने लगा। विदेशी-जीवन गाँव की गली-गली में पहुँच गया। मैया गई, 'मम्मी' आ गई।

कैसे सँभलें? लोक की संतान में लोक कैसे फूटे? कैसे लगे कि हम भारत की संतान हैं। हम राम और कृष्ण की संतान हैं। हम गांधी और गौतम की संतान हैं। राम और कृष्ण की बात तो दूर, अभी-अभी कल पैदा हुए गांधी जिन्हें हम बापू कहते हैं, जिनके हम भक्त कहलाते हैं, हमारे हाथों से धरती में गहरे दफना दिए गए। कौन पूछता है बापू के आराध्य 'राम' को? कौन गुनगुनाता है 'रघुपति राघव राजा राम'? कौन चलता है स्वदेशी के पथ पर? कौन मानता है 'लोकनीति' को? कौन करता है शराबबंदी? कौन रोकता है गोवध? कौन संकल्प लेता है 'राम राज्य' का? कौन मानता और चलाता है 'हिंदी' को? कौन स्वीकारता है ग्राम स्वराज्य? हमारे हाथों चले आक्रमण के दर्द को न पूज्य बापू सह सके और न विनोबा भावे, इसीलिए बापू 15 अगस्त,1947 को दिल्ली नहीं आए। विनोबा गोवध बंद नहीं करा पाए।

हमारे जीवन में लोक-अभिव्यक्ति चलनी ही होगी। हमारी धरती हमारे चिंतन और आचरण में थिरकनी चाहिए। धरती पर बीता हमारा समग्र जीवन प्रवाह हमारे सोच, हमारे व्यवहार में दिखाई पड़ना चाहिए। हमारे रक्त का प्रत्येक वैशिष्ट्य हमारे संबंधों में, हमारे कर्मों में, हमारे संस्कारों में झलकना चाहिए। हमें उस पर गर्व होना चाहिए। राम बार-बार अपने रक्त का स्मरण करते हैं और गर्व के साथ उसके वैशिष्ट्य का निर्वाह करते हैं।

राजा दशरथ कहते हैं—

> रघुकुल रीति सदा चलि आई। प्रान जाहुँ बरु बचनु न जाई॥
> रघुबंसिन्ह कर सहज सुभाऊ। मनु कुपंथ पगु धरइ न काऊ॥
> जौं मैं राम त कुल सहित कहिहि दसानन आई।

हमारी संस्कृति और हमारी चेतना हमारे जीवन में झर-झर झरनी चाहिए। हम तो ईश्वर के अंश हैं, ईश्वर के उपासक हैं, नारायण बनने के पथ पर हैं किंतु रास्ता चल रहे हैं भोग का। साधना का जीवन बना रहे हैं संघर्ष का। कहते हैं प्रकृति की गोद में हम पले हैं, पलते हैं, करते हैं बात पोषण की, करते हैं शोषण। बात कर्म की, दान की, समर्पण की और आचरण right का, लेने का, छीनने का। मानव-धर्म के देश में कहाँ से टपक पड़ा यह 'ह्यूमन राइट्स'? अरे इतना प्यार, दुलार, सेवा और समर्पण बरसाओ कि

right भागता चला जाए। बेटा माँ से right के लिए लड़े यह शोभा नहीं देता।

हमारी भाषा, हमारी भूषा, हमारी भावना, हमारी भक्ति और हमारी साधना हमारे प्रत्येक चरण में सशक्त बन ढलनी चाहिए। गंगा का बेटा दजला की आरती उतारे—शोभा नहीं देता। हिमाद्रि की बेटी आल्प्स के गीत गाए, लज्जा की बात है। सूर और तुलसी की माटी का लाड़ला अंग्रेजी गाए ही नहीं, हिंदी को भूल जाए; कन्हैया के गोकुल का रक्त गैया छोड़, कुत्ते को गोद में दुलारे; कन्हैया का पटुका फेंक, टाई गरदन में लटकाए; भक्ति का रस त्याग, भोग की नाली में डूब जाए; प्रभु की साधना और लोक की सेवा त्याग, स्वार्थ के पंक में आकंठ गड़ जाए यह अति लज्जा की बात है। लोक के लिए, लोकतंत्र के लिए लोक-अभिव्यक्ति हर क्षण चलनी ही चाहिए। लोक-अभिव्यक्ति के बिना लोकतंत्र नहीं।

3. लोक संचरण—संवेदन से समाज बँधता है। समाज चलता है। समाज ही नहीं पूरा लोक संवेदन के हाथों में बँधा और सधा है। व्यक्ति व्यक्ति में संवेदन का स्तर अलग-अलग रहता है। सहज ही लोग देखने को मिल जाते हैं, जो अपने आत्मीय-जनों से तो संवेदन में जुड़े ही हैं पर साथ में अपनी गाय, अपने कुत्ते, अपने तोते और यहाँ तक कि अपने पेड़, अपने खेत तथा अपने की भी सीमा पार कर अपने गाँव के तालाब, अपने विद्यालय, अपने गाँव के मंदिर से इतने जुड़े रहते हैं कि वे उन्हें देखते और मिलते ही आनंद से भर जाते हैं। संवेदन का यह विस्तार और गहराई व्यक्ति के मनुष्यता के स्तर के साथ घटती और बढ़ती रहती है। पूज्य रामकृष्ण परमहंसजी की पीठ पर पिटती हुई गाय पर पड़नेवाले प्रहार-चिह्न स्पष्ट उभर आते हैं। यह संवेदन का बढ़ता रूप ही स्वामी रामतीर्थ को, महर्षि अरविंद को कहलवाता है—'मैं भारत हूँ'। राजनीति में महात्मा गांधी चलते-फिरते देश ही तो थे। देश इसी भाव में बँध उन्हें राष्ट्रपिता कह उठा था। राष्ट्र जीवन के प्रवाह में समग्र राष्ट्र डॉ. हेडगेवार के आचरण में उतर आया था। राष्ट्र का कण-कण और राष्ट्र का क्षण-क्षण गोलवलकर के चिंतन में, गोलवलकर के आचरण में तिरता था। वह चलते थे तो राष्ट्र चलता दिखाई पड़ता था, वह बोलते तो राष्ट्र बोलता दिखाई पड़ता था। स्वामी विवेकानंद का स्वर तो राष्ट्र का स्वर था। उनका व्यवहार राष्ट्र संवेदन में बँधा, चला और बढ़ता हुआ व्यक्तित्व था। ऐसे संवेदन के उच्च स्तर पर व्यक्तियों में राष्ट्र संचरित रहता है। वह अपने वैयक्तिक जीवन को राष्ट्र के चरणों में अर्पित करते चले जाते हैं। पूज्य गोलवलकरजी अपने को समर्पित करते हुए यज्ञ करते हैं 'इदं न मम, इदं राष्ट्राय'। लोक में जब संवेदन का स्तर संस्कारों और साधना के बल ऊँचा उठता जाता है तो व्यक्ति और राष्ट्र का संवेदन एक हो थिरक उठता है। पूरा स्वरूप एकात्म हो जाता है।

व्यक्ति और राष्ट्र (लोक) के बीच, व्यक्ति और समाज के बीच, व्यक्ति और

परिवार के बीच संवेदन की यह दूरी, पाशविक-भौतिकता की भूख और बढ़ती भूख की तृप्ति के लिए भेड़िए से उमड़ते प्रयास निरंतर बढ़ाते चले जाते हैं। आज तो बेटा बाप को दिन दहाड़े मार देता है, माँ को फाँसी पर चढ़ा देता है। माँ बेटे को मारकर गाड़ देती है, बहन भाई को मौत की नींद सुला देती है। यह आज की प्रगति का चित्र है। देखते और सुनते ही दिल दहल जाता है कि अरबपति परिवार में, माँ और बाप, अपने करोड़पति बेटे और पोते को देखने के लिए तरसते हैं, उनके दो बोल सुनने के लिए बेचैन हैं और वे दोनों चारपाई पर पड़े असहाय बेटे के आत्मीय सहारे और बेटे के आत्मीयता से भरे संबोधन के लिए सिर पटक रहे हैं? किंतु बेटे के दिल पर कोई असर नहीं। वाह री प्रगति, वाह री पैसे की भूख, वाह री पाशविक भोग की लिप्सा! हर इकाई ध्वस्त हो गई है। व्यक्ति टूटा, घर बिखरा, समाज उजड़ा और लोक परलोक सिधार गया।

व्यक्ति राष्ट्र का अंग है। व्यक्ति में राष्ट्र रहना ही चाहिए, व्यक्ति के संचरण में राष्ट्र संचरित होना ही चाहिए। यही आदर्श व्यवस्था है।

जैसे व्यक्ति में राष्ट्र का संचरण है, ठीक वैसे ही राष्ट्र के संचरण में व्यक्ति का संचरण है। जब एक ही संचरण का रूप बन राष्ट्र खड़ा होता है तो वह अजेय शक्ति बनता है। सन् 1962 के चीनी आक्रमण के समय पूरे राष्ट्र के मन का, राष्ट्र के मस्तिष्क का, राष्ट्र के हृदय का और राष्ट्र की आत्मा का एक ही और एक ही दिशा में बढ़ता, उफनता संचरण था। विरोध में उभरते स्वर और आचरण विदेशी खूँटों से बँधे और स्वार्थ के टुकड़ों पर पले राष्ट्रघाती व्यक्तियों के थे। सन् 1971 में, भारत-पाक के युद्ध बँगलादेश के उदय के समय, जब 90 हजार पाकिस्तानी सिपाहियों ने भारतीय सेना के सामने समर्पण कर दिया था, पूरा भारत एक संचरण में बँधा खड़ा था। इसके विरोध में संचरण करनेवाला राष्ट्र-अपराधी था।

लोक और लोक के संगठकों का समान दुःख और समान सुख होता है। डूबती हुई नाव पर बैठे प्रत्येक प्राणी की मानसिक अवस्था एक सी ही होती है। लोग का सुख व्यक्ति का सुख होता है और लोक की पीड़ा व्यक्ति की पीड़ा होती है। व्यक्ति को लोक संचरण के साथ प्रवाहित होना होगा। गंगाजल को गंगा के प्रवाह में बहना होगा। राष्ट्र (लोक) से अलग अपने व्यक्तिगत स्वार्थ में फँस उड़ान भरना, राष्ट्र और व्यक्ति दोनों के लिए ही घातक है।

आज का प्रगतिशील पश्चिमी आँधी में फँसा अपने लोक को भूल, भौतिक पाशविक भूख में उड़ता चला जा रहा है। यह दिशा और दशा भयावह है। पशु बने इस समाज को कैसे मनुष्य बनाया जाए? समग्र-लोक की एक ही संचरण-यात्रा परम आवश्यक है। विराट-पुरुष इस लोक को ही साधना होगा।

4. लोक में विलय—लोकयात्रा का, लोकतंत्र का चौथा तत्त्व है—व्यक्ति का

लोक में विलय। व्यक्ति विकास के पथ पर चलते-चलते व्याप को इतना बढ़ा लेता है कि वह ही लोक बन जाता है। उसका लोक में विलय हो जाता है। बिले, वीरेश्वर बनें, नरेंद्र हुए और विवेकानंद क्या हुए कि राष्ट्र बन विश्व में गरजने लगे। उनका बोलना भारत का बोलना बना। सामान्य से लगनेवाले मोहनदास बैरिस्टर बन आगे बढ़े और राजनीति के आँगन में आ, राजनीति में लोक को पैठाते हुए महात्मा बन, बापू और राष्ट्रपिता के स्वरूप में ढलते चले गए। हर व्यक्ति को अपने संकुचित वैयक्तिक कठघरे से बाहर निकल, बढ़ते लोक व्याप में पैठ जाना है।

लोक में पैठना स्वाभाविक प्रक्रिया है। व्यक्ति अपने जीवन में जो कुछ भी करता है, वह सब-की-सब पूँजी, अपने और अपने परिवार की होते हुए भी लोक की होती है। अरविंद और विवेकानंद का चिंतन व आचरण, गांधी और गोलवलकर का चिंतन और आचरण उनका होते हुए भी भारतीय-लोक का चिंतन तथा आचरण है। व्यक्ति के जीवन में व्यक्ति का प्रखर उदय हो और समस्त संबंधों तथा प्रयासों के बल श्रेष्ठतम उत्कर्ष हो तथा आगे बढ़ लोकयात्रा में, लोक में विलय हो, यह राजनीति का धर्म है। लोक में विलय किए बिना लोकयात्रा का एक भी चरण चल नहीं सकता।

राम इसके आदर्श हैं। गुरु चरणों में बैठ विद्या पाई। संकटों में तपे, पके, आगे बढ़े। संकटों पर विजय पाते ही, वह उभरे तो वैयक्तिक बंधनों से ऊपर उठ लोक के प्राण बने। वह सीता के पति नहीं, भरत के भाई नहीं, समग्र लोक के राजा बन आगे आए। वह लोक के लिए सभी कुछ छोड़ने को तैयार रहे।

आज भी पं. दीनदयाल उपाध्याय का वैयक्तिक जीवन कहाँ है? कहाँ है उनका घर? कहाँ है उनके वैयक्तिक अर्जन का शिखर? सबकुछ लोक का। डॉ. राममनोहर लोहिया का, जयप्रकाश नारायण का, कहाँ है वैयक्तिक पूँजी का भंडार? कहाँ है वैयक्तिक संबंधों का जाल? लोक-प्रवाह में पूर्ण विलय, व्यक्ति का लोक बन जाना और लोकयात्रा ही उसकी यात्रा हो जाना, लोकतंत्र का समग्र विकास है।

भारतीय जीवन में लोक-विलय की शिक्षा, घर से लेकर समाज तक, सतत दी जाती रही है। व्यक्ति को कुछ के लिए, कुछ को ग्राम के लिए, ग्राम को जनपद के लिए और जनपद को लोक के लिए भूलते चले जाना चाहिए। लोक के सामने सभी इकाइयाँ छोटी हैं और लोकहित के लिए त्याज्य हैं। व्यक्ति ब्रह्मचर्य आश्रम में अपना विकास करता है, गृहस्थ आश्रम सेवा में लगाता है और अंत में परम की साधना में लग जाता है। घर में लोक-सेवा और लोक-दायित्व का पाठ बच्चे को सिखाया जाता है। पशुओं की सेवा करना, पक्षियों को खिलाना, वृक्षों को सींचना, तालाबों-नदियों को पूजना सतत बताया जाता है। लोक-जीवन व्यक्ति जीवन बनता है। इसी लोक के लिए व्यक्ति समर्पित होता चला जाता है।

इसी समर्पण की धारा में लोक-साधना के पथ पर राष्ट्रीय स्वयंसेवक संघ जैसा विराट संगठन खड़ा है। तरुणों ने अपने जीवन को इस राष्ट्र साधना में समर्पित किया है। राष्ट्र की अनुभूति की, उसकी अभिव्यक्ति की और राष्ट्र-चेतना के प्रवाह में संचरित होते हुए पूर्णरूप से राष्ट्र-जीवन में पैठ गए। देश में चल रहे अनेक संगठनों में, लोकहित और लोक-संस्कार के लिए नौजवानों ने अपने को समर्पित किया। लोकहित निकलनेवाले इन्हीं तरुणों के बल पर लोकचेतना का प्रवाह संचरित रहता है।

□

लोकतंत्र की भावभूमि

धरती पर लोगों का जमघट है। एक वे देश हैं, जो प्रारंभ से अपनी धरती पर अपनी संतान को ले, एक इकाई के रूप में आगे बढ़े हैं। दूसरे वे देश या धरती के भाग हैं, जहाँ भिन्न-भिन्न देशों से, भिन्न-भिन्न स्वभाव और भिन्न-भिन्न जीवन दिशा लेकर लोग जाकर बसे और फिर एक राजनीतिक इकाई के रूप में विकसित हुए। तीसरे वे देश हैं, जहाँ एक ही देश और एक ही समाज के लोग अपना देश और समाज छोड़ जाकर बस गए तथा एक समाज इकाई के रूप में विकसित हुए और बढ़े। इन तीनों ही प्रकार के देशों में जीने की दृष्टि, जीने का लक्ष्य, जीने का पथ स्वाभाविक ही अलग-अलग हैं और होने भी चाहिए। साथ ही दुनिया के फैले हुए इस विशाल क्षेत्र पर भिन्न-भिन्न जलवायु, भिन्न-भिन्न भौतिक आकृतियों और परिस्थितियों के बीच चलते हुए जीवन में अलग-अलग जीवन-दर्शन और अलग-अलग जीवन-पथ तथा अलग-अलग लक्ष्य स्वाभाविक हैं। टुंड्रा का वासी, कांगो का निवासी, सहारा का रहनेवाला भारत के जीवन का दर्शन न तो सोच सकता है और न ही इसका हो सकता है। अमेरिका, कनाडा और ऑस्ट्रेलिया का निवासी भी, चाहे जितना साधन-संपन्न क्यों न हो, भारतीय जीवन-दृष्टि का पथिक नहीं बन सकता। टुंड्रा, कांगो और सहारा की कठिनाइयाँ उसे चलने नहीं देंगी और अमेरिका, कनाडा व ऑस्ट्रेलिया की भोग-स्थितियाँ उसे लोकधर्म पर निकलने नहीं देंगी।

भारत की धरती पर भारत की संतान का विकास एक विराट् के रूप में चला है। इसकी यात्रा सनातन है। एक लक्ष्य है, एक पथ है, एक दृष्टि है। इसका जीवन-दर्शन लोक का जीवन-दर्शन है। जैसे घर में सभी घर के लिए समर्पित रहते हैं, ठीक वैसे ही लोक के लोग लोकहित-समर्पित जीवन जीते हैं। यदि नहीं करते तो घर 'घर' नहीं, मकान है, लोक 'लोक' नहीं, लोगों का जमघट है। लोक की चेतना एक होती है। यह

चेतना धरा की कोख से फूटती है, धरा की संतान के हाथों सँभलती है और समय के साथ ढलती है। जहाँ यह चेतना लोक-इकाई बन नहीं ढलती, एक दृष्टि बन नहीं चलती, वहाँ का जीवन-तंत्र लोक नहीं सँभालता, सत्ता सँभालती है। वहाँ लोक का तंत्र सोचा भी नहीं जा सकता, सत्तातंत्र चलता है। सत्तातंत्र का रूप कोई भी हो, परंतु वह लोकतंत्र का रूप नहीं होता। लोकतंत्र में लोक-चेतना सर्वस्व है।

दुनिया के देशों में इसीलिए डेमोक्रेसी तो है, पर लोकतंत्र नहीं है। डेमोक्रेसी सत्ता का तंत्र है। डेमोक्रेसी के भी रूप अनेक हैं, किंतु डेमोक्रेसी में लोक-अस्मिता, लोक-चेतना और लोक-स्वत्व कहीं खोजे नहीं मिलते। भारत की डेमोक्रेसी में भारत नदारद है। न भारत का अतीत चलता है, न भारत का वर्तमान पलता है और न भारत का भविष्य झलकता है। न भारत का लक्ष्य मिलता है और न भारत का पथ। न भारत की पहचान मिलती है और न भारत की संस्कृति। बस राजनीतिक इकाई 'इंडियन यूनियन' की, इंडियन यूनियन के संविधान के आधार पर दौड़ रही रोटी, कपड़ा और मकान के लिए बेलगाम जिंदगी मिलती है। उसी का दर्द भारत झेल रहा है।

भारत ने लोकतंत्र की भावभूमि दी है। इसी भावभूमि पर भारत का लोकतंत्र दौड़ा है। सत्तातंत्र पास फटकने की भी नहीं सोच सका। लोक के सभी अंग अपना-अपना धर्म पालन करते हुए लोक को चरम उत्कर्ष पर पहुँचाते रहे हैं। आज भी जहाँ लोक-चेतना चिंतन और आचरण में झलकती है, वहाँ सत्तातंत्र एक किनारे दूर खड़ा मिलता है। बड़े-से-बड़े हजारों कार्यकर्ताओं के वर्ग में कहीं भी खाकी वरदीधारी नहीं दिखाई पड़ता। न झगड़ा होता है, न चोरी। कोई शिकायत नहीं मिलती। ये वर्ग चाहे स्वयंसेवक संघ के हों, चाहे गायत्री परिवार के हों, चाहे साईं बाबा के हों या किसी अन्य श्रेष्ठ संगठन के, सत्तातंत्र की अपेक्षा नहीं रखते। यहाँ लोकदृष्टि है, लोकहित है, लोक-संस्कार है और है लोकजीवन।

सर्वमिदं खलु ब्रह्म—लोकतंत्र की भावभूमि का पहला चरण है 'सर्वमिदं खलु ब्रह्म'। सभी में ब्रह्म है। कण-कण में ईश्वर का वास है। प्रह्लाद अपने पिता से नि:शंक हो कहता है—'हाँ, खंभे में भगवान् हैं' और खंभे से भगवान् प्रकट होते हैं। जब प्रत्येक में प्रभु हैं तो 'अन्य' का प्रश्न कहाँ। सब एक ही हैं। काया के कठघरे को किनारे करो और सबमें धड़कते हुए एक ही ब्रह्म को पहचानो। तुलसी कहते हैं—

'सीय राममय सब जग जानी। करउँ प्रनाम जोरि जुग पानी॥'

सबमें बसे हुए इस विराट् परमात्मा को नमन करो। इस विराट् की सेवा नारायण की सेवा है।

भारत ने इस दृष्टि को जाना है और जिया है। वह कण-कण को पूजता मिलता है। मनुष्य के लिए तो उसके हाथ चलते ही हैं, पशु-पक्षी, कीट-पतंग और पेड़-पौधों

के लिए प्रत्येक दिन पागल बना दौड़ता मिलता है। विदेश हँसता है, इसे पागलपन कहता है। साँप को दूध पिलाना, कौए को चुग्गा देना, चींटियों को दाना देना, क्या है यह सब। 'जन' की कल्पना लेकर चलनेवाले लोग इस लोक की जीवंत धारणा को न समझ सकेंगे। भारत ने सभी को एक ही नहीं समझा वरन् एक ही परमात्मा का विराट् रूप माना है, पूजा है और सतत जिया है।

आत्मवत् सर्वभूतेषु—लोकतंत्र की भावभूमि का अगला बढ़ता हुआ चरण है—'आत्मवत् सर्वभूतेषु'। सभी जड़ और चेतन अपने समान ही हैं। कोई भेद नहीं, कोई अंतर नहीं। यहाँ 'रक्त' की भावना नहीं, यहाँ 'क्षेत्र' की भावना नहीं, यहाँ 'जाति और मजहब' की भावना नहीं, यहाँ 'संबंध और स्वार्थ' की भावना नहीं, सीधी स्वाभाविक और सत्य भावना है—परमपिता परमेश्वर का अंश होने की। इसे जाना, स्वीकारा और जीवन में उतारा तो जीवन परम के आनंद की गंगा बन जाता है। रक्त का संबंध है, उसे नकारा नहीं, क्षेत्र का लगाव है, उसे दुत्कारा नहीं, जाति के बंधन हैं, उसे तोड़ा नहीं, अर्थ व्यवहार के नित बनते और दूर होते समझौते हैं, उन्हें अस्वीकारा नहीं, किंतु जो सत्य और सबको एकात्मता में बाँधनेवाला सर्वाधिक सशक्त निजता का बंधन है, उसे नियंत्रण और संस्कार की लगाम थमा दी है। उसने काम भी किया है।

जहाँ-जहाँ और जब तक यह नियंत्रण और प्रवाह बहता है, विगठन और विकृति के भँवर नहीं उठते। सर्वहितकारी भागीरथी का प्रवाह सतत चलता चला जाता है। अतीत की बात छोड़ें, वर्तमान में भी सन् 1947 में सत्ता सँभालने से पहले, गांधी और नेहरू, परमहंस और विवेकानंद, रामप्रसाद और अशफाकउल्ला, लोहिया और जॉर्ज के संबंध रक्त और क्षेत्र की भावना से बँधे थे। सच है, ये लक्ष्य उन्हें साधे थे किंतु अंतस में धड़कती शक्ति सभी में एक ही थी और वह थी परमपिता परमेश्वर की। इसको दबाने वाली पाशविक-भूख और जंगली-वृत्ति की विकृत भावनाएँ, प्रवाह के सामने आने की हिम्मत भी न कर सकी थीं।

लक्ष्य था 'लोक', संकल्प था पूर्ण समर्पण, साधना थी तिल-तिल नित्य समर्पित होते जाना और अनुभूति थी समर्पण की कोख से फूटती आनंद की अजस्र-धारा। यह परम का सौंदर्य प्रवाह था। परम का हिलोरता आनंद का सागर था। यही परम की चेतना, यही लोक-चेतना सभी को एकता में, एकात्मता में बाँधती और साधती है। दूसरे का दुःख अपना दुःख लगता है, दूसरे का सुख अपना सुख लगता है और एक ही दुःख सबका दुःख बनता है, एक ही सुख सबका सुख बनता है। समान अनुभूति होती है, समान अभिव्यक्ति होती है और कर्म के लिए सबके हाथ भी समान रूप से एक साथ ही उठते हैं। व्यक्ति नहीं, लोक चलता है। सब में बैठा हुआ यह लोक ही मचलता है। सन् 1947 में अंग्रेजों ने सत्ता छोड़ी और भारत ने सत्ता सँभाली, तो गाँव-गाँव, गली-गली,

उमड़ता हुआ आनंद का सैलाब इसी लोक-चेतना का था। सब एकसमान खुशी से भर थिरक रहे थे। एक ही भाव था। एक ही दृष्टि थी। हर एक अपने समान ही दूसरे को आनंद से भरा पुलकित पा रहा था। यह था आत्मवत्-आनंद का उमड़ता पारावार। एक मंत्र था, एक तंत्र था लोकतंत्र।

सर्वभूत हितेरता—सब में और सर्वत्र वही है। सब अपने समान हैं तो तीसरा चरण लोकतंत्र की भावभूमि का सहज ही सामने आ जाता है—'सर्वभूत हितेरता'। सबके हृदय में मंगल कामना उमड़ती है, 'सर्वेभवन्तु सुखिनः'। 'सर्वेभवन्तु सुखिनः के लिए समर्पण की राह पकड़नी पड़ती है। बच्चों के सुख के लिए माँ अपने सुखों को छोड़ देती है और केवल सुखों को छोड़ती ही नहीं, बड़े-से-बड़े संकटों को सहती है। घर का ही बड़ा रूप 'राज्य' बनता है। घर में पिता होता है, तो राज्य के मुखिया को भी 'पिता' समझा जाता है। पिता पालता है और राज्य का मुखिया भी पालता है। इसी पालन करने की प्रक्रिया में, पालित के लिए सुखों का समर्पण करना और कष्टों का वरण करना स्वाभाविक है। अपने लिए नहीं सर्वभूत के लिए कर्मरत रहना है। राम का, चाणक्य का, शिवा का आचरण-बोध भुलाया नहीं जा सकता।

यह दृष्टि केवल एक की ही, या केवल मुखिया की ही नहीं, सभी की है, सबको सिखाई जाती है और सबको आचरण में उतरवाई जाती है। भोजन बना और माँ ने रोटी निकाल 'गौग्रास' बेटे के हाथ गौ को भिजवाया। भोजन प्रारंभ हुआ तो पहले ही बाहर दिखवाया कि कोई अतिथि है और यदि अतिथि है तो बुलाकर उसे भोजन करवाया। भोजन समाप्त हुआ तो घर में कुत्ते को रोटी खिलाई। प्रातः निकले तो हाथ में चुग्गा ले चीटियों को खिलाते चले। कहीं बंदरों को चने खिलाते गए। पक्षियों को दाना देते गए। पौधों को, वृक्षों को पानी लगाते गए। जो भी जीवन फैला है, सभी को खिलाते, पिलाते और सँभालते गए। भारत ने इस जीवन-दृष्टि को, चिंतन और आचरण को 'यज्ञ' की संज्ञा दी है। सबको चलाने के लिए, जीवन देने के लिए प्रकृति यज्ञ करती है। सूर्य यज्ञ करता है। सागर यज्ञ करता है। धरा यज्ञ करती है और यही यज्ञ 'धरा की संतान' में उतरता चला जाता है। भारत में यह पूरेपन से उतरा था। घर-घर यज्ञ होता था। मार्टिन हाग कहते हैं—''सौर जगत् की वार्षिक परिक्रमा साल भर चलनेवाला यज्ञ है।'' कहा भी है—'' यज्ञो वे संवत्सरः।''

'यज्ञ' देने की, समर्पण की, साधने की, सर्व-कल्याण की साधना है। व्यक्ति घर में यज्ञ करता है। संस्कार कर्मों में यज्ञ करता है, समाज में यज्ञ करता है, राष्ट्र-जीवन में यज्ञ करता है और अब तो अच्छे फलों के लिए उद्यानों में, अच्छी फसल के लिए खेतों में, वर्षा के लिए मैदानों में, कल्याण के लिए उत्सवों और मेलों में यज्ञ करता है। यह होली का उत्सव यज्ञ ही तो है। यज्ञ व्यक्ति को समर्पण का भाव सिखाता है। हाथ में

बँधने वाला तीन सूत का धागा तीनों ऋणों से मुक्ति का संकल्प कराता है। कर्तव्य सूत्र में बाँधता है। सर्व-कल्याण के भाव में रमाता है। यज्ञमय जीवन ही कल्याण का जीवन है।

इदं राष्ट्राय—लोकतंत्र की भावभूमि का चौथा चरण है 'इदं न मम, इदं राष्ट्राय'। व्यक्ति अपने को पालता और सँभालता हुआ, घर तथा समाज के दायित्व का निर्वाह कर, जब राष्ट्रदायित्व के आँगन में आता है तो व्यक्ति की सोच, घर का भाव और वर्गों का चिंतन छोटा व बौना पड़ जाता है। विराट् के दायरे में व्यक्ति का दायरा स्वयं आ जाता है। विराट्-हित में व्यक्ति-हित स्वयं सँभल जाता है। व्यक्ति अपने लिए औरों को वंचित क्यों करे? व्यक्ति अपने भोग के लिए दूसरों के साधनों का हरण क्यों करे? साधन व्यक्ति के तो हैं नहीं—'सबै भूमि गोपाल की'। सबकुछ उसी का तो है। स्वामी वही है। हम तो स्वामी की संतान हैं। हमें पालने का काम उसी का है। वह सबको पालता है। हमें अनुभव करना ही चाहिए 'इदं न मम'। इसी दृष्टि से आचरण भी करना चाहिए। हम रहें और अपने अस्तित्व के लिए उतना त्यागपूर्वक भोग करें जितना आवश्यक है, शेष लोक-कल्याण में अर्पित करें—

ईशावास्यमिदं सर्वं यत्किञ्च जगत्यां जगत्,
तेन त्यक्तेन भुञ्जीथा: मा गृद्ध: कस्यस्विद्धनम्।

इस जगत् के कण-कण में ईश्वर का घर है। अत: सब बराबर हैं। कोई छोटा-बड़ा, ऊँचा-नीचा नहीं। संसार में जो भी उपलब्ध है, उसे त्यागपूर्वक औरों की चिंता रखते हुए भोग करो।

'इदं न मम, इदं राष्ट्राय' का भाव लोकहित समर्पित व्यक्ति में पलता है। चाणक्य का आचरण किसी से छिपा नहीं। जंगल में रहता हुआ चाणक्य चंद्रमा के प्रकाश में काम करता है, राष्ट्र के लिए लिखने और पढ़ने का काम दीपक के प्रकाश में करता है और जैसे ही राष्ट्र का काम करना बंद किया और अपना व्यक्तिगत जीवन चलाया तो वह दीपक बुझा दिया। व्यक्तिगत कार्य के लिए राष्ट्र का तेल नहीं जलाया जा सकता। राष्ट्रीय स्वयं सेवक संघ के द्वितीय सरसंघचालक माननीय गोलवलकरजी अपने को राष्ट्रहित समर्पित करते हुए यज्ञ करते हैं—'इदं न मम, इदं राष्ट्राय' और जीवन भर साधनों की कौन कहे, समय का भी एक क्षण अपने लिए नहीं रखते। सब राष्ट्र के लिए अर्पित। इसी डगर पर एक नहीं, दो नहीं, हजारों राष्ट्र के पुत्र और पुत्रियाँ चल पड़े हैं।

यही धर्म पथ है। ईश्वर प्रदत्त पथ है। आज प्रभु और प्रभु की संतान के बीच सत्ता आ विराजी है। सत्ता भी लोक-चेतना की नहीं, लोक-साधना की नहीं, right की पाशविक-भूख से निकली बेलगाम जंगली-भोग की है। जहाँ शोषण और संहार का

राज्य है। व्यवस्था चाहिए, व्यवस्था हो लेकिन व्यवस्था लोक-चेतना के हाथों लोकदृष्टि से चले।

तेरा तुझको अर्पण—लोकदृष्टि रहेगी तो अगला पाँचवाँ लोकतंत्र की भावभूमि का चरण—'तेरा तुझको अर्पण क्या लागै मोरा' स्वयं ही आ जाएगा। समष्टि परम् का प्रकाश है। वही तो प्रत्येक में उतरा है। सभी वस्तुएँ और सभी व्यक्ति उसी का रूप हैं। हम हम नहीं वही तो है—'अहं ब्रह्मास्मि'। चारों तरफ फैला समग्रता का विस्तार और कुछ नहीं, वही है। जब हम नहीं, हमारे पास आई वस्तुएँ वस्तुएँ नहीं हैं, ब्रह्म ही है तो उसको उसी का रूप अर्पित करने में संकोच क्यों? अर्पित करनेवाला 'ब्रह्म' है, अर्पित करनेवाले साधन 'ब्रह्म' है, जिसे अर्पित करना है वह भी 'ब्रह्म' है। सबकुछ ब्रह्ममय है फिर कैसा छुद्र विचार अपने होने का, अपने लिए जीने का, जीने के लिए सबकुछ छीनने-दबोचने का, औरों को नष्ट करने का। कुछ नहीं बस लोक का भाव सर्वत्र हहरने दो। ह्यूमन राइट नहीं, मानव-धर्म बहने दो। बेटे को छीनने नहीं, माँ को देने दो, जिससे वात्सल्य से भर सर्वस्व लुटाने के सामने, पाशविक छीनने का भाव और कर्म बौना तथा घिनौना बन जाए।

□

लोकतंत्र की धरती भारत

जन नहीं, लोक—लोकतंत्र किसी व्यक्ति या वर्ग का तंत्र नहीं, किसी समूह या संस्था का तंत्र नहीं, लोकतंत्र जन का भी तंत्र नहीं, जन को सँभालनेवाली किसी सत्ता का भी तंत्र नहीं, लोकतंत्र तो जड़ और चेतन समग्र-विस्तार को एक इकाई में समेटनेवाले विराट्-लोक का तंत्र है, जिसके संचरण में प्रत्येक चेतन और प्रत्येक जड़ पदार्थ का भी पूर्ण समुत्कर्ष होता है। न शोषण है, न संहार। इस तंत्र में जीवन के सभी आर्थिक, सामाजिक, सांस्कृतिक, राजनीतिक, धार्मिक पक्ष स्वत: ही संचरित होते हैं। किसी सत्ता की आवश्यकता पहले तो पड़ती नहीं और यदि विकृतिवश सत्ता आई भी तो उसे लोकतंत्र की दृष्टि और लोकतंत्र के पथ पर ही चलना पड़ता है। लोक के ऊपर शासन की चाबुक लेकर दौड़ना नहीं पड़ता। लोक का दंड और लोक का धर्म सत्ता पर लगाम लगाता है, लोकानुशासन काम करता है।

प्रकृति के हाथों बना, सधा और सँभला भारत 'लोक' का सर्वोत्तम उदाहरण है। इसका पर्वत है और इसका सागर भी, इसका पठार है और इसका मैदान भी, इसकी घाटियाँ हैं और चोटियाँ भी, इसकी जलवायु है और इसका आकाश भी, परंतु सभी एक ही इकाई के अंग बने, एक ही धड़कन में सधे, एक ही जीवनक्रम में दौड़ते चले जाते हैं। इनका संचरण समग्र भारत का संचरण होता है। इस विशाल फैलाव की गोद में पल रहे जीव-जंतु और मनुष्य का भी इसी संचरण में प्रवाह बनता है। कोई भी व्यक्ति हो या वस्तु, इस प्रवाह से बाहर नहीं। सब मिलकर, वह भी स्वाभाविक रूप से, प्रकृति के हाथों बने, एक ही विराट्-लोक के अंग हैं। यहाँ 'व्यक्ति' धरती से अलग नहीं, 'जन' धरा को छोड़ अलग इकाई नहीं, 'समाज' काल और क्षेत्र से हट अलग अस्तित्व नहीं, सब एक ही इकाई के प्रकटन हैं।

इसीलिए भारत ने जनसमूह का चिंतन नहीं किया, समाज का भाव नहीं पाला

वरन् लोक का जीवन जिया है। जनसमूह तो अपने को लेकर किसी भी देश की धरती पर जाकर बसते हैं। वहाँ की धरती का भोग करते हैं। वहाँ की धरती की संतान को समाप्त करते हैं, मार भगाते हैं या दास बना लेते हैं। ये जन-समूह जीते तो हैं, संपन्न भी बनते हैं, सशक्त भी बनते हैं, दुनिया को आँख भी दिखाते हैं, किंतु उस धरती के लोक नहीं बनते। किसी देश पर बसा और पला कोई समाज अपना विस्तार करता हुआ अंश रूप में किसी दूसरे देश की धरती पर जा बसता है और अपनी अलग पहचान भी बनाता है, किंतु वह न तो नई धरती पर विकसित लोक बनता है और न पुरानी धरती का लोक रहता है। ये दोनों ही, जन और समाज के विकसित रूप लोक नहीं, जन ही हैं। इनकी व्यवस्था चलाने वाला तंत्र जो इनके हाथों चले, जनतंत्र तो हो सकता है पर लोकतंत्र नहीं। इसीलिए लिंकन की 'डेमोक्रेसी' जनतंत्र तो कहला सकती है और वह भी केवल सत्ता-संचालन के लिए, किंतु कभी लोकतंत्र नहीं हो सकती, जो जड़ और चेतन दोनों में समाया चैतन्य सँभाले, संचालित करे, उत्कर्ष दे।

भारत में जन नहीं, समाज नहीं, लोक की अस्मिता है और इसी लोक में व्यक्ति और समाज अंग के रूप में स्वत: ही समाए हुए हैं। जीवन इसी लोक की कोख से जनमता है और इसी लोक की गोद में पलता है, तभी जीवन-यात्रा में व्यक्ति नहीं, लोक का लक्ष्य सामने रहता है।

व्यक्ति-दृष्टि नहीं, लोकदृष्टि—प्रत्येक दिन आँख खोलते ही पहले माँ धरती को प्रणाम करते हैं, परमपिता परमेश्वर को स्मरण करते हैं, अपने लोक के महापुरुषों को याद करते हैं, लोक के पावन स्थलों को ध्यान में लाते हैं, लोक-कल्याण की कामना करते हैं और फिर काम पर आगे बढ़ते हैं। काम करते समय कभी लोक ओझल नहीं होता, कुछ भी गलत कर बैठे तो ग्लानि होती है। लोक-लज्जा के सामने काँपने लगते हैं। लोकदंड का भय लगता है। लोक-बहिष्कार मानो प्राण ही खींच लेता है। लोक की यह मनोवैज्ञानिक और व्यवस्था सधी लगाम व्यक्ति को लोक त्याग भागने नहीं देती। सर्वत्र 'लोक' सामने रहता है।

व्यक्ति आम का वृक्ष लगाता है, पीपल और बरगद रोपता है, अपना हित तो साधता ही है, परंतु लोक का कल्याण नहीं भूलता। फल और छाँह लोक लेता है। कुआँ खोदा जाता है, तो जल सब पीते हैं। सरोवर बनता है तो पशु-पक्षी, मनुष्य सभी आनंद उठाते हैं। धर्मशाला बनती है तो केवल बनानेवाला नहीं, आने-जानेवाले सभी ठहरते हैं। विद्यालय स्थापित होता है, तो बच्चे सभी के पढ़ते हैं, चिकित्सालय में चिकित्सा सभी की चलती है। निश्चय ही शिक्षक वेतन का लाभ लेते हैं, चिकित्सक चिकित्सा के लिए पैसा लेते हैं, किंतु लाभ लोक का होता है। कार्य में लोकदृष्टि आगे रहती है, बिना इसके व्यक्ति का काम नहीं सधता।

भारत में इसी लोकदृष्टि का नियंत्रण चला है। किसी ने वह कार्य नहीं किया और न करना चाहा है, जो अपनी जेब भरने के लिए लोक को हानि पहुँचाता हो। सन् 1947 से पूर्व, गाँव का जीवन याद आता है, जहाँ यदि कोई चोर रहता था तो कभी सामने नहीं पड़ना चाहता था। बड़े तो बड़े, बच्चे भी उससे बात नहीं करते थे, क्योंकि उसने लोकहित के विरुद्ध काम किया था, करता था। दुर्भाग्य आज दिशा बदल गई। लोकतंत्र नहीं, डेमोक्रेसी का राज्य चला। गाँव का सबसे बड़ा अपराधी अब मुँह नहीं छिपाता, गाँव के द्वारा पूजा जाता है, क्योंकि वही तो गाँव का नेता है।

लोकदृष्टि का व्याप जितना बड़ा होता जाता है, व्यक्ति उतना ही बड़ा बनता जाता है। जो व्यक्ति अपने गाँव की सोचता है और गाँव के लिए करता है, वह गाँव का सम्मानित व्यक्ति समझा जाता रहा। जो व्यक्ति जनपद की सोचता और जनपद के लिए काम करता, वह जनपद का सम्मानित व्यक्ति माना जाता रहा और जो व्यक्ति देश के लिए जीता और मरता है, वह देश का महान् व्यक्ति माना जाता रहा। यह भारत की लोक दृष्टि रही। किंतु हाय रे डेमोक्रेसी, आज जो अपराधी है, भ्रष्टों का सरताज है, अन्न ही नहीं चारा भी चबा जाता है, पैसा ही नहीं, देश ही निगल जाता है। वह देश का महान् व्यक्ति है, नेता है। यह दृष्टि भारत की नहीं, पश्चिम की पाशविक दृष्टि है। धर्म की नहीं, भोग की दृष्टि है।

लोकहित समर्पण—भारत के जीवन में, व्यक्ति ने अपने स्वार्थ और भोग की लंका नहीं बसाई, लोकहित समर्पण की गंगा बहाई है। लोकहित के लिए ही तो भरत सत्ता को गेंद की तरह उछाल देते हैं और दायित्व-निर्वाह के पथ पर निकले राम सत्ता को छूते तक नहीं। भरत भोग का त्याग करते हुए, अपनी कुटी में रह राष्ट्र के दायित्व का पालन करते हैं। भरत सत्ता छोड़ते हैं, किंतु सत्ता का दायित्व नहीं छोड़ते। सब प्रकार लोक का पालन करते हैं और राष्ट्र की रक्षा करते हैं। परशुराम भ्रष्ट, चरित्रहीन और निरंकुश राजाओं को हटाते तो हैं, किंतु कभी स्वयं राजा नहीं बनते और जब खोजते-खोजते मिल जाते हैं 'राम' तो अपनी निष्ठा और अपने धनुष को ही समर्पित नहीं करते, स्वयं आनंद से भर दूर चले जाते हैं। दधीचि अपनी हड्डियों का दान करते हैं। छोड़ो पुरानी बात, अभी-अभी सत्ता सँभालने पर कांग्रेस में प्रधानमंत्री पद के लिए मत तो सरदार पटेल के पक्ष में पड़े थे और एक-दो के बहुमत में नहीं, कहीं अधिक अकल्पनीय बहुमत में, किंतु लोकहित के नाम पर, गांधीजी के आग्रह पर, सरदार पटेल ने प्रधानमंत्री का पद छोड़ दिया था।

आज भी लोकहित के लिए समर्पित होनेवालों की संख्या एक-दो नहीं, हजारों में है। कितने हैं जिन्होंने अपने घर नहीं बसाए और कष्टों के जंगल में कूद पड़े। काम करते, राष्ट्रद्रोहियों के हाथों शहीद हुए। कितने हैं जिन्होंने अच्छी-से-अच्छी डिग्रियाँ

लीं, किंतु अधिकारी नहीं बने, डॉक्टर नहीं बने, इंजीनियर नहीं बने, राष्ट्र-निर्माण के काम में लग गए। इस लोक निर्माण के कार्य को कैसे भुलाया जाए। भारत ही है, जहाँ व्यक्ति लोक- धर्म के पथ पर सबकुछ छोड़ता चला जाता है।

भारत में लेने का नहीं, देने का जीवन—विदेश की सोच लेने और छीनने की सोच है। मनुष्य मानकर चलता है कि यह धरती, यह सागर, यह आकाश, यह वायु, यह अग्नि, यह फैला हुआ समग्र प्रकृति का संसार उसके भोग के लिए बनाया गया है। वह स्वामी है और जैसे चाहे इन सबका वह भोग करे। केवल प्रकृति ही नहीं, एक देश और देशों को भी अपने भोग के लिए ही बना मानता है। एक वर्ग चाहे मजहब का हो या जाति का, दूसरे वर्गों को अपने भोग के लिए बना समझता है। तभी तो प्रकृति का विनाशक शोषण चलता है। पर्यावरण का संकट बढ़ता है, भूकंप का तांडव उठता है, सुनामी की लहरें लीलती हैं। शक्तिशाली देश छोटे और अक्षम देशों को निगलते चले जाते हैं, रौंदते हैं और सर्वत्र अपना आर्थिक, राजनीतिक, सामरिक, सामाजिक तथा सांस्कृतिक आधिपत्य स्थापित करते हैं। अमेरिका, रूस यह नहीं तो और क्या है? रूस और चीन का यह रास्ता नहीं तो और क्या है? इसलाम और ईसाइयत का रास्ता यह नहीं तो और कौन सा है? बस वे रहें और वे रहें ही नहीं, सबको अपने लिए निगल जाएँ। यह पाशविक भूख का घिनौना रास्ता है। right का सोच इसी गंदे रास्ते से, सजधजकर चमकते कपड़ों में बाहर चला है। हर व्यक्ति और हर वर्ग, हर क्षेत्र और हर जाति, हर मजहब और हर विचार इसी राइट की बाँह पकड़ अपने जंगली पाशविक स्वरूप को सत्ता पर बैठाने निकल पड़ता है। विद्वत्ता सिर धुनती है, चरित्र आँसू बहाता है, साधुता सिसकियाँ भरती है, लोक-चेतना पैरों तले दबी चीखती है और मूर्खता किंतु धूर्तता सिंहासन पर विराजती है, चरित्रहीनता और उद्दंडता सत्ता सँभालती है, घिनौना स्वार्थ अट्टहास करता है। आज भारत में यही है, आयातित विदेश की डेमोक्रेसी और भोगवाद का स्वरूप।

भारत लेनेवालों का कभी देश नहीं रहा। देनेवालों का देश है। यह देवभूमि है। यह कर्मभूमि है। यह धर्मभूमि है। यहाँ मानव-धर्म का पाठ पढ़ाया गया, कभी ह्यूमन राइट्स की बात नहीं चली। मानव-धर्म के सामने ह्यूमन राइट तो अति बौना और घिनौना है। बेटा, ह्यूमन राइट्स के नाम पर लड़ता हुआ माँ से उतना ही तो ले सकता है, जितना वह सोचता है या उसके पक्षधर सोचते हैं, किंतु जो माँ का उमगता हुआ वात्सल्य बेटे के लिए सबकुछ लुटा और भी बहुत कुछ झोली में उड़ेलकर भर देना चाहता है, वह कहाँ मिलेगा, कैसे मिलेगा? राइट्स के नाम पर संघर्ष, घृणा, ईर्ष्या, द्वेष, दूरी और ध्वंस चलेगा, मानव-धर्म के निर्वाह में प्यार, ममता, समता, एकात्मता, सुख, शांति और संपन्नता ढलेगी। राइट्स की कोख से जनमी 'ग्राहक जागो' की दिशा कितना

और कितनों को सही माल दिला सकेगी तथा कितना विश्वास, कितना प्यार, कितनी श्रद्धा और कितना संस्कार जगा सकेगी। यही मानव-धर्म की कोख से फूटनेवाली 'विक्रेता जागो', 'व्यक्ति बनो', 'धर्म पर चलो' की दिशा क्या व्यक्ति, समाज और राष्ट्र का निर्माण न करेगी। सन् 1947 से पहले मैंने यह ह्यूमन राइट्स का गरजता हुआ रूप नहीं देखा था। गाँवों में, नंगे पैर, धूल में भरे हुए, काँटों से नथे हुए पैर लिये दूर-दूर से हमारे गुरुजन, रूखा-सूखा चबेना चबा, पढ़ाने के लिए दौड़े चले आते थे। दिन भर पढ़ाते और रात में भी छात्रावास में रहते, सब कष्ट सहते हुए पढ़ाते नहीं थकते थे। ट्यूशन नहीं थी। यह सब क्या था? क्यों था? यह मानव-धर्म था। यह गुरु का धर्म था। आज ह्यूमन राइट्स का समय है। इस हाथ दो, उस हाथ लो। जितना जिसे धोखा दे पाओ, धोखा दो। कानून के शिकंजे से बचो, चाहे जैसे बचो, चाहे कानून को मुट्ठी में थाम बेखौफ घूमो, चाहे कानून चलानेवालों को खरीद बेधड़क विचरो, चाहे सत्ता को ही समेटकर बैठ जाओ। इसीलिए विद्यालय बंद मिलेंगे। खुले मिले तो विद्यालय की दीवारों से अरविंद और विवेकानंद नहीं निकलेंगे, छविराम, अलवर और वीरप्पन निकलेंगे और आगे बढ़े तो इन छविराम, अलवर, वीरप्पन को पालने वाले महान् नेता निकलेंगे, जो सत्ता सँभालते हैं, सँभाले हैं, सँभालेंगे।

देनेवालों से ही देश बनता है, लेनेवालों से नहीं। करनेवालों से ही लोक सँभलता है, अपने अंधे-स्वार्थ के लिए कुकृत्य करनेवालों से नहीं। देने की दिशा से ही, यहाँ पितृऋण, देवऋण और गुरुऋण से उऋण होना सिखाया गया। इसी बोध से व्यक्ति-धर्म, परिवार-धर्म, समाज-धर्म और राष्ट्र-धर्म निकला। इसी संस्कार ने नर से नारायण बनने का पथ प्रशस्त किया। इसी देने और करने के पथ पर राम चले, कृष्ण चले, गांधी चले, हेडगेवार चले, जयप्रकाश चले, गोलवलकर चले और चलनेवाले चले जा रहे हैं। बिना इसके लोकतंत्र नहीं।

कानून का नहीं, धर्म का शासन है—कहा जाता है कि 'कानून का शासन है', 'कानून का शासन चलेगा'। बात बुद्धि में नहीं धँसती। शासन तो व्यक्ति चलाता है। जो सत्ता की कुरसी पर बैठता है, वह शासन चलाता है। यह बात और है कि शासन चलाने की राह कानून की होती है। शासन चलाने का माध्यम कानून होता है। कानून शक्तिवान के हाथ में, शक्तिहीन के सिर पर पड़नेवाला मारक हथियार होता है। सन् 1975 में आपातकाल की घोषणा क्या इसी मारक हथियार का प्रयोग न था। संविधान का और वह भी उद्देशिका को बदल दिया जाना, क्या इसी मारक हथियार का प्रयोग न था। एक-से-एक विद्वान् और एक-से-एक चरित्रवान, देशभक्त, भारत माँ के लालों को, अपमानित करते हुए यातनाओं से पीड़ित कर डी.आई.आर. और मीसा के अंतर्गत जेल में ठूस देना, क्या इसी कानून का कारनामा नहीं था। विधायिका सत्ता के संकेतों पर

थिरक रही थी, कार्यपालिका हाथ जोड़े सत्ता की हर सनक को पूरा करने के लिए दासी बनी खड़ी थी, न्यायपालिका असहाय बनी थी और पत्रकारिता मुँह बंद किए बैठी थी। हाथों और पैरों से लुंज-पुंज, प्रयाग विश्वविद्यालय के हिंदी के महान् विद्वान् डॉ. रघुवंश को डी.आई.आर. में बंद कर दिया गया था, आरोप था कि यह बिजली के खंभों पर चढ़े, बिजली के तार काट रहे थे। बोलो किसकी तारीफ करें, कानून की या कानून पालन करानेवालों की। मैं मीसा में बंद था। पिताजी का अकेला बेटा रहा। मरणासन्न पिताजी के इलाज के लिए पैरोल सन् 1975 में माँगा। पैरोल मिला सन् 1977 में और पिताजी स्वर्ग सिधार गए दिसंबर 1975 में। किसकी वंदना करूँ, कानून की, कानून से शासन चलानेवाले की या आज के तथाकथित विद्वान् और प्रगतिशील प्रबुद्धों की। मुझ पर कोई मुकदमा नहीं चला, कभी सजा नहीं, फिर भी जिले का बहुत बड़ा अपराधी कहा गया। एस.पी. से, डी.एम. से कहा—बोलो कब मुकदमा चला? कब चार्जशीट लगी? कब सजा हुई? न्यायालय से, जेल से कहीं से भी पता लगाकर बताओ। कोई जवाब नहीं, दोनों मौन, किंतु परनाला वही बहा कि मैं अपराधी हूँ।

वकील रहा हूँ। वह भी बड़ा वकील। एक साल नहीं, ग्यारह साल। कानून को, कानून की करामात को, कानून के खेल को खूब समझा हूँ। अरे, प्रबुद्ध कहे जानेवाले देश के लोगो, कुछ तो सोचो। सरकार बनाए जाने के लिए यह बिहार का, झारखंड का, गोवा का शर्मनाक नाटक क्या कानून का आदर्श है। संसद् पर हमला करनेवाले आतंकवादी अफजल को सुप्रीम कोर्ट मौत की सजा सुनाती है और सरकार सजा देने की सोचती तक नहीं। कितना दिव्य है यह कानून का रूप। संविधान मजहबी आरक्षण के विरुद्ध है और सरकार मजहबी आरक्षण देती है।

यह सरकार के हाथ में है, शक्तिवान की सामर्थ्य में है कि कौन से कानून की तलवार से किसका सिर कलम करे। हम कहने वाले कौन होते हैं? सन् 1947 के बाद भारत के बेटे और बेटियों को धर्महीन बना दिया गया। उन्हें मजहब की, रिलीजन की और पंथ की जहरीली खुराकें तो पिलाई गईं, किंतु मनुष्य-धर्म से वंचित कर दिया गया। राष्ट्र-धर्म मिट्टी में गाड़ दिया गया। सर्वत्र सत्ता का तांडव चलने लगा। कानून-पर-कानून बनते चले गए और कानून की छत्रच्छाया में आदमी जानवर से भी बदतर हो बिगड़ते चले गए।

सन् 1947 में विद्यालयों में नकल की यह हालात न थी, चिकित्सालयों में यह दुर्दशा न थी, दफ्तरों में इतनी रिश्वत तो न थी, निर्माण विभाग में यह भ्रष्टाचार और सत्यानाश तो न था, थानों और जिलों की नीलामी तो न थी, जेलों में अपराधियों की रँगरलियाँ और मस्तियाँ तो न थीं, बोलो—कानून ने क्या किया? कानून का राज है, फिर यह सब क्यों?

कानून नहीं धर्म चाहिए। धर्म पर चलनेवाला कानून का पालन करेगा। स्मरण आती है सन् 1975 की एक घटना। पत्नी एम.ए. की परीक्षा दे रही थी। मैं जेल में बंद था। समाज में बड़ा सम्मान है। सब चाहते थे कि पत्नी की परीक्षा बहुत अच्छी हो जाए। हिम्मत करके एक प्रोफेसर पहुँचे और बोले, 'भाभीजी, जो भी चाहिए, बताओ। बिना चिंता किए सब लिख लो।' पत्नी बोलीं, 'आप अवस्थीजी को जानते हैं। क्या हाल होगा उनका और क्या हाल होगा हमारा।' यह नकल न करने का साहस कानून के डर से नहीं, धर्म के कारण हुआ। धर्म का पालन करो और कराओ, कानून की जरूरत न होगी।

भारत में धर्म का शासन था।

'न वै राज्यं न च राजाऽसीत्, न दण्डो न च दाण्डिका: धर्मेणैव हि प्रजा सर्वा रक्षन्तिस्म परस्परम्'। आज भी कानून से बाहर की जिंदगी कितनी बड़ी है और कैसे सुचारु रूप से चलती है। पारिवारिक व्यवहार, संबंधियों के संबंध, मित्रों के व्यवहार, सत्संगों और कथाओं के कार्यक्रम, सांस्कृतिक संगठनों के बड़े-से-बड़े कार्यक्रम, सब बिना पुलिस, बिना कानून के चलते हैं। अच्छे चलते हैं।

धर्म लोक-जीवन का, लोकतंत्र का प्राण है। जहाँ धर्म नहीं वहाँ एक भी काम नहीं बन सकता। प्रधानमंत्री अपने धर्म का पालन करे, राष्ट्रपति अपने धर्म का पालन करे, तो समस्या क्यों खड़ी हो। भारत में धर्म का राज्य रहा है। लोकतंत्र अपने पूरेपन में चला है। भारत के बेटे और बेटी ने अपने को भारत का बेटा समझा, बेटी समझा, यही अनुभव किया। पूरा भारत उसके दिल और दिमाग में छाया रहा। उसके चिंतन और उसके आचरण में भारत ही फूटा। भारत का होकर वह अरब और चीन का जीवन नहीं जिया। उसने भारत के जीवन-प्रवाह में अपने को तिराया और भारत के लिए समर्पित हुआ।

भारत की भावधारा कि सब परमेश्वर के हैं, इसलिए सभी अपने हैं और हमें सभी के हित के लिए कर्म करना चाहिए, सतत बैठी रही। भारत का जीवन-दर्शन उसका अपना बना, कभी विदेशी जीवन नहीं आया। यहाँ लोक का स्वरूप विकसित हुआ है, इसीलिए 'रामराज्य' आदर्श राज्य के रूप में सामने आया।

□

डेमोक्रेसी लोकतंत्र की हत्यारिन

डेमोक्रेसी सत्तातंत्र है—डेमोक्रसी सत्ता का तंत्र है, लोक का तंत्र नहीं। भले ही कहा जाता है और समझा जाता है कि यह सत्ता समाज के द्वारा बनाई जाती है, इसलिए समाज ही स्वयं अपनी सत्ता चलाता है, परंतु वास्तविकता यही है कि सत्ता के सामने समाज बौना है। सबकुछ सत्ता को ही मान लिए जाने के कारण समाज का स्वयं का अस्तित्व ही शून्य हो गया। समाज से समाज होने का भाव ही सरक गया, सब अलग-अलग अपने-अपने लिए दौड़ते मिलते हैं। समाज की अनुभूति ही विदा हो गई, अभिव्यक्ति भी चली गई और समाज के रूप में एक बन संचरण समाप्त हो गया। लोग अपने-अपने लिए कर्म तो करते हैं, किंतु कर्म जो समाज के संबंध के कारण 'कर्तव्य' बन जाते हैं; ओझल हो गए और वे कर्तव्य जो अति आवश्यक और परम मानव बोध से भरे होते हैं, जिन्हें 'धर्म' कहते हैं, सदैव के लिए चले गए। ग्लानि, लज्जा, भय, दंड, बहिष्कार समाज, व्यक्ति और समाज सुधारने और बनाने के हाथ रहे, अब सुनने को भी नहीं मिलते। सम्मान और प्रतिष्ठा भी चली गई। सबकुछ सत्ता है। सत्ता समाज की प्राणशक्ति बन गई है। वही सबकुछ करेगी, समाज कुछ भी नहीं।

इस सत्ता को कैसे बनाया जाए? कैसे चलाया जाए और कैसे सँभाला जाए? इस हेतु नेक विद्वानों ने अपनी-अपनी राय दी। सर्वमान्य राय रही अब्राहम लिंकन की—'जनता की सरकार, जनता के लिए, जनता के द्वारा'। यह परिभाषा कहीं भी 'लोक' का भाव व्यक्त नहीं करती। स्पष्ट चिल्लाती हुई कहती है कि डेमोक्रेसी जनता के लिए, जनता द्वारा है। महत्त्व सरकार का है, लोक का नहीं। सरकार करेगी, सरकार करती है, कहीं लोक नहीं करेगा और न लोक करता है। लोक की बिलकुल छुट्टी। न लोक का कोई कर्तव्य (धर्म) और न लोक की कोई अपेक्षा। लोक में मनुष्य कैसे रहे? कैसे करें? कैसे लोक की इकाइयाँ घर से लेकर कुटुंब और गाँव-नगर तक व्यवस्थित एक

हो चलें, कैसे विराट् लोक (राष्ट्र) अपने स्वत्व, अपनी पहचान, अपने स्वाभिमान, अपनी सामर्थ्य को समुत्कर्ष दे, श्रेष्ठतम बने, इसका कोई ध्यान नहीं, कोई विचार नहीं, कोई मंत्र नहीं, कोई तंत्र नहीं।

कैसी भी सत्ता हो, कोई भी सत्ता हो, लोक-जीवन का अंशमात्र ही अपने नियंत्रण में लेकर चलती है। नियंत्रण और व्यवस्था भी सुख नहीं दुःख देनेवाला। सत्ता के नियंत्रण से बाहर के लोक को कौन सँभाले? सत्ता के विकृत और पीड़ादायक नियंत्रण को कौन सँभाले? कैसे सँभाले? इसका कोई मंत्र और तंत्र नहीं। लोक का मंत्र चाहिए, लोक का तंत्र चाहिए और यह मंत्र तथा तंत्र देने के लिए लोक-चेतना चाहिए।

डेमोक्रेसी सत्तातंत्र : लोक का नहीं, जन का नहीं, मात्र जन के एक वर्ग का और वह भी स्वप्रेरण तथा स्वनियंत्रण से नहीं—डेमोक्रेसी सत्तातंत्र में यदि लोक है, तो लोक की धरती की सत्ता कहाँ है? धरती पर पले-बसे पशु-पक्षियों की चेतना कहाँ है? पेड़-पौधों और नदी-पोखरों की चेतना कहाँ है? और यदि 'डेमो' में केवल जन ही लोक होता है तो जन के अतीत की पहचान, स्वाभिमान, संस्कार और चेतना कहाँ है? कहाँ है इस जन के भविष्य का आदर्श डेमोक्रेसी में? लोक की धरती का अस्तित्व नदारद, धरती का स्वरूप विदा, धरती का संबंध शून्य, धरती की दृष्टि अर्थहीन, तभी तो इस डेमोक्रेसी के संविधान में भारत को ही विदा कर दिया, न जाने क्यों विदा करते-करते कुछ हाथ काँपे और कह दिया, 'इंडिया दैट इज भारत'। यह इंडिया है, अगर समझ में नहीं आता तो समझो इंडिया ही भारत है। भारत का भौगोलिक रूप 'हिंदुस्थान' संविधान से बाहर कर दिया, क्यों? जब 'जय हिंद' में हिंद कहते हो। सुभाष ने कहा, नेहरू की बेटी इंदिरा ने कहा, बेटी की बहू सोनिया कहती है तो फिर यह 'हिंद' संविधान में क्यों नहीं? स्पष्ट है यह संविधान भारत की धरती हिंदुस्तान का नहीं, भारत का भी नहीं 'इंडियन यूनियन' का है। इसमें भारत माँ नहीं, इसमें भारत माँ के पुत्र और पुत्री नहीं। वह माँ नहीं, जिसके लिए भगतसिंह फाँसी के फंदे पर झूले, आजाद ने सीने पर गोली खाई, अशफाक और रामप्रसाद ने बलिदान दिया, सुभाष ने सर्वस्व समर्पित कर अपने को गला दिया और हद हो गई कि हम उस भारत माँ के, जिसे वंदे-मातरम् कह पूजा, आराधा, जिया—अपने को संतान कहने में भी लजा गए। न धरती है न धरती की संतान है, न अतीत है न भविष्य है, न स्वाभिमान है, न संस्कार और पशु-पक्षी, पेड़-पौधे तो हैं ही नहीं, फिर भी इस डेमोक्रेसी को लोकतंत्र कहते हैं।

यह डेमोक्रेसी तो 'भारत की जनता' का भी तंत्र नहीं है। क्या भारत की जनता वही है जो वोट देती है? जो वोट योग्य नहीं है क्या भारत की जनता नहीं। क्या ये बच्चे भारत के नहीं? क्या वे जो वोटर नहीं बने या नहीं हैं वह भारत की जनता नहीं। क्या वोटर होना भारत की जनता होने का 'सत्य' प्रमाण है? वे करोड़ों घुसपैठिए जो वोटर

बन गए, क्या भारत की संतान हैं, भारत की जनता हैं? कितने हैं जो मतदान करते हैं? जो मतदान नहीं करते, उनका तंत्र कौन सा है? मतदान करनेवालों में कितने मतदाताओं के मतों से सरकार बनती है? क्या सरकार बनानेवाले बहुमत से होते हैं? ये अल्पमतवाले सरकार बनाकर, पूरी जनता को, पूरे देश का तंत्र कैसे बना देते हैं? क्या यह सत्ता बनाने वालों की, पाशविक सत्ता-भूख की कोख से निकली, षड्यंत्र सनी, लोक के विरुद्ध आपराधिक शैतानी नहीं है? यह जन का नहीं, जन के एक वर्ग का खेल है और वह भी अपनी इच्छा, अपनी प्रेरणा और अपने नियंत्रण से नहीं, प्रत्याशी और प्रत्याशी के दल के सुरा, सुंदरी, स्वर्ण, आतंक, सत्तातंत्र के चले गए चलाए गए लोकनाशक तीरों के बल पर। पूरा तंत्र डकैती तंत्र है, जहाँ पं. दीनदयाल चुनाव हारते हैं, डॉ. राममनोहर लोहिया चुनाव हारते हैं, मनमोहन सिंह चुनाव के दंगल में कूदने से डरते हैं, त्रिलोकी नाथ चतुर्वेदी चुनाव हारते हैं, चुनाव जीतते हैं लालू भैया, राजा भैया, फूलनदेवी, अमरमणि त्रिपाठी, शिबू सोरन, गवली और न जाने कौन-कौन। यह है डेमोक्रेसी (डेमनक्रेसी)। इसे ही कहते हो लोकतंत्र?

डेमोक्रेसी में न लोकचेतना है और न लोकधर्म—डेमोक्रेसी का लोक से कुछ भी लेना-देना नहीं है। केवल वह उस जन को जानती है, जिससे सरकार बनती है और सरकार बनने के बाद वह उस जन को भी नहीं पहचानती। सत्ता पाना और सत्ता चलाना बस यही है डेमोक्रेसी का लक्ष्य। भारत में चल रही डेमोक्रेसी में लोक को कौन मानता है? कौन पहचानता है? लोक क्या है? लोक में लोक के अंग रूप में कौन-कौन इकाइयाँ हैं? उनका स्वरूप क्या है? उनकी पहचान क्या है? वे कैसे बनी रहें, कैसे अपना-अपना काम करें, कौन सोचता है? आदमी क्या है? क्या वोटर है केवल? क्या भोक्ता है केवल? क्या श्रमिक है केवल? क्या संसाधन है केवल? और नहीं तो आदमी क्या है? जो है, वह कैसे रहे? वह बेटा कैसे बने और कैसे रहे? भाई कैसे बने और कैसे रहे? बाप कैसे बने और कैसे रहे? गुरु कैसे बने और कैसे रहे? राष्ट्रभक्त कैसे बने और कैसे रहे? यह कौन सोचेगा? कौन बनाएगा? क्या डेमोक्रेसी तंत्र, क्या डेमोक्रेसी तंत्र का कानून? अरे, बुद्धि लगाओ। आदमी के शरीर से आदमी गुल हो गया है, इसीलिए घर 'घर' नहीं रहा, मकान बन गया है। परिवार बिखर गया है और कुटुंब बीते कल की बात बन गया है, रिश्ते तार-तार हो सब टूट गए हैं। केवल अपनी-अपनी भूख को ले, भेड़िए से दौड़ते और गिरोह बनाए सत्ता, संपन्नता, सुंदरी के लिए लड़ते दिखाई पड़ते हैं। जब लोक ही ध्वस्त है, तो लोक चेतना कैसी?

भारत में लोक को विराट्-पुरुष के रूप में आराधा गया। करोड़ों जिसके चरण हैं, करोड़ों जिसके कर हैं, करोड़ों जिसके नेत्र हैं किंतु गति एक है, कृति एक है, दृष्टि एक है। इसी को भारत माँ कह हमने पूजा है। बंकिम ने वंदे-मातरम् कह आराधा है। यह

अनेक का झुंड नहीं, एक है। इसी के सब अंग हैं। एक ही धड़कन है। इसकी चेतना एक है। आज डेमोक्रेसी में यह विदा कर दी गई। गांधी इसी चेतना को ले चिल्लाते रहे कि 'रामराज्य' होगा। उनके चेले आज राम को ही नकारने लगे। गांधी ने स्वदेशी का राग अलापा और हमने विदेशी का मंत्र साधा, विदेशी का तंत्र स्वीकारा। गांधी इसी लोक चेतना से भर गौवध बंदी की रट लगाते रहे और गांधीभक्त गौहत्या करवाते रहे; अब तो हद हो गई गौ-मांस चबाते जा रहे हैं। लोक-चेतना पैरों तले पड़ी सिसक रही है, पाशविक भूख नग्न-तांडव कर रही है।

जब इस लोक का होना ही नहीं भाया, इस लोक का अंग बन चलना ही नहीं आया, इस लोक-चेतना से भर जीना ही नहीं सुहाया तो फिर लोकधर्म की बात ही क्या करें? इसी लोक के रक्त और मांस, इसी लोक की कोख से जनमे और इसी लोक की गोद में पले, महान् नेता कह उठे मैं इस लोक का, इस हिंदू जीवन का बाईचांस एक व्यक्ति हूँ, शिक्षा से मैं दूसरे जीवन का हूँ और संस्कार से किसी और का, फिर छुटभैयों की क्या कहें।

भारत में तो लोकधर्म माँ की कोख से ही प्रारंभ हो जाता है। व्यक्ति-निर्माण लोकधर्म का पहला पग है। व्यक्ति लोक का अंग है। व्यक्ति बना तो लोक बन जाएगा। व्यक्ति को अपनी पूरी सामर्थ्य में प्रकाशित होने दो। उसे नर ही नहीं 'नर से नारायण' बनाओ। शरीर जिसका सबल हो, मस्तिष्क जिसका प्रखर हो, हृदय जिसका विशाल हो, आत्मा जिसकी सशक्त हो, जो लोक का सच्चा प्रतिनिधि हो और जो लोकभाव को सच्चे रूप में अपने चिंतन और आचरण में व्यक्त करता हो। वह लोक-चैतन्य का सशक्त स्वरूप हो। वह राम और कृष्ण हो, वह अरविंद और विवेकानंद हो। यह निर्माण का काम, घर में माँ के आँचल से प्रारंभ कर, पिता के संरक्षण में बढ़ा, गुरु के आशीष में ढला, समाज और सत्ता के हाथों में विकसित कर पूरा करना चाहते हैं, पर होता नहीं, क्योंकि दृष्टि ही बदल गई। व्यक्ति बनाना लोकधर्म है।

व्यक्ति इकाई का बड़ा रूप घर, घर का बड़ा रूप परिवार और कुटुंब सँभालना लोकधर्म है। कौन करे यह जब लोक-चेतना ही नहीं? तो लोक की इकाइयाँ कौन सँभाले? सदैव हमारे यहाँ लोकधर्म का पथ दिखाया गया। स्वयं बनो, परिवार बनाओ, कुटुंब सँभालो, गाँव विकसित करो, राष्ट्र का समुत्कर्ष करो, विश्व का कल्याण करो। छोटी इकाई को बड़ी इकाई के लिए भूलते चले जाओ, छोड़ते चले जाओ। अपने को कुछ के लिए त्याग दो और ग्राम तथा जनपद के लिए कुछ को छोड़ दो। यही दृष्टि रही, जिसने विवेकानंद को मुक्ति के मार्ग से हटा राष्ट्र-उत्थान के मार्ग पर डाल दिया। यही दृष्टि रही, जिसने डॉ. हेडगेवार को जन-जन की डॉक्टरी से हटा जन-जन और राष्ट्र के निर्माण में लगा दिया और अब हजारों की संख्या में राष्ट्रभक्त अपना जीवन राष्ट्रसेवा में

सौंप, तिल-तिल अर्पित हो रहे हैं।

डेमोक्रेसी में यह भाव कहाँ। इसमें तो अपने लिए आगे बढ़ना है। अपनी भूख के लिए लड़ना है। लेने के लिए आगे आना है। करना और देना कैसा? खून देनेवाले चले गए, अब तो दूध पीनेवाले हैं और दूध ही नहीं दूध के लिए खून पीनेवाले हैं। यही डेमोक्रेसी के फल हैं। यहाँ धर्म तो छुट्टी पर है। धर्म के नाम पर मजहब है, रिलीजन है, पथ है, संप्रदाय है। धर्माधारित जीवन त्याज्य है।

डेमोक्रेसी राइट की पाशविक भूख से फूटी विनाशक धारा है—सृष्टि में दो प्रकार के जीवन चलते हैं। एक जीवन 'इदं न मम' के भाव से बाहर आता है और दूसरा 'इदं मम' के भाव से बाहर निकलता है। 'इदं न मम' के भाव से बाहर आए जीवन में लोक-साधना चलती है। जीवन संघर्ष नहीं, जीवन स्वयं में साधना होता है। इस दृष्टि में सभी पलते हैं और पाले जाते हैं। किसी का शोषण नहीं होता, सभी का पोषण होता है। प्रत्येक अपना-अपना धर्म पालन करता है। करना और देना ही जीवन होता है। जो व्यक्ति और जो समाज जितना अधिक लोक के लिए करता है, वह उतना ही बड़ा और पूज्य बनता है। इससे ईर्ष्या, द्वेष, घृणा, विद्रोह, संघर्ष, हिंसा और विनाश नहीं फैलता। राम काल में यही तो जीवन था।

ठीक इसके विपरीत, दूसरा जीवन 'इदं मम' का होता है। यह मेरा है। मैं इसे लूँगा। लेकर रहूँगा। दूसरे से छीनकर रहूँगा। लोक की चाहे जितनी हानि हो पर मैं तो लूँगा ही। यह मेरा राइट है। मैं बराबर ही नहीं, मैं उससे ज्यादा ताकतवर हूँ। मेरे पास पैसा है, मेरे पास आदमी हैं, मेरे पास क्या नहीं है। यह मान डेमोक्रेसी के युद्ध में 'इदं मम' के बहादुर पहलवान कूद पड़ते हैं और 'इदं मम' में सहज इनसान किनारे हो जाते हैं।

'इदं मम' के यही योद्धा सड़क पर नारे लगाते, हिंसक तोड़-फोड़ करते, लोगों को मारते, पुलिस से टकराते मिलते हैं। चिल्लाते हैं—

'चाहे जो मजबूरी हो, हमारी माँगें पूरी हों।'

'ले के रहेंगे, ले के रहेंगे' और इनकी माँग पूरी होती है, माँग पूरी करानेवालों के वोट पक्के होते हैं।

इसी 'इदं मम' के भाव को लेकर विद्यार्थी गुरुजनों के विरुद्ध सड़कों पर उतरते हैं; बच्चे माता-पिता के विरुद्ध कूद पड़ते हैं, नारियाँ पुरुषों के विरुद्ध आती हैं, कर्मचारी अधिकारियों के विरुद्ध उतरते हैं, कार्यकर्ता नेताओं के विरुद्ध आते हैं। सर्वत्र 'इदं मम' के लिए संघर्ष होता है।

क्या इस 'इदं मम' के रास्ते से डेमोक्रेसी में, कभी विद्वान्, चरित्रवान, लोकहित समर्पित व्यक्ति लोक संचालन के लिए आगे आ सकते हैं और आए भी तो क्या जीत सकते हैं? डेमोक्रेसी में चुनाव-युद्ध होता है। इसमें लड़ा जाता है। लड़ाई और प्यार में, हर काम ठीक

माना जाता है। तब हर हथकंडे और हर षड्यंत्र से जीते व्यक्ति क्या लोक को संस्कार देंगे। क्या लाखों रुपए देकर टिकट लेनेवाले और टिकट लेकर करोड़ों रुपए खर्च करनेवाले जीते विधायक और सांसद 'लोकहित' करेंगे?

क्या 'मेरी, माँगें पूरी हों' के नारे लगाकर सड़क पर उतरनेवाले, चाहे कर्मचारी हों, चाहे शिक्षक हों, चाहे विद्यार्थी हों या कोई और लोग, समाज में अच्छा वातावरण बना सकेंगे? मुझे कभी नहीं भूलता एक चित्र, मेरे मित्र वाजपेयीजी के मकान में चार किराएदार, एक शिक्षक, एक बिजली कार्यालय का क्लर्क, एक रेल विभाग का कर्मचारी और एक कचहरी के बाबू रहते थे। अचानक शाम को मैं उनके घर पहुँच गया। शिक्षक का लड़का ट्रेन से आनेवाला था, शाम तक नहीं आया, वह आग-बबूला होकर रेलवे को गरिया रहे थे और बाकी सभी उनका साथ दे रहे थे। तब तक ऊपर के रेलवे कर्मचारी के लड़के ने आवाज दी—'पापा, पापा बड़े भैया फेल हो गए।' फिर क्या था, वह रेल-कर्मचारी शिक्षा को, शिक्षकों को गाली देने लगा, बाकी सब उसके साथ थे। गाली दे ही रहे थे कि बिजली चली गई, अब क्या था सब बिजली विभाग को गाली देने लगे। कचहरी के बाबू बोले, 'स्सालों पर मुकदमा ठोंक दो', उनका बोलना था कि सब कचहरी में चल रही रिश्वत, बिक रहे न्याय पर बरस पड़े। जमकर गाली-गलौज चला। तब तक एक नेताजी आते दिख गए, फिर तो किसी ने न आव देखा न ताव बस बरस पड़े—'ये साले नेता ही गुड़ के बाप कोल्हू हैं, इन्हीं सालों ने देश मेट दिया।' सब 'इदं मम' के लिए लड़ रहे थे, किंतु 'इदं न मम' को मानकर अपना धर्म (कर्तव्य) लोक के लिए सही ढंग से करने के लिए तैयार न थे।

क्या विद्यार्थी इस राइट के नाम पर गुरुजनों से वह पढ़ सकते हैं, जो वे पढ़ा सकते हैं या पढ़ाना चाहते हैं या क्या आज की सरकार पढ़वा सकती है। नहीं, कभी नहीं। 'हाँ' विद्यार्थी बिगाड़ सकती है। घृणा, अश्रद्धा, आक्रोश, दूरी फैला सकती है। गुरु और विद्यार्थी मिलकर एक जीवन होते हैं, यह राइट की दृष्टि दोनों को अलग-अलग करती है। क्यों न सिखाओ धर्म का पाठ। गुरु गुरु बने, अपने धर्म का पालन करे, विद्यार्थी विद्यार्थी हो अपने धर्म का पालन करे, परंतु डेमोक्रेसी में यह नहीं होगा।

बच्चे लड़ेंगे माँ-बाप से 'मेरा अधिकार है, राइट है'। क्या लड़कर पा सकेंगे। क्या प्यार कोई कानून दिला सकेगा, क्या संरक्षण, क्या वात्सल्य, क्या पुत्र का लालन-पालन कोई राइट दिलवा सकेगा। नहीं, कभी नहीं। माँ को माँ बनाओ। पिता को पिता बनाओ। धर्म की कोख से आचरण निकालो। माँ को बनाओ भुवनेश्वरी, माँ को बनाओ जीजाबाई, माँ को बनाओ यशोदा, बेटे को बनाओ, लव, कुश, राम और कन्हैया। क्यों नहीं यह रचनात्मक, निर्माणात्मक पाठ सिखाते? डेमोक्रेसी में यह करने और देने का पाठ नहीं पढ़ाया जाता।

यह 'इदं मम' की दिशा सर्वत्र घृणा, दूरी और टकराव पैदा करती है और यह बढ़ती हुई लोक को, लोक-जीवन को, लोक के तंत्र को निगल जाती है। भारत का

लोकतंत्र डेमोक्रेसी खा गई। कहीं भी लोक संस्कार, लोक के तंत्र के चलते हुए चरण, लोक के बढ़ते हुए हाथ, लोक का धड़कता हुआ दिल और लोक का काम करता हुआ मस्तिष्क नहीं मिलता। व्यक्ति मिलता है, व्यक्ति का स्वार्थ मिलता है, स्वार्थ के लिए सहायक ढंग मिलते हैं। सर्वत्र पाशविक-वृत्ति और पाशविक-कृत्य छाए हैं। लोकतंत्र गया, सरकार तंत्र डेमोक्रेसी का आ गया, सत्ता गिरोहों के हाथों में फँस गई। यही डकैती-तंत्र चल रहा है। राइट ने Riots को बो दिया है।

व्यक्ति में 'लोक' नहीं बसता, अर्थ बसता है और वह अर्थ बसता है जो अनर्थ का कारण है। उसके मानस में न तो लोक-अनुभूति है और न लोक-अभिव्यक्ति। लोक-अनुभूति के बिना लोक-अभिव्यक्ति तो हो ही नहीं सकती। जब लोक-अभिव्यक्ति नहीं तो लोक-संचरण का प्रश्न ही नहीं उठता, बस उसका भोग-संचरण है। जब भोग ही उसका भगवान् बन गया, तो लोक-आराधना कैसी और लोक के लिए समर्पण कैसा? लोक-साधना का तंत्र कहीं खोजे नहीं मिलता। डेमोक्रेसी आदमी के अंदर रहनेवाले आदमी को खा गई। भोग के लिए सभी मर्यादा छोड़ हिंसक-पशु की तरह दौड़ने, हिंसा करने वाले और करानेवाले, रँगरलियाँ मनानेवाले और मनवानेवाले बिगड़े व्यक्ति को डेमोक्रेसी ने देश का महान् व्यक्ति और महान् नेता बना दिया।

□

लोकतंत्र समग्र लोक का विकास चरण है

सृष्टि की प्रत्येक इकाई अपने विकास के लिए बनी है। अपने पूर्ण विकास के लिए उसके चरण चले हैं। प्रकृति ने केवल उसे जन्म ही नहीं दिया, अपने हाथों से सँभाला और उसे पूर्णत्व की ओर विकसित किया है। इस विकास-यात्रा में प्रकृति तो लगी ही है, किंतु कहीं अधिक सार्थक प्रयास इकाई का अपना है। इकाई न चाहे या इकाई विकृति की शिकार बन जाए, तो प्रकृति के हाथ क्या करेंगे? इकाई चाहे और चले भी, किंतु बदलती दुनिया की पाशविक भोग-वृत्ति इकाई की दिशा ही बदल दे या अपने भोग के लिए उसे चबा जाए तो प्रकृति की शक्ति क्या करेगी?

गंगोतरी से गंगा की धारा फूटी, कल-कल करती बही, बढ़ी। प्रकृति ने बहने की राह दी, दिशा दी, सामर्थ्य दी और गंगा सृष्टि-कल्याणी बन विश्व की सर्वोत्तम नदी 'माँ गंगा' बन पूजी गई। परंतु नर से पशु बने आदमी ने अपने भोग के लिए माँ गंगा को संसाधन बना, कहीं बाँध बना बाँधा, कहीं घुमाया और आज उसे पावन-गंगा का प्रवाह नहीं, गंदे विषाक्त नाले का रूप दे दिया। क्या करे प्रकृति और क्या करे सर्वहितकारी माँ?

बिरवे उगे, वृक्ष बने, लताएँ फैलीं, चिड़ियाँ चहचहाईं, हिरन कुलाँचें भर थिरके, फूलों ने गंध बिखेरी, सृष्टि तपोवन सी सरसी, सर्वत्र मंगल-ही-मंगल फैला किंतु दो पैर का यह चलता-फिरता जानवर वृक्ष ही काट डाले, चिड़िया ही भूनकर खा जाए, हिरन मारकर पेट में भर ले, फूलों को नष्ट कर दे, तो प्रकृति की व्यवस्था कौन सा रास्ता खोजे?

गली-गली, गाँव-गाँव, शिशु किलकते, बाल बनते, किशोर होते, राम बनते, कृष्ण बनते, शंकर बनते कि इससे पहले ही विकृति की पश्चिमी आँधी ने आदमी को

अपने पाशविक पंजे में जकड़, सृष्टि की इस सर्वोत्तम कृति 'शिशु' को भेड़िए और भालू की वृत्ति में ढाल दिया। क्या करे प्रकृति की दिशा?

प्रभु ने जिस आदमी को स्वयं नर से नारायण बनने के लिए धरा पर उतारा था। समाज को श्रेष्ठतम समाज बनाने के लिए धरती पर भेजा था। धरती पर इस विराट् मानव समूह को संस्कारों से भर विराट्-पुरुष के रूप में ला, पूजित करने के लिए बनाया था, वह आदमी ही आदमी न रहा, नारायण बनने की बात तो बहुत दूर चली गई। आदमी जानवर से भी बदतर; नीचे उतर गया। करने और देने का धर्म छोड़, लेने, छीनने और राइट के नाम पर स्वयं आगे बढ़, सब कुछ डकार लेने की सामर्थ्य ले बैठा। दुनिया के सभी तंत्र इसी पाशविक विकृत-वृत्ति की कोख से जनमे हैं। ये भोग-तंत्र हैं, ये पशु-तंत्र हैं, इनमें मनुष्यता का कहीं भी नाम नहीं। व्यक्ति और लोक को सँभालने, पालनेवाला पूर्णत्व प्रदान कर विराटत्व देनेवाला तंत्र 'लोकतंत्र' प्रकृति की कोख से निकला है। इसमें बाहर के भय का नहीं, अंतस् के परम का नियंत्रण है। इसमें दंड का नहीं, दान का भाव है। इसमें कानून का नहीं, धर्म का पालन है। सभी इस विराट् को साधने में लगे हैं। स्वयं विकसित बन, अपने को गला, विराट् को श्रेष्ठतम बनाने में जुटे हैं। समग्र-लोक को विकास की सर्वोच्च चोटी पर पहुँचाने में रत हैं।

यह विकास है क्या? क्या संसाधनों का अंबार, पूँजी का अपरिमित विस्तार, भोग का बेलगाम नग्न नृत्य, विकास है? क्या कार में चलनेवाला कुत्ता विकसित है, पूज्य है? और सड़क पर पैदल चलनेवाले विद्वान् चरित्रवान गुरुजी अविकसित और अपूज्य हैं। क्या कोठी और बँगलों में रहनेवाले ये भ्रष्टतम अधिकारी और निकृष्टतम नेता विकसित हैं। अक्ल का ताला खोलो। विकास व्यक्ति का चाहिए। व्यक्ति बने शरीर से स्वस्थ और बलिष्ठ, व्यक्ति मस्तिष्क से बने प्रखर और पैना, व्यक्ति हृदय से बने विशाल और संवेदनशील, व्यक्ति आत्मा से बने सबल और एकात्म, व्यक्ति बने लोक का अंग और लोक का प्रतिनिधि, व्यक्ति बने लोक का साधक और आराधक, तब होगा विकास। संसाधनों की लंका नहीं, कर्म-साधना की अयोध्या चाहिए। भोग का नाचता रावण नहीं, त्याग और साधना के राम चाहिए।

ईंट-पत्थरों से, चाँदी के ठीकरों से, कल-कारखानों और कोठियों से समाज नहीं बनता, समाज बनता है इनसानों से, इनसानों के त्याग और संस्कारों से, इनसानों के कर्मों और संबंधों से। इनसान बना, इनसान से घर बना, घर से ग्राम बना, ग्राम से जनपद बना और जनपद से समग्र लोक के कर्म और संस्कार बन चमका। लोक सुखमय और शांतिपूर्ण जीवन में ढला। यह हुआ लोक का विकास।

इस लोक विकास-यात्रा का तंत्र भारत में अनादि काल से संचरित है। शिशु के जन्म से पहले ही शिशु को बनाने की, सुसंस्कृत स्वरूप में ढालने की व्यवस्था प्रारंभ हो

जाती है। गर्भ में ही शिक्षा प्रारंभ हो जाती है। कोख और गोद, इतना सँभाल लेती है कि आगे चल संरक्षण के हाथ सहज ही उसे विकास के पथ पर डाल देते हैं। इसीलिए माँ का स्थान व्यक्ति-निर्माण में सर्वाधिक पूज्य है। पिता सँभालता अवश्य है किंतु ज्ञान के लिए, आचरण के लिए, दिशा बोध के लिए गुरु के चरणों में बिठाना पड़ता है। विकास का चरण पूर्ण हुआ तो दायित्व-निर्वाह के आँगन में व्यक्ति को आना पड़ता है। ब्रह्मचर्य विकास का अवसर है, तो गृहस्थ-जीवन दायित्व-निर्वाह का आँगन, वानप्रस्थ में समाज का काम और अंत में संन्यास। समूची जीवन-यात्रा कर्म की डोर से बँधी है और धर्म की डगर पर सधी है। कोई भी चिंतन और कोई भी आचरण ऐसा नहीं जो धर्म की कसौटी पर न कसता हो।

अर्थ पैदा करें, किंतु धर्म के पथ से। अर्थ संचित करें, किंतु धर्म से नियंत्रित। अर्थ व्यय करें, किंतु धर्म की दृष्टि से। अर्थ साधन है, साधन ही रखें, इसे साध्य न बनाएँ। अर्थ को अनर्थ का कारण न बनाएँ। मनुष्य हैं हम, इच्छाएँ होंगी किंतु हों धर्मानुकूल। उनकी तृप्ति और संतुष्टि भी हो धर्माधारित। यही नहीं, हमारी पूजा और उपासना भी रहे धर्माधारित, जिससे लोक का अहित हो, व्यक्ति का विनाश हो, वह पूजा नहीं पाप है। तभी तो रावण कभी पूज्य नहीं बना।

कर्म का व्याप बड़ा है और लोककर्म का व्याप तो अतिशय विशाल, इसलिए इस कर्म-विस्तार को अलग-अलग हाथों को सौंप दिया गया। यहाँ व्यक्ति नहीं, पूरा लोक ही कर्म में लगा है और यह कर्म कुल मिलाकर एक ही कर्म है तथा कर्म करने वाले भी अनेक नहीं एक ही है। जैसे हाथ काम करते हैं, पैर काम करते हैं, मस्तिष्क काम करता है, किंतु कुल मिलाकर काम करनेवाला एक ही है। ठीक उसी प्रकार, निर्देशन का काम हो या रक्षा का, पोषण का काम हो या सेवा का, काम एक ही है लोक-साधना का और करनेवाला भी एक ही है विराट्-लोक। उसे अलग-अलग मत बाँटो।

कितनी व्यावहारिक और कितनी एकात्म व्यवस्था। यह तंत्र है 'लोक का तंत्र'। इसे समझो। इसे चलाओ। व्यक्ति व्यक्ति को बिखेरो मत। इस विकास का सर्वोत्तम चित्र मिलता है राम-राज्य में। मनुष्य ही नहीं, सब प्राणी स्वस्थ हैं, प्रसन्न हैं, सुखी हैं, एकरस हैं, एकात्म हैं। न कहीं अकाल मृत्यु है और न कहीं भय। न कहीं चोरी है और न कहीं वैर। सब आपस में प्रेम करते हैं। सर्वत्र धर्म का शासन है। दंड का कहीं नाम नहीं। प्रत्येक अपने दायित्व का पालन करता है। लोकेच्छा का आराधन है, लोकेच्छा का नियंत्रण और प्रत्येक के चिंतन तथा आचरण में लोकेच्छा का ध्वनन है। अद्‌भुत लोक-चेतना का राज्य है। न कहीं व्यक्ति का टकराव है और न कहीं वर्ग का विरोध, न कहीं राइट की पुकार है और न ही संघर्ष की आग। सर्वत्र कर्म की, सर्वत्र धर्म की, सर्वत्र देते रहने की, सर्वत्र समर्पण की, सर्वत्र निर्माण की धारा है।

यह दृष्टि तो लोकतंत्र की जीवन-पद्धति है। यह पथ तो लोकतंत्र का पथ है। 'इदं न मम इदं राष्ट्राय' का भाव ले सभी अपने-अपने धर्म में जुट जाएँ। माँगने और छीनने में नहीं, करने और देने में लग जाएँ। लोक उनको लगाम सौंपे, जो लगाम साधने में सर्वोत्तम हों। राम राजा बनें और भरत उनके सेवक, कृष्ण निर्देशक बनें और अर्जुन उनके भक्त। मूर्खता और धूर्तता को स्वामित्व तथा विद्वत्ता और चरित्र को उसकी चाकरी शोभा नहीं देती।

□

सामाजिक जीवन में लोकतंत्र

समाज लोक का विराट् अंग है। मनुष्य इस अंग के घटक हैं। अलग-अलग रहते और दिखते हुए भी वे सभी एक ही चेतना से बँधे हैं। यह चेतना बनाई नहीं गई, स्वाभाविक है। इसकी सतत अनुभूति रहती है और अभिव्यक्ति भी होती है। बस विकृति इसमें व्यवधान डालती रहती है। यदि सचेत मन इसे समझे और सँभाले रहे तो कोई समस्या नहीं खड़ी होती। इस स्वरूप के अस्तित्व का एक मनोवैज्ञानिक ढाँचा है। वह वृत्तियों के आधार पर बना है। यह ढाँचा है एक त्रिभुज का। प्यार, श्रद्धा और भक्ति इसकी आधार रेखाएँ हैं, ये होती ही हैं। यदि इनमें अड़चन न पड़े तो समाज सशक्त स्वरूप में सामने रहता है।

प्यार—पहली रेखा ढाँचे की प्यार की है। कोई कितनी भी शक्ति क्यों न लगाना चाहे, यह रोकी नहीं जा सकती। माँ की कोख से इसका जन्म होता है। बच्चे के हृदय में यह सीधी बैठती है। वह माँ दुलार से, वात्सल्य से शिशु को गोद में ले उसका विस्तार करती जाती है। जितने भी शिशु होते जाते हैं, यह प्यार की रेखाएँ बढ़ती जाती हैं, भाई-भाई के बीच की दूरी कम होती हुई यह प्यार की रेखा बंधन बाँधती है। बहन और भाई इसी से मिलते हैं। परिवार में सभी बड़े अपने से छोटों के साथ प्यार के लगाव से सधते हैं, फिर यह रूप पूरे समाज में ढल जाता है। बड़े छोटों को प्यार करते हैं, अपना मानते और अनुभव करते हैं।

माता-पिता और बेटे के संबंध, गुरु और शिष्य के संबंध, बड़े परिवारजनों के साथ संबंध और समाज के सभी छोटों के संबंध इसी प्यार की डोर से फैलते हैं। यही प्यार फैलते-फैलते, बराबरवालों के साथ बढ़ता जाता है। मित्र बनते हैं, सहयोगी बनते हैं, साथी बनते हैं। इतना ही नहीं, प्यार का समाजीकरण बढ़ता हुआ पशु-पक्षियों और पेड़-पौधों को भी अपने में समेट लेता है। देखा है घर में बच्चे कितने प्यार से कुत्ते के पिल्लों को गोद में खिलाते और उछलते-घूमते हैं। पौधों और लताओं को कितने

प्यार से सींचते हैं, उन्हें सँभालते हैं। यह प्यार का विस्तार समूची लोक सीमा को बाँध लेता है।

श्रद्धा—जैसे प्यार पैदा होता है और फैलते-फैलते पूरे समाज को साधता है, वैसे ही प्यार करनेवालों के प्रति लगाव का सम्मान फैलता है। इस लगाव को श्रद्धा कहते हैं। माता-पिता के प्रति श्रद्धा, गुरु के प्रति श्रद्धा, चाचा-ताऊ-चाची-ताई के प्रति श्रद्धा, दादा-दादी के प्रति श्रद्धा पूरे परिवार को एकता और एकात्मता में बाँधती है। बड़े प्यार करते हैं, तो छोटे श्रद्धा करते हैं। यही नहीं कि केवल भावों का प्रसार होता है, भावों के साथ क्रियाओं का, व्यवहारों का, कार्यों का फैलाव भी अपने आप फैलता जाता है। जब माँ बच्चे को दूध पिलाती है, तो बच्चे का किलकारियों भर गोद में उछलना कौन रोकेगा? जब पिता बच्चे को घुमाने ले जाता है, तो बच्चे का वस्तु देख मचलना कौन थामेगा? भाई भाई की पीठ पर लादेगा। बहन भाई की गोद में उछल बैठेगी। गुरु शिष्य को प्यार से बुलाएगा तो शिष्य झट दौड़ता हुआ आकर गुरु के चरणों पर अपने श्रद्धा सने हाथ रख देगा। यह पूरा कर्म-व्यापार समाज को साधता चला जाएगा।

भक्ति—प्यार और श्रद्धा से आगे बढ़ सबसे महत्त्वपूर्ण आधार भक्ति का है। जिसने हमें धरती पर उतारा है, जिसने दायित्व दे हमें जीने के लिए अवसर दिया है, उस परम शक्ति को जानना, याद करना और सर्वत्र बैठा देखना, हमारा स्वाभाविक गुण है। यह होता है। जिज्ञासा इसे आगे समझाती हुई चलती है। हम भले ही विदेशी चकाचौंध भरी विकृत-दृष्टि में फँस उसे नकारते रहें, किंतु होता यह अवश्य है। नेहरू जैसे व्यक्ति को, इसने अपने हाथ में पकड़, गंगा के प्रवाह के सामने झुकाया, नमन कराया। इस भाव को हम भक्ति से व्यक्त करते हैं। प्रत्येक व्यक्ति भक्ति से भर उस शक्ति को याद करता है। वह किसी-न-किसी रूप में इस शक्ति को देखता है और नमन करता है। कोई निर्गुण मानता है, कोई सगुण। कोई सबमें बैठा देखता है, तो कोई एक रूप में स्थिर।

प्यार, श्रद्धा और भक्ति की यह दिव्य स्वाभाविक डोर पूरे समाज ही नहीं, सृष्टि को साधे और सँभाले रहती है। लोक-संचरण का पहला सूत्र यही त्रिकोण है, जो माँ की कोख से फूटता है। जैसे व्यक्ति की माँ होती है, वैसे ही हम सबकी, पेड़-पौधों की भी, पशु-पक्षियों की भी एक माँ है। सर्वमान्य माँ है। वह माँ है, धरती माता। अथर्ववेद कहता है—'माता भूमिः पुत्रोऽहम पृथिव्याः'। भूगोलवेत्ता कुमारी सेंपुल कहती हैं कि धरती ने हमें जन्म दिया है। वह हमारे मांस में, मज्जा में, रक्त में समाई है। उसने हमें सोचने की दिशा दी है, चलाया है। नृशास्त्र (एंथ्रोपोलॉजी) के महान् विद्वान् क्रोबर यही कहते हैं कि धरती इनसान में बैठी है। हंटिंग्टन से लेकर ब्लाश,

द्विवेदी रामलखन से लेकर दीक्षित रमेश तक सभी यह मानते, स्वीकारते और बताते हैं कि धरती हमारी माँ है।

हम परम पिता परमेश्वर की संतान हैं। उसके अंश हैं। 'ईश्वर अंश जीव अविनाशी', तब स्वाभाविक ही हम सभी एक माँ और एक पिता के ही पुत्र और पुत्रियाँ हैं। साथ बँधने और रहने का स्वाभाविक संबंध है। हाँ, धरती की बनावट धरती की जलवायु, धरती पर पले संस्कारों का रूप, हमारे रूप और कर्मों को भले अलग-अलग कर दे, किंतु प्राण-धारा एक है। फिर एक ही धरती के पुत्र हम तो सभी प्रकार से एक ही मन, एक ही दिल और एक ही दिमाग के हैं। रहने भी चाहिए।

जैसे समाज को साधने का लगाव का सूत्र है, ठीक वैसे ही कर्म का भी सूत्र है। कर्म अपने भाव और अपनी परिस्थिति के साथ रूप बदलता चलता है। प्राणी के नाते वैयक्तिक जीवन-निर्वाह करते हुए प्रत्येक कर्म करता है। उठना, बैठना, लेटना, भोजन करना, घूमना, खेलना आदि सामान्य कर्म हैं। ये प्रत्येक निभाता है। इनमें किसी हार्दिक भाव या मस्तिष्क के विशेष सोच की आवश्यकता नहीं पड़ती।

कर्तव्य—किंतु जैसे ही यह कर्म व्यक्तिगत, स्वाभाविक जीवन के दायरे से बाहर बढ़ता है, संबंधों के जाल में जकड़ता है। पुत्र के प्रति कर्म, माता-पिता के प्रति कर्म, भाई के प्रति कर्म, गुरु के प्रति कर्म, पड़ोसी के प्रति कर्म, अतिथि के प्रति कर्म आदि-आदि हो, तो यह कर्म का स्तर बढ़ जाता है और इसकी संज्ञा हो जाती है—'कर्तव्य'। यह कर्तव्य का विस्तार कर्म से कई गुना अधिक बड़ा है। जितना अच्छा, जितना सँभाला हुआ जाल इस कर्तव्य का होता है, समाज की अवस्था उतनी ही सुंदर और सुगढ़ बनती है। सब अपने-अपने कर्तव्य का पालन करते हुए बढ़ते चले जाएँ तो सर्वत्र शांति और सुख मिलता है।

धर्म—कर्तव्य से भी आगे बढ़ कर्म का तीसरा सर्वोत्तम स्वरूप मिलता है—'धर्म'। यह कर्म का वह रूप है जो प्रत्येक इकाई को करना ही है, यदि इकाई नहीं करती तो इकाई इकाई ही नहीं रहती। उसकी पहचान समाप्त हो जाती है, उसका अस्तित्व नष्ट हो जाता है। यदि आग जलना छोड़ दे, तो आग 'आग' न रहेगी। यदि पानी भिगोना छोड़ दे तो पानी 'पानी' न रहेगा।

यदि नदी बहना छोड़ दे तो नदी 'नदी' न रहेगी। इसी प्रकार यदि माँ वात्सल्य त्याग दे, पिता संरक्षण त्याग दे, गुरु गुरुत्व छोड़ दे तो माँ 'माँ' न रहेगी, पिता 'पिता' न रहेगा, गुरु 'गुरु' न रहेगा। यदि राजा संरक्षण, संवर्धन और पोषण छोड़ दे तो राजा 'राजा' न रहेगा। माँ का धर्म, पिता का धर्म, गुरु का धर्म, राजा का धर्म समष्टि को पालना है। ये सभी परम-धर्म से बँधे हैं—वह है प्रभु के प्रति धर्म। उसकी अवहेलना करना विनाश को निमंत्रण देना है।

दुर्भाग्य है, आज दुनिया कर्तव्य और धर्म की डगर से फिसलकर, कर्म के कठघरों में कैद रह गई है। वह कर्तव्य नहीं समझती, धर्म नहीं मानती। कानून की डोर पकड़ दूसरों को नोचती हुई दौड़ी चली जा रही है। यह दौड़ मौत की दौड़ है। डेमोक्रेसी इस पर लगाम नहीं लगा सकती। स्वाभाविक तंत्र चाहिए, स्वाभाविक मंत्र चाहिए और वह है 'लोकतंत्र'।

लगाव और कर्म की तरह ही तीसरा सूत्र है समाज के होने, चलने और पूर्ण उत्कर्ष को प्राप्त करने का। व्यक्ति के बिंदु से प्रारंभ कर घर, परिवार, ग्राम, जनपद, राष्ट्र और राष्ट्र के विस्तार का एक ही भाव में बँध और एक ही इकाई में सध, सतत प्रभु के दायित्व में रत रहना। एक ही लक्ष्य है और एक ही है कर्म। बस हाथ अनेकों। चलते जाना ही जीवन है।

व्यक्ति—व्यक्ति आज की दौड़ का 'मैन' नहीं है, व्यक्ति है। क्योंकि व्यक्त होने की और संपूर्णत्व में व्यक्त होने की इसमें क्षमता है, इसीलिए यह व्यक्ति है। यह नर से नारायण बन सकता है और बनता है। इस व्यक्ति को केवल हाड़-मांस का पुतला नहीं कहा जा सकता। केवल भूख का पिटारा नहीं समझा जा सकता। यह केवल भोक्ता, श्रमिक या संसाधन नहीं है। यह तो शरीर, मन, मस्तिष्क, हृदय और आत्मा का श्रेष्ठतम समुच्चय होते हुए लोक का अंग और प्रतिनिधि है। इसमें पूरा लोक बसता है और लोक की गुणवत्ता इसके चिंतन व आचरण में तिरती है। जैसे कमंडल के गंगाजल में गंगा का गुण 'गंगत्व' विद्यमान रहता है, ठीक वैसे ही व्यक्ति में लोक का लोकत्व सदैव स्पंदित रहता है। वह कभी बाधित न होने पाए, इस हेतु पाशविक-विकृति से बचाना होगा।

घर—व्यक्ति आसमान में नहीं रहता। माँ की गोद में आता है। पिता के संरक्षण में पलता है। उसके भाई-बहन होते हैं। चाचा-ताऊ और चाची-ताई होती हैं। इनसे मिलकर पूरा घर बनता है। घर केवल मकान की दीवारों का नाम नहीं होता। केवल एक स्थान पर कुछ लोगों का ठहरना, खाना-पीना और सोना नहीं होता। घर को एक ही रक्त से निसृत, एक ही संवेदन से सधे, एक ही अनुभूति में पगे, और एक ही यात्रा पर चले व्यक्ति-समूह से बनता है। इसकी संवेदना टूटी, अनुभूति गई, यात्रा से हटे, तो घर 'मकान' रह जाता है। आज मकान ही देखने को मिलते हैं। घर डेमोक्रेसी ने मेट दिए। 'इदं मम' के भाव ने 'इदं न मम' का भाव रौंद डाला। कोई भी अपने भाई और भतीजे तक को कुछ देने की बात नहीं सोचता और हद पार हो गई कि बेटा और बेटी माँ-बाप को कफन भी नहीं देना चाहते। नित्य बढ़ रही हत्याएँ इसी का प्रमाण हैं। गाँवों में कम और महानगरों में कहीं अधिक हैं। मैंने महानगरों में बड़े-बड़े परिवारों में, माँ-बाप को, अपने बेटा-बेटी, पोता-पोती के होते हुए भी बेसहारा, दुःखियारा हो

सिसकते-बिलखते देखा है।

परिवार—घर का बड़ा रूप परिवार है, जिसमें एक ही रक्त के भाई-भाई, चाचा- ताऊ बढ़ते हुए अनेक घरों में जीवनयापन करते हैं। कर्म अपने-अपने हैं, रहना अपना-अपना है, किंतु लगाव एक है। अनुभूति एक है। दृष्टि एक है। निजता की डोर एक है। एक ही जीवन है। समरस, एकात्म और एक मंतव्य से बँधा-सधा। न कोई विकृति और न कोई दूरी। व्यक्ति का बड़ा व्याप इस परिवार में बैठा है। आज परिवार उजड़ रहे हैं। अलग-अलग ढपली, अलग-अलग राग। व्यक्ति नहीं 'वस्तु' का राज है। संवेदन नहीं 'संसाधन' का साम्राज्य है। करना और देना नहीं, लेना। पोषित नहीं, शोषित करने का दबदबा है। अपना तो और भी निकट है, सबसे पहले उसे ही दबोचो, नोचो और खाओ। कहीं इसीलिए संयुक्त-परिवार खोजे नहीं मिलते हैं। डेमोक्रेसी की कोख से जनमी 'राइट' की यह परम उपलब्धि है। कहीं भी इसमें पालना, पोषित करना, देना, सँभालना नहीं निकलता।

ग्राम—परिवारों का समूह ग्राम बनता है, यह बनाया नहीं जाता। सहज विकसित होता है। ग्राम समूह को कहते हैं और इस समूह की अपनी एक चेतना होती है, एक पहचान होती है, एक दृष्टि होती है। ठाकुर अमृत सिंह का विशाल परिवार गंगा के मैदान में आ बसा। साथ में ब्राह्मण, बनिए, किसान, काछी, लुहार, बढ़ई, नाई, कहार, मोची आदि भी आए और एक ग्राम बन गया 'अमृतपुर'। एक पहचान बनी। एक दृष्टि विकसित हुई। गर्व का अनुभव होता है। जब कहा जाता है कि सन् 1857 की क्रांति में इसी गाँव में इमली के पेड़ पर क्रांतिकारियों को फाँसी दी गई थी। इस गाँव ने अपने पड़ोसी गाँवों के साथ अंग्रेजों से युद्ध किया था। मन प्रफुल्लित हो उठता है जब पता चलता है कि इसी ग्राम में अस्तल में पूज्य देव हरवा बाबा वर्षों ठहरे थे, गंगा स्नान करते थे, पूजा करते थे।

ग्राम परिवार का विकास है। किंतु चेतना उसी एक रक्त और उसी एक संबंध तथा एक ही पहचान की रहती है। इसको सँभालने का काम भारतीय संस्कृति युगों-युगों से करती आई है। अब ग्राम बसने और नगर स्थापित होने का ढंग ही बदल गया। वह चेतना खोजे नहीं मिलती। अपनापन नदारद, पहचान गायब, कभी-कभी दुःख इतना होता है कि जी चाहता है सिर फोड़ लूँ। यह नगर है, इसमें व्यक्ति निर्माण करनेवालों की संस्थाएँ हैं, कार्यालय हैं। सामान्य सोच है संपर्क-संवाद-संस्कार का किंतु पूछें कार्यालय में रहने वालों से कि पड़ोसी कौन है? उत्तर होगा, पता नहीं। कैसे आदमी हैं? उत्तर होगा, कभी बात नहीं की। यह क्या है? कर्मकांड से बाहर निकलो, कर्म करो। जो सीखते हो उसे व्यवहार में उतारो।

जनपद और राष्ट्र—ग्राम बढ़ते और सँभलते हुए कस्बों और नगरों में बदले।

गतिविधियाँ बढ़ीं। संसाधन बढ़े। संपर्क के साधन बनें। अनेक गाँव और नगर एक इकाई जनपद के रूप में सामने आ गए। भले ही गाँव अलग और अनेक रहे, किंतु उनकी प्रकृति और उनका व्यवहार, उनकी सोच और उनका कार्य एक ही रूप का दिखाई पड़ा। आज भी वह पहचान पुराने जिलों में समाई हुई है। कहीं भी चले जाओ, झट आदमी बोल उठता है—यह फर्रुखाबादी है, यह बाँदा का है, यह बलिया का है, यह तो भाई मथुरा का है और यह ठहरा अयोध्या का। यह धरती से बँधा हुआ संबंध बोलता है। यह रक्त से निकला हुआ संस्कार बोलता है। यह आस्था और विश्वास से सधा हुआ रूप चमक उठता है। अब जनपद जिले में बदल गए और विकास की समग्र-इकाई के रूप में न सामने आ, प्रशासनिक व्यवस्था की इकाई के रूप में सामने आने लगे, इसलिए उनमें समाज नहीं, व्यवस्था बोलती है।

जनपदों का बढ़ता हुआ व्याप राष्ट्र बना। प्राचीन शब्द है 'राष्ट्र'। वेदों में इसका वर्णन है—'वयं राष्ट्रे जाग्रयाम'। हम राष्ट्र को आगे बढ़ाएँ। विकास करें। राष्ट्र जीवन की पूर्ण इकाई बन सामने आई। हमने इसे विराट्-रूप में पूजा, आराधा। इस विराट-पुरुष की घर-घर आराधना हुई। एक कृति, एक गति, एक दृष्टि, एक लक्ष्य, एक पथ और एक ही सबका मंतव्य। कोई चूक नहीं। बिंदु का व्याप राष्ट्र के विराट् रूप में आ समाया। व्यक्ति ने अपना विशाल फैलाव पा मानो सर्वरूप पा लिया। वह सिहर उठा। राष्ट्र देवता बन गया। इस राष्ट्र की वंदना वैदिक काल से लेकर आज तक चलती चली आई है। वैदिक राष्ट्रगीत है और आज भी बंकिम का वंदे-मातरम् अमर गीत है, जिसने प्राणों में शक्ति फूँक दी। गली-गली गूँज उठा।

दुर्भाग्य, विकास की समग्र इकाई 'राष्ट्र' आज ओझल हो गई। राजनीतिक इकाई 'राज्य' सामने आ गई। राज्य भी बौना बन प्रशासनिक इकाई में ढल गया। सत्ता उसका संचालन करने लगी। सत्ता सत्ता हथियानेवाले गिरोहों के हाथ आ गई। भारत भारत न रहा 'इंडियन यूनियन' हो गया। हम पुत्र न रहे 'नागरिक' रह गए। संबंध गए तो राष्ट्र की चेतना भी गई। भगतसिंह भारत माँ के लिए फाँसी के फंदे पर झूले, चंद्रशेखर भारत माँ के लिए बलिदान हुए, 'सत्ता' के लिए तो नहीं लड़े थे।

व्यक्ति से लेकर राष्ट्र तक एक ही चैतन्य है। इसके चरण एक हैं। चाल एक है, गंत एक है। इसे विदेशी विकृत पाशविक सोच ने दबोच रखा है, निकालो दबे हुए भारत को और राम के राष्ट्र को पूरेपन में चमकने दो। पूज्य बापू का रामराज्य स्थापित करो।

एक धरा, एक रक्त, एक संस्कार, एक जीवन-प्रवाह, एक लक्ष्य, एक पथ के इस विराट्-अस्तित्व भारत में सहज ही ममता होगी, समता होगी, निजता होगी, करने की, देने की दृष्टि होगी और कहीं भी पाशविक-सोच 'राइट' या 'इदं मम' फटक न

पाएगा। भरपूर संसाधन बरसेंगे, प्रत्येक का पोषण होगा, वात्सल्य हहरेगा, पिता का वरदहस्त सर पर होगा, गुरु का आशीष प्रत्येक के ऊपर रहेगा, भाई के लिए भाई जिएगा, बहन-भाई के संबंध दृढ़ होंगे और सत्ता सँभालने वाले सत्तापति सच्चे अर्थों में, व्यक्तियों के ही नहीं, पशु-पक्षियों के, पेड़-पौधों के और समग्र अस्तित्वों के पालक होंगे, पिता होंगे। यह तंत्र होगा 'लोकतंत्र', पालन होगा हर अस्तित्व का और सम्मान होगा हर व्यक्तित्व का।

□

आर्थिक जीवन में लोकतंत्र

कर्मभूमि—आँख जिधर खोलो, दौड़ते हुए चरण मिलते हैं, उठते हुए हाथ दिखते हैं, मचलता हुआ मन मिलता है, सोचता हुआ मस्तिष्क दिखता है, मिलते हुए दिल और मिलने को आतुर दिल दिखते हैं और सबमें उसी परम् के दर्शन करनेवाले साधक भी मिल जाते हैं। कोई कण शांत नहीं है और कोई क्षण खाली नहीं है, सर्वत्र क्रिया है। छोटी इकाई क्रियमाण है तो उसको लेकर बनी उससे बड़ी इकाई भी क्रियमाण है। यह क्रियमाणता समग्र विराट् इकाई 'लोक' को कर्म में लगाए है। सर्वत्र कर्म-ही-कर्म है। वह कर्म है जो अपने आप बिना प्रयास और इच्छा के होता ही रहता है, वह कर्म भी है जो व्यक्ति इच्छा से करता है और हो जाता है, वह कर्म भी है, जिसकी इच्छा है किंतु होता प्रयास से ही है और वह कर्म भी है, जिसमें प्रयास समग्रता से झोंकना पड़ता है, कोई कसर या कमी नहीं रखनी पड़ती। इस कर्म व्यापार को निरर्थक रहने दें तो किस अर्थ का? कर्म को विनाश में जुटाएँ तो हमारे होने का अर्थ क्या? हम हम हैं, परम के अंश हैं; इसलिए कर्म को विकास के पथ पर डालना होगा। हर हाथ निर्माण के लिए उठेगा। हर निर्माण 'लोक' निर्माण होगा। लोक निर्माण लोक मंगल करेगा।

यह भूमि कर्म की भूमि है। कर्म के लिए हम उतरे हैं। पाशविक भूख के लिए कर्म नहीं। मनुष्य विकास के लिए कर्म होगा। विकास के लिए इच्छाएँ जगेंगी। इच्छाओं में उन इच्छाओं को चुनना होगा, जो अपना विकास करे, अपने विकास के साथ लोक-विकास को आगे बढ़ाए। मन नहीं विवेक इसका चयन करेगा। विवेक का पथ धर्म का पथ होगा।

धर्मभूमि—यह धरती पशुता की धरती नहीं, साधना की धरती है। अपने खाने और अपने रहने के लिए दौड़ना तो पशु का जीवन है। अपने को साधते हुए समग्र को साधना है। साधना ही नहीं, श्रेष्ठतम स्वरूप में स्थापित करना है, इसलिए प्रत्येक

कामना, धर्म की कसौटी पर कसनी होगी। कामना व्यक्तिगत हो या परिवार की कामना, ग्राम की हो या देश की यदि कामना ध्वंस लाए, कामना जो दूसरी इकाई को नष्ट कर बैठे, हमारी कामना नहीं बन सकती। हमारी हर कामना निर्माण की चाल होगी। अपने को बनाते हुए, आगे की इकाइयों को भी बनाती चलेगी। इस कामना को, इस इच्छा को पूरा करने के लिए हमें मंत्र चाहिए, तंत्र चाहिए और चाहिए साधन भी। हमारा मंत्र सर्वहितकारी होगा, हमारा तंत्र सर्वसाधक होगा और हर साधन वही और वैसे ही अर्जित होगा, जो धर्माधारित रूप है। चोरी से डकैती से लिया गया अर्थ अनर्थ का कारण ही बनेगा। कभी हित नहीं कर सकता। धर्म से पैदा किया गया साधन लक्ष्य तो प्राप्त कराएगा ही, पुण्य भी प्रदान करेगा। हमारी साधना को मोक्ष की दिशा में ले जाएगा। यहाँ कर्म की यात्रा अपनी पूर्णता में होती है। इसके धर्म पर पड़ते हुए चरण काम को तुष्ट करते हुए परम की प्राप्ति तक ले जाते हैं।

कराग्रे वसते लक्ष्मी—सामान्य सा लगनेवाला सूत्र 'कराग्रे वसते लक्ष्मी' अर्थ जगत् का समग्र व्याप समझा देता है। श्रम करने से संपदा आती है और यह संपदा केवल वस्तु नहीं रहती, केवल साधन नहीं होती, केवल उपयोगी-सामग्री नहीं होती, यह होती है लक्ष्मी। क्योंकि इसमें तन लगता है, मन लगता है, मस्तिष्क लगता है, हृदय रमता है और आत्मा सतत साथ रहती है, लक्ष्य सामने होता है और होता है 'मंगल का', तभी यह लक्ष्मी होती है। लालित्य की, सौंदर्य की, रस की, आनंद की रक्षा करनेवाली सामर्थ्य की वह पूँजी, जिससे ममता, निजता, समता, एकात्मता और सर्वहित की धारा फूट पड़े, यह पूँजी है 'लक्ष्मी'।

यह माँगने से नहीं मिलती। यह सरकार के हाथों से नहीं मिलती। यह शक्ति से छीनने से नहीं मिलती है। यह शोषण और बलात् हरण से नहीं मिलती। यह मिलती है कर्म-साधना से। कर्म-साधना में सतत 'सरस्वती' को बैठना पड़ता है। यदि ज्ञान लोप हुआ तो साधना विनाशवाहिका बन जाती है। कालिदास जिस डाली पर बैठा है, उसी को काटने लग जाएगा। जिसको प्राप्त करना चाहता है, उसी को नष्ट कर बैठेगा और स्वयं भी नष्ट हो जाएगा। इसलिए श्रम करें, किंतु श्रम के प्रत्येक कण में सरस्वती का साथ रहे। सरस्वती सचेत करती रहती है कि ये कर्म करनेवाले, सदैव 'सर्वहित' का ध्यान रखें। माँ गंगा की तरह सर्वकल्याणकारी कर्म करें, कहीं अनिष्ट न हो। 'कर मध्ये सरस्वती' रहे और काम चले किंतु कर के मूल में 'गोविंद' ही हो', 'कर मूलेतु गोविन्दः' कर्म का प्रेरक वही प्रभु है और कर्म भी प्रभु के चरणों में ही समर्पित है। कर्म हम अर्थ के लिए नहीं करते, लोक यश के लिए नहीं करते, पुत्र के लिए नहीं करते, कर्म करते हैं, क्योंकि प्रभु ने कर्म के लिए भेजा है। कर्म हमारी साधना है। हमारी साधना का निश्चित लक्ष्य है और यह लक्ष्य है निर्माण का। निर्माण संकुचित

दायरे में बंद नहीं। निर्माण औरों का ध्वंस करके नहीं। निर्माण है लोक-मंगल का।

निर्माण का पाठ हम गौ से सीखते ही हैं। वह सतत निर्माण में जुटी है। देने में लगी है। बछड़े देती है, बछिया देती है और ये बछिया बढ़ते ही गाय बन बछिया देती है और यह क्रम चलता चला जाता है। यह उत्पादन का क्रम सतत चलनेवाला क्रम है और कई गुना बढ़ फैलते जाना है। बछड़े बैल बन हर घर के सहायक बनते हैं। माल ढोने के सशक्त श्रम बनते हैं। गाय बछिया और बछड़ा देने के साथ जो दूध देती है, वह केवल उसके बच्चों को नहीं, पालक के परिवार को पालता है। दूध से दही, मक्खन, घी, मट्ठा सभी कुछ गुणप्रद पदार्थ आते हैं। इसी गैया के वात्सल्य में पल कन्हैया सामने आते हैं। आश्चर्य तो देखो, गाय का गोबर, मूत्र और उसके पड़ोस का कूड़ा भी कितना स्वास्थ्यप्रद और लाभदायक है। पंचगव्य से आश्चर्यचकित कर देनेवाली औषधियाँ बनती हैं।

गाय के द्वारा निःसृत यह निर्माण की धारा किसी को हानि नहीं पहुँचाती, प्रदूषण नहीं फैलाती, उत्पादन को ठप नहीं करती, बढ़ाती चली जाती है और सभी को पालती है। भारत में गंगा और गौ इसीलिए तो हमारे जीवन की आदर्श हैं। आज का उत्पादन विनाशक है, यहाँ प्रदूषण है, शोषण है, समापन है, भविष्य अंधकारमय है।

लोकदृष्टि इस उत्पादन को लोकहित में लगाती है। हम साधक हैं, भोगी नहीं। इसीलिए उतना ही भोग करें, जितना हमारे रहने के लिए आवश्यक है। 'त्यक्तेन भुञ्जीथा:' त्यागपूर्वक भोग करें। अधिक लेना तो सब प्रकार हानिकारक है। चार रोटी खाने वाला यदि आठ खाता है, तो चार रोटी का भोजन व्यर्थ गया और अधिक खानेवाला भी अस्वस्थ बना तथा जिसे चार रोटी दी जा सकती थी, वह भी संभव नहीं हुआ। सब प्रकार अनर्थ। नारदजी युधिष्ठिर को अर्थनीति समझाते हुए कहते हैं—

यावद् भ्रियेज्जठरं, तावत्स्वत्वं हि देहिहनाम्।
योऽधिकम् अभिमन्येत, सस्तेनो दंडमर्हति॥

जितने से पेट भरे, उतना ही प्राणी का स्वत्व है। जो अधिक धन को अपना मानता है, वह चोर है, दंड के योग्य है।

दुर्भाग्य—दुनिया में भोग की भूख जगाई और बढ़ाई जा रही है। नई-नई भूखें उगाई जा रही हैं। पहले उत्पादन भोग का अनुसरण करता था, आज भोग उत्पादन का अनुसरण करता है। पैसे के लिए वस्तुएँ बनाई जाती हैं, फिर उनकी माँग, उनके भोग की इच्छा और इच्छा को आवश्यक बना सामने लाया जाता है। चाय का व्यापार क्या था? कौन सी आवश्यकता थी? पहले पीना सिखाया गया, बढ़ाया गया और अब आवश्यकता बन वही सिर पर छा गया है। अर्थ के लिए अनर्थ की बेल बोई जा रही है। व्यक्ति अर्थ साधना का, बेचारा और मूर्ख बना, माध्यम बन गया है। अर्थ कमाने

के लिए वह भोग करता जाए, पशु बनता जाए और भोग के लिए उत्पादन में रात-दिन जुटा अपने को भूल पैसा कमाता जाए। पैसे की अंध-गुलामी, यह लोकहित नहीं, लोक-हत्या है। यह लोक का तंत्र नहीं, लोकहत्या है। लोक-हत्या का षड्यंत्र है।

साँई इतना दीजिए, जामें कुटुम समाय।
मैं भी भूखा ना रहूँ, साधु न भूखा जाए॥

खाने से जो बचता है, वह औरों को दो, दिल खोलकर दो—

'पानी बाढ़े नाव में, घर में बाढ़े दाम, दोनों हाथ उलीचिए, यही सयानो काम'। अधिक कमाओ, किंतु सौ हाथों से कमाते हो तो हजार हाथों में बाँट दो। दूसरे के धन पर गीधो नहीं—''मागृधः कस्यस्विद् धनम्।'' महात्मा गांधी 'यंग इंडिया' में लिखते हैं—'वह अर्थशास्त्र सिरमौर बना। हम उसके दुम हिलाते चाकर हैं'। पूँजीवाद ने अर्थ-लोलुप मानव निर्माण किया, तो साम्यवाद ने युद्ध-पिपासु मानव को जन्म दिया और आया समाजवाद तो उसने व्यक्तित्वहीन मनुष्य दुनिया के सामने ला खड़ा किया। मनुष्यता मर गई। पशुता अट्टहास कर सिंहासन पर आ विराजी। यह लोक को लील जाएगी। कैसे कहें इसे लोक-व्यवस्था? कैसे कहें इसे लोकतंत्र? यह तो पथ और पथिक, लक्ष्य और साधक दोनों को ही उदरस्थ कर जाएगी।

भारत पोषण करने का मंत्र सिखाता है और सबको खिलाने का तंत्र देता है। अपनी नहीं, लोक की सोचता है। 'कमानेवाला खाएगा' नहीं गाता, कहता है—'जो जनमा है सो खाएगा', 'कमाने वाला खिलाएगा, धर्म पर चलता हुआ, प्रभु के पास जाएगा।' घर आने वाले संत, भिक्षुक, अतिथि खाएँगे और पहले खाएँगे। पशु-पक्षी सभी जीव खाएँगे। गौ को ग्रास निकलेगा तो कुत्ते को कौर भी पड़ेगा। अपना क्या है, सब है तो गोपाल का ही।

हर हाथ को काम चाहिए और हर पेट को भोजन, मूलमंत्र है आर्थिक-लोकतंत्र का। जिससे लोक 'लोक' रहे और अपनी यात्रा करे। प्रकृति यही करती है। हम उसमें साधक नहीं, आज बाधक बन रहे हैं। गंगा अपने हाथों अपना काम करती रही, हमने उसके हाथों की सामर्थ्य छीन ली। उसका जल छीना, उसका प्रवाह छीना, उसकी घाटी पाट दी। गंगा सामर्थ्यहीन हुई और गंगा की संतानें सिसकियाँ भरने लगीं। मरने के लिए असहाय बन बैठ गईं। वायु बहती हुई प्राण संचारित रखती रही, हमने प्रदूषण से विषाक्त कर उसे मौत का वाहक बना दिया। प्रकृति का हर हाथ, प्राणी का प्रत्येक चरण कर्म पर लगे, इस हेतु मनुष्य को प्रकृति को सँभालनेवाला दायित्व निभाना चाहिए।

हर पेट को भोजन मिले, यह प्रकृति ने व्यवस्था की है। आदमी खाएँ, पशु खाएँ, पक्षी खाएँ और पेड़-पौधे भी स्वस्थ रहें, कोई भूखा न रहे, यह लोकदृष्टि है। इनमें

सहायक बन लोकसाधक का काम करें। अपने लिए प्रकृति का शोषण करना, धरती को नोचना, वृक्षों को काटना, पशुओं का वध करना, पक्षियों को मारना, जीवों को निगल जाना, मनुष्यता नहीं दानवता है। यह लोक-साधना का पथ नहीं, लोक-विनाश का रास्ता है। हम साधक बनें, लोक-आराधक बनें। हमारी सत्ता हर हाथ को काम दे, हर पेट को भोजन दे। यही योग्य है।

□

राजनीतिक जीवन में लोकतंत्र

जिस धरती पर हम रहते हैं, जिस भूमि की गोद में हम विचरते हैं, वह राजनीति की रेखाओं ने नहीं, प्रकृति ने बनाई है और उसे हम देश कहते हैं। यह भौगोलिक इकाई है। यह भौगोलिक इकाई देश पर देश की संतान ने रहते-रहते, संघात के परिणामस्वरूप धरा की चेतना को संस्कृति में ढाला है। वह चेतना ही हमारे जीवन का पुण्य प्रवाह है। इसमें बहते हुए हम मँजते, सँभलते और सुसंस्कृत बनते हुए, देश को समग्र इकाई 'राष्ट्र' में ढालते हैं। राष्ट्र अपना जीवन चलाता है और जब व्यक्ति की विकृति के कारण, व्यवस्था चलाने के लिए किसी सत्ता की आवश्यकता पड़ती है तो 'राज्य' इकाई उभरकर सामने आ जाती है। किसी भी राष्ट्र का सर्वोत्तम स्वरूप तब होता है जब राज्य, देश और राष्ट्र तीनों ही इकाइयों की सीमा एक होती है। भौगोलिक इकाई देश राजनीतिक इकाई राज्य का रूप बनती है और यह राजनीतिक तथा भौगोलिक इकाइयाँ राष्ट्र इकाई की समग्रता अपने अस्तित्व में समेटती है। केवल कायिक या भौतिक स्वरूप ही एक नहीं होता, अपितु उनका संवेदनात्मक और भावात्मक स्वरूप भी एक ही चेतना में बँधा मिलता है। भारत कहते ही केवल भारत नहीं, हिंदुस्तान और भारतीय स्वरूप भी एक ही चेतना में बँधा मिलता है। धरा कहते ही केवल भारत नहीं, हिंदुस्तान और भारतीय राज्य संघ (इंडियन यूनियन) सभी का चित्र आँखों में तिरना चाहिए। कमी है, तो उसे सँभालना चाहिए।

देश राजनीति की इकाई 'राज्य' की सीमा का अनुसरण नहीं करता और न कर सकता है। देश स्वाभाविक प्रकृतिदत्त इकाई है। प्रकृति ही उसमें परिवर्तन ला सकती है। कभी ऑस्ट्रेलिया गंगासागर (बंगाल की खाड़ी) में तैरता था, आज अलग महाद्वीप है। देश पर उभरा, बना और विकसित राष्ट्र भी राज्य की सीमा का अनुचर नहीं बन सकता। उसका भौतिक रूप और उसकी सांस्कृतिक चेतना उसे यह नहीं करने दे सकती। हाँ, राज्य को ही देश और राष्ट्र की सीमाओं को अपनाकर अपना स्वरूप

ढालना चाहिए। जब एक ही स्वरूप बन राष्ट्र चलता है तो उसकी शक्ति सर्वोत्तम स्वरूप में व्यक्त होती है।

इस देश पर रहनेवाला पुत्रवत् समाज, सहज ढंग से अपना-अपना धर्म पालन करते हुए सुखपूर्वक रहता है, रहता आया है, किंतु जब विकृति व्यक्ति को जकड़ लेती है, तो नियमों की, कानून की आवश्यकता होती है। कानून बनाने वाले और चलाने वालों की आवश्यकता होती है। यहीं पर सत्ता का स्वरूप खुलकर सामने आता है और राज्य अपना रूप ले, प्रकट होता है। व्यवस्था का कार्य अति कठिन होता है, इसलिए इस डगर पर चलने वाली नीति को 'राजनीति' कहते हैं। यह सबसे कठिन और सर्वोत्तम तो होती ही है, सर्वाधिक शोभायमान भी होती है—'राजयति इति राजनीतिः' इस राह पर चलने वाले जब राम होते हैं तो राजनीति पूज्य बन जाती है। वह राम राज्य देते हैं। जब इस नीति पर गांधी, लोहिया और दीनदयाल चलते हैं तो वह डगर श्रद्धा की डगर बनती है, किंतु जब इसी राह पर आज के नेता निकलते हैं तो वह शौचालय की गंदी नाली जैसी अति घिनौनी बन जाती है।

राजनीति साधन है, साध्य नहीं—राष्ट्र हमारा साध्य है। राष्ट्र में राज्य और देश अपने आप समाहित हैं। 'राष्ट्र की साधना' राष्ट्र की संतान करती हैं। साधना के लिए राजनीतिक संबंध नहीं, रक्त और संबंध नहीं, रक्त और संस्कार का संबंध काम करता है। राजनीति का संबंध सत्ता से बँधता है। कानूनी व्यवस्थाओं से बँधता है। चेतना से नहीं बँधता। जब व्यक्ति और राष्ट्र की चेतना एक ही होती है और इस चेतना का उत्स एक ही होता है, तो स्वाभाविक ही व्यक्ति राष्ट्र की धरा के लिए, राष्ट्र की संस्कृति के लिए, राष्ट्र के रक्त के लिए मचलता है। ऑस्ट्रेलिया से आकर भारत में बसा और भारत का नागरिक बना व्यक्ति, भारत के आराध्य राम के लिए तो नहीं मचलेगा। उनके लिए भक्ति से भर नमन तो नहीं करेगा? भारत की संस्कृति के लिए भी श्रद्धा से भर जुड़ाव नहीं रखेगा? वह तो राज्य के शासन-प्रशासन से अपने को बाँधेगा। उसे भारत के अतीत और भारत की चेतना के भविष्य से क्या लेना-देना?

सन् 1947 के बाद राजनीति ने ऐसी पलटी ली कि उसकी दृष्टि से 'राष्ट्र' ओझल हो गया और 'राज्य' ही सामने रह गया। बापू ने ऐसा कभी न सोचा था। बापू ने भारत को 'राष्ट्र' रूप में पूजा था और इसीलिए भारत को अतीत से बाँधा था, 'राम राज्य' उनका स्वप्न था। वह वर्तमान में खड़े, अतीत से कटे, केवल 'इंडियन यूनियन' के नागरिक नहीं थे, वे भारत माँ के बेटा थे। दुर्भाग्य, राजनीति की लगाम उनके हाथ से जा चुकी थी, वोटर के हाथ में थी। वोटर ने भारत राष्ट्र के वंदनीय स्वरूप 'भारत माँ' को निकाल फेंका। माँ की संतान को हटा दिया। रह गया 'इंडियन यूनियन' और इंडियन यूनियन का 'नागरिक'। परिणाम हुआ कि भारत पर हमलावर संस्कार, हमलावर

विचार, हमलावर संबंध 'नागरिक' का लबादा ओढ़ भारत की लगाम थाम बैठे। विदेशी रक्त और विदेशी संबंध तथा सोच से बँधे सभी जन एक बड़ी शक्ति बन गए। बचे भारत के बेटे भी आज के स्वार्थ सने जीवन के शिकार बन बैठे। बहुत कम हैं, जो सुभाष और सावरकर, गांधी और मालवीय, पटेल और दीनदयाल, शास्त्री और लोहिया, हेडगेवार और गोलवलकर, भगत सिंह और आजाद की धड़कन से बँध, राष्ट्र के लिए अपने वैयक्तिक स्वार्थ को लात मार राष्ट्रसाधना पर बढ़ें। मातृत्व का, पुत्रत्व का अकाल सा पड़ गया। सत्ता है, सत्ता के चाहनेवाले हैं। कल ही एक मंत्री मिला, परशुराम का वास्ता दे, हाथ जोड़ बड़े आग्रह के साथ ब्राह्मण-सम्मेलन के लिए खींचने लगा। मैं जा तो न सका और न कभी इस प्रकार जाने की सोच ही सकता, किंतु आश्चर्य से भर गया। कहाँ राष्ट्र के लिए सतत समर्पित सत्ता से सदैव दूर, समर्थ राजा की खोज में रत और राम को पाते ही धनुष सौंप वन को प्रस्थान करने वाले परशुराम और कहाँ ये सत्ता के लिए अपना दल, अपना विचार, अपना स्वाभिमान, अपने संस्कार, दुम हिलाते कुत्ते की तरह सबकुछ छोड़ चाटुकारिता के चरणों में रत लोग। आँख बंद कर 'समाज' सत्ता और संपदा के लिए अपना 'स्व' भुला दौड़ा चला जा रहा है।

राष्ट्र की साधना कौन करे? कौन कहे तुम दुर्गा हो, तुम लक्ष्मी हो, तुम सरस्वती हो, तुम ही हमारा प्राण हो। मातृत्व के संबंध से जुड़े कौन? जुड़े होते तो पाकिस्तान का परचम नहीं फहरता। राष्ट्र के नाम पर बना राज्य भी भावनात्मक दृष्टि से राज्यों में बिखर गया। राज्य के राज्य भी वर्गों में, जातियों में, मजहबों और रिलीजनों में बँट गए। सब खंड-खंड हो गया। कैसी अखंडता और कैसा एक शासन? किंतु फिर भी शासन चल रहा है।

भारत का 'जन' भारत की धरती से नहीं जुड़ा, भारत की संस्कृति से नहीं बँधा, भारत की चेतना से नहीं पगा, भारत की पहचान से नहीं जकड़ा, स्वतंत्र बन सत्ता और संपदा के लिए न जाने किन-किन संकेतों पर थिरक रहा है। कहीं वह लाल है, कहीं पीला, कहीं हरा है, तो कहीं नीला, कहीं-कहीं धवल श्वेत है तो कहीं अनेक रंगवाला, बस नहीं है तो केवल भारत का, भारत के आराध्य बापू के आराध्य राम का रंग भगवा नहीं है। एकता गायब है और एकात्मता का तो प्रश्न ही नहीं। संपन्नता और शांति की बात कौन करे?

हमें राज्य ही नहीं, राष्ट्र चाहिए। समर्थ राष्ट्र चाहिए। अखंड, एक और एकात्म राष्ट्र चाहिए। संपन्न और सशक्त राष्ट्र चाहिए। एक तन, एक मन राष्ट्र चाहिए। एक साथ चरण चलें, एक साथ हाथ उठें, एक साथ दिल मचलें, एक साथ दिमाग चलें, दिल रमें और आत्मा सिहर उठें। वह राम का भारत चाहिए, कृष्ण का भारत चाहिए। इसके लिए राजनीति 'साधना' बने। सत्ता के लिए नहीं, निर्माण के लिए चलें। राजनीति

साध्य नहीं साधना है।

राजनीति सेविका है, शासक नहीं—लोक-जीवन में राजनीति का पथ सेवा और साधना का पथ है, कष्टों और विपत्तियों का पथ है, समर्पण और बलिदान का पथ है, भोग का पथ नहीं। राम से बढ़कर विश्व में और कौन राजनीति का नायक हुआ। भुजा उठाकर संकल्प करते हैं—'निसिचर हीन करउँ महि।'

और निशिचरहीन करते भी हैं। घर छोड़ना पड़ता है। सुख छोड़ना पड़ता है। अपनों का साथ छोड़ना पड़ता है, कंटकों का पथ चलना पड़ता है, पत्नी का साथ भी नहीं रहता, खोज में वन-वन भटकना पड़ता है, शत्रु पर विजय पा राज्य सँभालते भी हैं तो भी पत्नी का त्याग करना पड़ता है। वह पति राम, भाई राम नहीं, राजा राम बन सबके लिए तपते और गलते हैं। राजा राम के सामने पति राम बौने बन जाते हैं, तब होता है 'राम राज्य'। 'दैहिक दैविक भौतिक तापा। राम राज काहुहि नहिं ब्यापा॥'

'सब नर करहिं परस्पर प्रीती।'

'बयरु न कर काहू सन कोई।'

यह हुआ कब? जब राजनीति 'साधना' बन सेविका बन, लोक-देवता के चरणों पर पड़ी।

चाणक्य ने राजनीति की डोर पकड़ी। राष्ट्रभक्ति का भाव उमड़ा। राष्ट्र के लिए पूर्णरूप से समर्पित हो निकल पड़े। एक पैसा भी राष्ट्र का अपने लिए खर्च नहीं किया। कुटिया में रहना, चाँद की रोशनी में चलना, पढ़ना। जमीन पर सोना, सब सहते हुए राष्ट्र-साधना में रत रहना। न पीड़ा और न क्लेश।

छोड़ें अतीत की बात। वर्तमान में गांधी ने क्या किया। देश के लिए तपे, गले, राजनीति के पथ पर सर्वस्व त्यागा और जब स्वतंत्रता मिली और 15 अगस्त, 1947 को आजादी का झंडा फहरा तो गांधी दर्द से सिसकते नोआखली में पड़े थे और लड्डू खाने वाले लड्डू खा रहे थे। शास्त्री ने राजनीति की डगर पर कब भोग का जीवन जिया, जब गए तो उनके पास कुछ न था। लोहिया की साधना, कितने कष्ट और कितने दर्द की साधना रही। दीनदयाल उपाध्याय ने घर छोड़ा, विवाह भी न किया, अपनी इच्छा को भी त्यागा, बस देश की इच्छा, प्रभु की इच्छा पर राजनीति की राह पर चल पड़े। आदेश हुआ कि जनसंघ को सँभालना है, कुछ कहा न, एकदम आदेश का पालन। 'सादा जीवन, उच्च विचार' ले हर क्षण तपते रहे और जब बलिदान हुए तो पास में कुछ न था। यह था त्याग और तपस्या का जीवन। यह थी राजनीति। कौन चले इस पथ पर?

डेमोक्रेसी ने सेविका को शासक में बदल दिया। समर्पण को भोग में ढाल दिया। करने को लेने में उतार दिया। एक विज्ञापन देखा है, 'दवा पीने के पहले और दवा

पीने के बाद' रह-रह दिमाग में वही कौंधता है। देखता हूँ 'एम.एल.ए. और एम.पी. बनने से पहले और एम.एल.ए., एम.पी. बनने के बाद।' कल के भिखारी आज अरबपति हैं। जो अपनी पत्नी के भी पति न रह सके, वे नेता और एम.एल.ए., एम.पी. बनते ही न जाने कितनों के पति बन बैठे। कोई दल अछूता न बचा। आदर्श बदल गए, रास्ते बदल गए। करोड़ों लुटाकर जब सत्ता लूटी तो फिर लूट का धंधा कैसे थमे? शासक का दंड थामकर, राजनीति हर गली और चौराहे पर, हर कुटिया और कोठी पर चढ़ बैठी। नेताजी का जन्मदिन है फिर क्या, हर थाना, हर दफ्तर, हर अधिकारी, हर कर्मचारी, हर कार्यकर्ता मुँहमाँगी थैली चढ़ा रहा है। कोई बोलनेवाला नहीं। यदि नहीं करते हो तो फल भोगो। अब राजनीति शासक ही नहीं बेलगाम-शासक और बेलगाम पाशविक-शासक बन देश के आँगन में कूद पड़ी है। कमजोर मर रहा है। राजनीति का दबंग खिलाड़ी छाती पर उछल रहा है। 'लोकतंत्र' में राजनीति सेवा के लिए है, शासन के लिए नहीं। लोक के हाथ में इसकी लगाम चाहिए।

राजनीति पक्ष है, सर्वस्व नहीं—जीवन समग्रता का प्रकाश है। प्रत्येक पक्ष और दृष्टि उसमें विद्यमान है। केवल एक ही पक्ष को जीवन का सर्वस्व नहीं माना जा सकता। प्रत्येक कर्म और प्रत्येक घटना में सभी पक्ष किसी-न-किसी रूप में झलकते हैं। सभी को समझकर चलना पड़ता है, किसी को छोड़कर नहीं। किसी पक्ष का रूप कभी प्रमुखता से सामने आता है और शेष पक्ष ओझल रहते हैं तो इसका अर्थ यह नहीं कि प्रगट पक्ष ही जीवन है। श्रमिक प्रातःकाल से लेकर सायं तक श्रम करता दिखाई पड़ता है, मजदूरी पाता है तो इसका अर्थ यह नहीं कि मनुष्य केवल आर्थिक-प्राणी है और आर्थिक-प्राणी में भी केवल 'श्रम' है। वह अर्थ-जगत् में श्रम है, भोक्ता है, उत्पादक है, वितरक है, संचयकर्ता है, कल्याणकर्ता है और साधक भी है। उसका सामाजिक जगत् सतत उसके साथ है, उसका सांस्कृतिक जगत् कभी दबता नहीं, उसका राजनीतिक जगत् भी कभी सो नहीं जाता, जाग्रत् है। जो व्यक्ति उसे जिस रूप में देखता है, वही संज्ञा उसे दे देता है। डॉक्टर के सामने वह हाड़-मांस और रक्त का बना जीव है, कर्म क्षेत्र में कहीं श्रमिक है, कहीं शिक्षक है, कहीं वकील है। सांस्कृतिक क्षेत्र में कहीं गायक है, कहीं श्रोता है, कहीं भक्त है। सामाजिक क्षेत्र में कहीं बेटा है, कहीं बाप है, कहीं भाई है। राजनीतिक क्षेत्र में कहीं नेता है, कहीं मतदाता है, कहीं प्रत्याशी है, कहीं केवल नागरिक है। कभी प्रचलित शब्दावली में सभी को 'नागरिक' कहे जाने का अर्थ यह कदापि नहीं कि मनुष्य केवल राजनीतिक प्राणी है और राजनीति ही जीवन का सर्वस्व है। नागरिक शब्द (सिटीजन) तो अभी कल ही प्रयोग में सामने आया है। हम तो संतान शब्द के, बेटा और बेटी शब्द के अभ्यस्त रहे हैं। भारत हमारी माँ है, हम उसकी संतान हैं। वंदे-मातरम् लाख काट डाला गया, पीछे फेंक दिया गया,

भुलाया गया किंतु मनोविज्ञान को कौन नेता और कौन विदेशी सोच में पला-ढला विद्वान् नकार सकता है। 'जियो फीलिंग' धरती के लगाव को आदमी तो आदमी, पशु-पक्षी भी नहीं नकार सकते। हजारों मील की यात्रा कर पक्षी भारत में आते हैं किंतु लौटकर अपने ही देश को जाते हैं। पशुओं को शाम होते ही अपने घर लौटते हुए देखो, उनके उत्साह और आनंद को पढ़ो, उनके दौड़ने और रँभाने को समझो। पूर्णता 'नागरिक' शब्द में नहीं, 'संतान' शब्द में है।

इस संतान का राजनीतिक पक्ष भी है, होना ही चाहिए और आज यह अधिक मुखर है किंतु वह जीवन का सर्वस्व नहीं है। कितने संत हैं, जो राजनीति से कोई संबंध ही नहीं रखते, कितने शिक्षक हैं जो पूज्य विनोबा भावे द्वारा संचालित शिक्षक-मंडल के सदस्य हैं और चुनाव में कभी मतदान ही नहीं करते, किसी का पक्ष नहीं लेते। कितने लोग 18 वर्ष से कम के हैं, जो वोटर नहीं हैं और सक्रिय रूप से मतदान में भाग नहीं लेते, कितने लौह पीटनेवाले (लोहगढ़ा) भारत में हैं, जो कभी राजनीति में नहीं उतरते और वैसे भी कितने प्रतिशत मतदाता भी हैं जो मतदान नहीं करते, फिर राजनीति की लगाम इन्हें कैसे बाँधती है। हाँ, राज्य का दायित्व है कि वह सभी का पालन-पोषण-रक्षण करे किंतु इससे राजनीति सर्वस्व नहीं बन जाती।

राजनीति में सक्रिय रहनेवाले बड़े-बड़े नेता भी केवल राजनीति के शिकंजे में कसे नहीं रह पाते। अटलजी कवि बन जाते हैं। शांतारामजी उपन्यासकार-लेखक बनते हैं, वी.पी. सिंह चित्रकार होते हैं, कलाम साहब वैज्ञानिक रहते हैं, नानाजी देशमुख समाज-सेवक ही बने रहते हैं। कभी राजनीति उनके जीवन का भी सर्वस्व नहीं रह पाती। समग्रता तो समग्रता है, उसमें सभी पक्ष समाहित होते हैं।

दुर्भाग्य है देश का कि आज राजनीति जीवन का सर्वस्व बन गई है, बना दी गई है। व्यक्ति ने अपना व्यक्तित्व उसके हाथों में सौंप दिया और समाज ने अपना दायित्व तथा अपनी पहचान उसी के हाथों में सुरक्षित मानी। समाज का नियंत्रण और समाज का पोषण पूरेपन से, समाज के हाथ से निकल राजनीति के हाथ में जा पहुँचा। सन् 1947 से पहले गाँव में अपराधी-वृत्ति के व्यक्ति को ग्लानि से, लज्जा से, भय से, दंड से और बहिष्कार की पीड़ा से गुजरना पड़ता था। वह अकेला और उपेक्षित पड़ जाता था किंतु डेमोक्रेसी में न ग्लानि है, न लज्जा है, न भय है, न दंड और न बहिष्कार, अपितु उसे सर्वाधिक सम्मान मिलता है। वह प्रधान बनता है। विधायक और सांसद बनता है, मंत्री और मुख्यमंत्री बनता है। राजनीति के हाथों समाज और राजनीति उसके हाथों पूरेपन से संचालित होती है। अब संत और पढ़ानेवाले गुरु नहीं, अब पिता और गाँव के प्रमुख नहीं, सर्वत्र यही नेता समाज चलानेवाले मिलते हैं। डेमोक्रेसी की जय-जयकार है। मेरा विद्यार्थी कहा जानेवाला नेता, जिसे मैंने कभी नहीं पढ़ाया, मात्र मेरे

कॉलेज में पढ़ा और कभी इंटर भी पास न कर सका, बस बन गया उद्दंड बेलगाम नेता। आज क्षेत्र नहीं, जिले और प्रदेश का नेता माना जाता है। मैं कहूँ तो कभी समाचार न बनेगा। वह कहे तो पूरे पृष्ठ का समाचार बन जाएगा। मेरे कहने से प्रशासन कभी न बात करेगा, वह इच्छा भी कर दे तो सिर के बल दौड़ा चला आएगा। यह है राजनीति की करामात, इसीलिए राजनीति सर्वस्व बन छा गई।

बदलो, बदलो इस डेमोक्रेसी को, लाओ 'लोकतंत्र'। लोकतंत्र में राजनीति मात्र एक पक्ष है और वह भी लोक के हाथों में बँधी और सधी हुई, कभी बेलगाम नहीं। लोकेच्छा की उपेक्षा नहीं, लोकेच्छा का अपमान नहीं, लोकेच्छा का पूर्ण नियंत्रण। लोकतंत्र में लोक-चेतना और लोक-आचरण के हाथों लोक चलता है। प्रत्येक चिंतन और प्रत्येक कर्म 'धर्म' की कसौटी पर कसा जाता है। राजनीति की कसौटी पर कर्म नहीं चलता। अफजल को फाँसी देना वोट खोना है, बँगलादेशियों को निकालना वोट खोना है, आरक्षण देते चले जाना वोट पाना है, तो इस वोट के लिए फाँसी नहीं, देश निकाला नहीं, आरक्षण है, रहेगा। यह कसौटी लोकतंत्र में नहीं, डेमोक्रेसी में चलती है। सत्ता नहीं, लोक को स्थापित करें। कुरसी नहीं, राष्ट्र को पूजो।

लोक से राजनीति निकली है, राजनीति से लोक नहीं—लोक प्रकृति के हाथों बना है। राजनीति की रेखाओं ने लोक नहीं बनाया। लोक व्यापक ही नहीं, अपने में समग्र भाव है। सबकुछ इसमें समाहित है। राज्य तो इसके हाथों बना है और राजनीति इसके हाथों ही चली है। जहाँ-जहाँ विकास के ढोल पीटे जाते हैं और विश्व में शक्ति के सिरमौर बने पूजे जाते हैं, वहाँ-वहाँ लोक नहीं केवल बाहर से आकर बसे, अलग-अलग देशों के समाजों से आए वर्ग हैं। वे समाजों का समूह बने बढ़े हैं। धरती उनकी नहीं औरों की है, इतिहास उनका नहीं औरों का है, भूगोल उनका नहीं औरों का है, आज सब उनके कब्जे में है, किंतु उस धरती की, उस इतिहास की, उस भूगोल की चेतना उनकी नहीं है। वे उस धरती के लोक नहीं, मात्र वासी हैं। आज वहाँ पर बने राज्य के नागरिक हैं।

भारत में राजनीति मस्तिष्क की कोख से नहीं, पैसे के बल खरीदकर नहीं, आक्रमण के हाथों लादी हुई नहीं, विदेश के खूँटों से साधी हुई नहीं, लोक की कोख से निकली और लोक की गोद में पली, गंगा सी पावन-धारा है जो राम के हाथों पड़ पूज्य बनी और बापू ने उसे आराधा। इस लोक राजनीति को 'लोकतंत्र' में स्थापित करना है।

राजनीति रपटीली राह है, इसलिए राम चाहिए—राजनीति रपटीली राह है। सामान्य व्यक्ति की कौन कहे, अच्छे-अच्छे संत रपटते हैं। राजनीति के आँगन में क्या गए, मुँह दिखाने लायक भी न रहे। साधुता विलीन हो गई। साधना खो गई। जिन्होंने

राष्ट्रभक्ति का संकल्प लिया, जिन्होंने अपने को राष्ट्रहित समर्पित किया, वे इस राजनीति की राह पर रपटते चले गए। सँभाले भी न सँभले। डेमोक्रेसी ने राजनीति को और भी गिरा दिया। वह राज्य की नीति भी न रही। राष्ट्र की नीति की तो बात ही दूर। बन गई सत्ता पाने, सत्ता बनाए रखने की लूटनीति। बड़े-से-बड़े अपराधी राजनीति के दंगल में कूद पड़े, सत्ता पाए और विद्वान् चरित्रवान, त्यागीजन पराजित तथा अपमानित हुए। जो जितना रपटा, उतना ही कामयाब बना। इस रपटने ने राष्ट्र को डस लिया। इसे सँभालना होगा। लोकतंत्र में, लोक-चेतना के वाहक और सर्वस्व लोकहित समर्पित करनेवाले 'राम' को राष्ट्र की बागडोर सौंपनी होगी।

□

लोक के राजनीतिक लक्ष्य

धरती, धरती का रक्त और धरती की चेतना धरती के पटल पर विकसे, लोक का स्वभाव और लोक की दृष्टि ढालती है। अरब का वासी जिस स्वभाव और दृष्टि को लेकर जीता है, ब्रज और अवध का वासी उस स्वभाव और दृष्टि से एकदम अलग है। इंग्लैंड का निवासी जिस स्वभाव और दृष्टि में पल कह सकता है—'टू वर्ड्स विद ए स्टोन।' वही बात ब्रज का निवासी अपनी प्रकृति और अपनी दृष्टि रख कहता है 'गोरस बेचन हरि मिलन, एक पंथ दो काज।' एक में हिंसा है और शोषण, दूसरे में रस है और मिलन। प्रत्येक लोक का प्रत्येक पक्ष अपनी धरती की पहचान और चेतना से बँधा रहता है, इसलिए प्रत्येक का स्वभाव और दृष्टि अलग है। एक ही सिद्धांत और एक ही व्यवहार से चेतन को नहीं चलाया जा सकता। जड़ को चलाते हैं, परंतु वहाँ पर भी धरती के वैशिष्ट्य और धरती की जलवायु को ध्यान में रखना पड़ता है।

लोक का मंत्र— भारत के लोक-जीवन में भारत के लोक का मंत्र चाहिए। विदेशी मंत्र, देश के विपरीत ही नहीं, देश का शत्रु है। भारत में साधक (व्यक्ति) की यात्रा है, विदेश में साधन की यात्रा है। भारत में साधक नर से नारायण बनता है और नारायण का स्वरूप होता है व्यक्ति के बिंदु से विस्तारित हो लोक का व्याप बनना, परम का चैतन्य हो प्रगट होना। यहाँ दशरथ पुत्र राम अपने को लाँघ, परिवार से आगे बढ़ अयोध्या और अयोध्या को भी पार कर जन-जन के, प्राणी-प्राणी के, कण-कण के पालक बनते हैं, प्राण बनते हैं, भगवान् बनते हैं। यह व्यक्ति-साधना व्यक्ति को नारायण बनाती है, तो लोक को भी संस्कार से भर श्रेष्ठतम बना सामने लाती है। लोक का विकास व्यक्ति का विकास होता है, वस्तु का विकास नहीं।

विदेश में चाहे पूँजीवाद हो, चाहे साम्यवाद हो, चाहे समाजवाद हो सभी वाद व्यक्ति को किनारे कर वस्तु के पीछे दौड़ते हैं। वस्तु की साधना करते हैं। पूँजीवाद में अर्थ की दासता है, तो साम्यवाद में पूँजी सरकार के हाथ में सौंप सरकार की दासता है और समाजवाद

में व्यक्ति का अस्तित्व ही शून्य है। भारत समग्रता के चैतन्य को अनुभव करता है, समझता है और जीवन में उतारता है। उसकी सोच है 'एकात्मवाद'। इसी को ले वह व्यक्ति के विकास के लिए बढ़ता है।

चरण होते हैं जिसके लोक की अनुभूति, लोक की अभिव्यक्ति, लोक-संचरण और लोक-हित पूर्ण समर्पण। इस यात्रा पर निकले चरणों में धड़कन होती है 'धर्म की'। वही प्राण है। यह धर्म कहीं भी मजहब का, रिलीजन का, पंथ का, संप्रदाय का रूप नहीं, विराट् चेतना का सहज स्पंदन है, यहाँ जीवन-संघर्ष नहीं, साधना है। साधना में सभी का पोषण है। 'माइट इज राइट' का भाव नहीं। कहीं शोषण नहीं, समग्र का पालन है। धर्म का (दायित्व का) निर्वहन है, राइट का तूफान नहीं। अपने लिए जीना नहीं, समग्र के लिए जीना है। 'मैं' और 'मेरा' नहीं, 'हम' और 'हमारा' का विचार है और इस मानवता के कल्याण के लिए स्वार्थ की भावना नहीं, आत्मानुभूति की भावना है। किसी एषणा से नहीं, चाहे वह वित्तेषणा हो, चाहे लोकेषणा हो, चाहे पुत्रेषणा हो। वह शुद्ध व्यक्ति की आत्म-साधना है। प्रभु प्रदत्त दायित्व का निर्वाह है। यहाँ 'राज्य' 'राष्ट्र' का वकील है।

लोक का तंत्र—विदेश में 'लोक' नहीं समाज है और समाज भी मनुष्यों के संबंधों का जाल है। भारत में लोक है और लोक चेतना का व्याप है। बिंदु से सिंधु का विस्तार है। विदेश में व्यक्तियों का संचालन भय और प्रलोभन से होता है और भारत में यह लोक-संचरण प्रेम, श्रद्धा और भक्ति के प्रवाह से चलता है। यहाँ स्वामी राम, स्वामी विवेकानंद, महात्मा गांधी, गोलवलकर लोक को अपने पीछे लोक-चेतना में डाल, चलाते हैं। न भय का काम है और न प्रलोभन का। यहाँ का तंत्र स्वार्थ या राइट के भाव से नहीं निकलता, व्यक्ति के धर्म (दायित्व) के भाव से निःसृत होता है, जिसमें व्यक्ति पर कानून नहीं, व्यक्ति में परम की चेतना काम करती है। मन, मस्तिष्क, हृदय और आत्मा सभी एक साथ अपने आप कर्म में लग जाते हैं। राम शबरी के बेर खाते हैं, जूठे बेर खाते हैं, कानून के भय से नहीं, अपने सहज स्वभाव और एकात्म भाव में रमने के कारण खाते हैं।

भारतीय राजनीति में आज भी विदेश का मंत्र है और विदेश का तंत्र है, फिर भी सीना तान यहाँ का नेता नारा लगाता है कि 'हम स्वतंत्र हैं।' सच बोलो, कि सत्ता तुम्हारे हाथों में है, किंतु तंत्र गैरों का है, मंत्र औरों का है। पहले यह लादा गया था, अब उनकी धूर्तता और अपनी मूर्खता से स्वयं सहर्ष अपनाया है। गुलामी में हम आजाद थे, अब आज की आजादी में हम गुलाम हैं। व्यक्ति का तंत्र अपना हो, परिवार और कुटुंब का तंत्र अपना हो, राज्य और राष्ट्र का तंत्र अपना हो। लोकतंत्र में लोक का तंत्र हो। यहाँ लोक का तंत्र, धर्म का पथ है, धर्म का चरण है।

□

राजनीति में लोक-मंत्र और लोक के तंत्र का संचालन लोकचेतना के हाथों में हो

लोक का अपना मंत्र कितना अच्छा क्यों न हो और लोक का तंत्र भी कितना ही श्रेष्ठ क्यों न हो, किंतु जब मंत्र और तंत्र के संचालक विदेश के रक्त से बँधे होते हैं, विदेश की बुद्धि से सधे होते हैं और विदेश की भक्ति से जुड़े होते हैं तो लोक की धरती पर देश नहीं, विदेश का परचम फहरता है। देश का जीवन नहीं, विदेश का जीवन चलता है। पाकिस्तान इसी दृष्टि की कोख से निकला है और कश्मीर इसी सोच की आग में जल रहा है, असम धधक रहा है, नागालैंड उफन रहा है। पूरे देश में विदेशी-शक्ति पालथी मारकर बैठी है। यह शक्ति पैसे की है, यह शक्ति विचार की है, यह शक्ति जीवन-दृष्टि की है, यह विदेशी शक्ति भाषा, भूषा और भावना की है। सबके ऊपर उठ यह शक्ति सत्ता-संचरण की है। सत्ता हमारी है, किंतु संकेत बाहर के हैं। इसलिए लोकतंत्र में लोक संचालन लोक-चेतना के हाथों में चाहिए।

सत्ता चाहे एक के हाथ में हो, चाहे कुछ लोगों के हाथ में हो, चाहे बहुमत के हाथ में हो, किंतु सत्ता सँभालनेवाला और सत्ता सँभालनेवाले लोक के अंग हों, लोक की अनुभूति सतत जीवन में धड़कती हो, लोक की अभिव्यक्ति जीवन में उतरती हो, लोक-संचरण ही उनका अपना संचरण हो और लोक के लिए पूर्ण समर्पित हों। राज्य राम का था, किंतु राम में राम नहीं, पूरा लोक बैठा था। राम तो उसी लोकत्व में डूबे थे। वे सीतापति राम नहीं, वे लोक के राजा राम थे। राजा राम के सामने पति राम बौने थे। चाणक्य के काल में इसी लोक-चेतना का प्रवाह था। चंद्रगुप्त राजा थे, चाणक्य साथ थे, अनेक मंत्री थे, किंतु सबकी लगाम ही लोक के हाथ में नही वरन् सबकी संचालन शक्ति भी लोक-हृदय से फूटती थी। राम के एकतंत्र का लोकतंत्र सृष्टि में

सर्वोत्तम लोकतंत्र है। पूज्य बापू उसी के आराधक और साधक थे। चाणक्य का मंत्र और तंत्र संचालन भले कई हाथों में रहा, किंतु सबका नियंत्रण लोक धड़कन में था। यहाँ सत्ता का नहीं, लोक का शासन था। लेने और भोग करने का नहीं, राजधर्म और राष्ट्रहित-समर्पण का राज्य था। राइट का नहीं लोक-दायित्व का शासन था।

डेमोक्रेसी में लोक का नहीं, सत्ता का शासन है। सत्ता लोक के नहीं, लोक की संतान 'जन' के हाथों से चुनाव-युद्ध में, जैसे भी हो, छीनी जाती है। कहलाती है लोक-सत्ता और होती है लोक पर चुनाव-युद्ध में जीते महाबलियों की सत्ता। लोक सिसकता है, सत्ता भोग का नग्न नृत्य करती है। आश्चर्य होता है देखकर, देश के इस चुनाव-युद्ध में, विदेश की संतान, विदेश की धरती के भक्त, विदेश के पैसे के गुलाम और विदेश के विचारों की जूठन पर पलनेवाले लोग, जीत पर सत्ता की लगाम सँभाल बैठते हैं।

आँखें खोलो, यह लोकमंत्र और लोकतंत्र का संचालन लोक-चेतना के हाथों में सौंपो। राजनीति को राष्ट्र-धर्म में ढालो।

सत्ता पर बैठी लोक-चेतना का दायित्व—

1. सत्ता पर बैठी लोक-चेतना पूरे लोक को देखे, सँभाले और सुख-समृद्धि में ढाले। सबसे पहला धर्म है—बाहर से आक्रमण कैसे रोके जाएँ? आक्रमण सेना का हो, आक्रमण धन का हो, आक्रमण जन का हो, आक्रमण विचार का हो, आक्रमण व्यवस्था और कूटनीति का हो या आक्रमण मजहब और रिलीजन का हो, आक्रमण तो आक्रमण है। उसे भारत की धरती पर पैर रखने से पूर्व ही दबोच लेना चाहिए। सेना तो आक्रमणरत रहती है, भले वह आक्रमण परोक्ष हो। धन का आक्रमण पूरेपन से चल रहा है, जन का आक्रमण घुसपैठियों से लेकर देश की संतान को विदेश की खूँटी में बाँध उन्हें देश पर आक्रमणरत रखने का हो रहा है। कूटनीति और व्यवस्था का आक्रमण हमें बचने नहीं देता और मजहब तथा रिलीजन का हमला, कश्मीर, असम, बंगाल, बिहार, त्रिपुरा, मेघालय, छत्तीसगढ़, केरल, आंध्र से लेकर बिहार, उ.प्र., दिल्ली तक सर्वत्र फैला है। इस आक्रमण को मेटना और देश अस्तित्व को प्रभावी बना विकीर्ण करना होगा।

2. देश पर बाहर का आक्रमण रोका, निकाला और देश सँभाला, तो देश की आंतरिक सुरक्षा सँभालना दूसरा दायित्व है। यह आतंकवाद, यह नक्सलवाद, यह लाल सेना, यह अपराध और यह भ्रष्टाचार, सभी को मुट्ठी में जकड़ मौत के घाट उतारना होगा। लोकशक्ति को जगा लोकद्रोहियों को समाप्त करना होगा। आतंकवाद सीधा आक्रमण है, नक्सलवाद आक्रमण है, इसे कभी सहन नहीं किया जा सकता है। वोट को नहीं, व्यक्ति को बचाओ। व्यक्ति बचा तो वोट बचेगा।

3. तीसरा दायित्व है—व्यवस्था। लोक स्वाभाविक रूप से अपनी व्यवस्था से चलता है, किंतु शासन दायित्व है कि उसे स्वाभाविक रूप में आगे बढ़ने दे। कोई व्यवधान न बने, कोई रोड़ा न बने, चल रही व्यवस्था को ध्वस्त न करे। इस चल रही व्यवस्था को हम 'राध' कहते हैं। 'र' का अर्थ है देना, 'आ' का अर्थ है पूरेपन से तथा 'ध' का अर्थ है धारण करने की शक्ति। इस प्रकार 'राध' का अर्थ हुआ प्रत्येक इकाई की बने रहने की, धारण किए रहने की, पूरेपन से शक्ति। हर इकाई बनी रहे और पूरा लोक बना रहे, यह व्यवस्था है 'राध'। इसमें पड़ा व्यवधान, अड़ंगा, ध्वंस अपराध बन जाता है। इसलिए 'राध' को साधो, जिससे कि 'अपराध' न घुस पाए। 'राध' की साधना धर्म से होती है। धर्माधारित समाज चलाओ।

4. चौथा और अंतिम दायित्व है प्रत्येक को साधन और अवसर की उपलब्धता। हर हाथ को काम मिले, हर पेट को भोजन मिले। हर इनसान को बढ़ने का अवसर मिले और चल रहे व्यक्ति को हर संरक्षण मिले। दृष्टि संरक्षण की रहे, आरक्षण की नहीं, जैसे माँ और बाप का संरक्षण मिलता है, वैसे ही सत्ता और सिंहासन का संरक्षण मिलना चाहिए। समाधान संरक्षण में है, आरक्षण में नहीं। आरक्षण नकारात्मक है, ध्वंसात्मक है, ईर्ष्या द्वेष और हिंसा का घर है। संरक्षण प्यार का, श्रद्धा का, भक्ति का स्रोत है।

□

लक्ष्य प्राप्ति का पथ

विश्व में फैले हुए सभी समाजों में अपने को अपने ढंग से संचालित करने की ही भूख नहीं, अपितु अपने ढंग और अपने को विश्व भर के समाजों पर थोपने की भूख रही है। भूख ही नहीं रही, उन्होंने अपने को थोपा है, औरों को अपने-अपने मंत्र और तंत्र में ही नहीं, अपनी पहचान में भी बदला और निगला है। आज भी यह क्रम चल रहा है, पूरी शक्ति के साथ चल रहा है। प्रत्येक के रास्ते अलग-अलग हैं।

शस्त्र का पथ—अरब में इसलामिक राज्य की स्थापना शस्त्र के बल पर हुई। स्थापना ही नहीं, इसलामिक राज्य और इसलामिक सोच तथा आचरण का फैलाव, इसी शस्त्र के बल पर, इराक, ईरान, तुर्की, अफगानिस्तान, भारत और अन्य देशों में होता चला गया। पाकिस्तान का अस्तित्व इसी शस्त्र की राह से निकला है। कश्मीर पर पाकिस्तानी परचम इसी शस्त्र की राह से फहराने का पूरा प्रयास है। असम, बंगाल और बिहार आदि क्षेत्रों में भी यही रास्ता धँसता जा रहा है। आतंकवाद उसकी एक शैली है। अपने विचार और अपनी पहचान को इस हथकंडे से थोपते जाना उसकी उपलब्धि है। डेमोक्रेसी में यह भूख फैलाई जा रही है। बदलती भाषा, बदलता पहरावा, बदलता व्यवहार और बदलता प्रभुत्व इसका जीता-जागता उदाहरण है। कानपुर को देख लें। इस राह की धमक से भारत ही नहीं, विश्व दहल रहा है। अमेरिका और समूचा यूरोप भयभीत है। चीन जैसे देश में अनेक उभरते इसलामिक संगठन हैं। जहाँ भी यह रास्ता दस्तक देता है, वहाँ की जिंदगी पूरी बदल जाती है। इंडोनेशिया को देखिए।

यह रास्ता लोक के मंत्र और लोक के तंत्र की स्थापना नहीं करता। लोक-चेतना को लगाम नहीं सौंपता और न ही लोक-चेतना लोक-रक्षा और व्यवस्था में लग पाती है। अरब की कोख से निकलता यह रास्ता जब भारत के अपने भौगोलिक और सांस्कृतिक अस्तित्व पंजाब, सिंधु, कश्मीर और बिलोचिस्तान पर पहुँचता है, तो सिंध

और पंजाब का मंत्र नहीं चलता, सिंध और पंजाब का तंत्र नहीं चलता, सिंध और पंजाब की पहचान नहीं चलती, वहाँ की चेतना नहीं पलती वरन् अरब का मंत्र चलता है, अरब का तंत्र चलता है, अरब की पहचान चलती है और तो और, सिंध और पंजाब का स्वाभिमान नहीं चलता, गर्व और स्वाभिमान गजनी और गोरी का चलता है। परचम भूमि का नहीं, मजहब का फहराता है। यह रास्ता धरती की पहचान और जिंदगी नहीं, मजहब की पहचान और जिंदगी लादता है। भारत में यह रास्ता भारतीय लोक के लिए सर्वाधिक खतरनाक है।

अर्थ का पथ—इंग्लैंड ने अपनी जिंदगी, अपनी पहचान, अपना प्रभुत्व और अपना स्वामित्व दूसरे स्थानों और समाजों पर लादने के लिए अर्थ का रास्ता पकड़ा तथा सफलतापूर्वक उसे फैलाया। भारत की धरती पर व्यापार के बहाने वे आए और पैसे की तलवार से फैलते चले गए। केवल बंगाल नहीं, पूरे भारत पर छा गए। भारत के सागर, हिंद महासागर को पाँचों रास्तों से पकड़, उसे ब्रिटिश झील में बदल दिया। उसी के बल पर ऐसा साम्राज्य स्थापित किया, जहाँ सूर्य कभी न छिपता हो। यह अर्थ का करामाती खेल था। खतत्म नहीं हुआ, राजनीतिक स्वरूप उसका ओझल हुआ, किंतु सामाजिक और सांस्कृतिक भरपूर षड्यंत्र सना रूप आज और भी पैना बनकर भारत की छाती में धँसता जा रहा है।

ब्रिटेन की सत्ता चली गई, किंतु सड़कों पर स्थान-स्थान पर ब्रिटेन, शेक्सपियर के बोर्ड चमकने लगे। अंग्रेज गए और अंग्रेजियत आँगन में ही नहीं, माँ की गोद और माँ की कोख में भी धँस गई। मैया मर गई, मम्मी पधार गई। जीवन की सोच से लेकर व्यवहार तक इस रास्ते ने भारत को खा लिया। कानून वही इंग्लैंड का है, व्यवस्था वही है और दृष्टि भी वही है। 'रूल ऑफ लॉ' चलता है। हँसी आती है मूर्खता पर। राज्य तो व्यक्ति और समाज का होता है। शासन व्यक्ति और समाज का होता है। हाँ, शासन कानून के बल पर किया जाता है। तो कानून का तरीका है, माध्यम है। कानून का राज्य नहीं।

भारतीय लोक का मन और मस्तिष्क इसी रास्ते की पकड़ में जकड़ा हुआ है। कैसे? भारत का लोक उबरे। अपने को पहचान, अपने को अपने में जिए। अपनी जिंदगी को फैलाए। विश्व का कल्याण करे। भारत की चेतना भारत के चिंतन और कर्म में उतरे। भारत का राज्य भारत की सोच का हो। इंडियन यूनियन नहीं, भारत राष्ट्र हो।

इसके लिए हमें कटिबद्ध होना है अपना जीवन जीने के लिए। अपनी चेतना को राजनीतिक, सामाजिक, आर्थिक सभी क्षेत्रों में स्थापित करने के लिए। सभी को सक्रिय हो प्रयास करने होंगे। भारत के हैं तो भारत के बनें, भारत के दिखें, भारत के लिए जिएँ और भारत के लिए मरें।

सत्ता का पथ—आज का अमेरिका कल के यूरोप की कोख से जनमे ईसाइयत का विस्तार है। अलग-अलग देशों से निकलकर अमेरिका जाकर बसे लोगों को एक सूत्र में बाँधने का काम सत्ता ने किया। बहुत संघर्ष चला और अंत में आज की डेमोक्रेसी के रूप में यह तंत्र पकड़ एक सत्ता स्थापित हुई। जो अमेरिका की धरती पर यूरोप की सत्ता का विस्तार थी। अमेरिका की जिंदगी पर ईसाइयत की जिंदगी का उफनता हुआ विस्तार थी। इसने अमेरिका के वाशिंदों को समाप्त किया, जो बचे उन्हें गुलाम बनाया। उनकी जिंदगी और उनकी पहचान को मेट, उन्हें ध्वस्त किया। आज अमेरिका की धरती पर, अमेरिका की चेतना नहीं, विदेश की चेतना चलती है और इतनी सशक्त बन चलती है कि अमेरिका ही नहीं, विश्व की छाती पर छाती चली जाती है।

अमेरिका ने सत्ता की राह पकड़ी, किंतु अर्थ और अस्त्र-शस्त्र के साधनों का भरपूर उपयोग किया। उसका आतंक पूरे विश्व पर छा गया और आज भी सिर पर चढ़कर बोल रहा है। संयुक्त राष्ट्र संघ व्यावहारिक रूप से अमेरिका का ही रूप है। अमेरिका का मंत्र और अमेरिका का तंत्र हर देश में बैठ गया और बैठता जा रहा है। चीन जैसा देश, रूस जैसा देश अमेरिका के सोच को पकड़ने के लिए विवश हो रहा है। भारत के बंगाल में चीन की मानसिक संतान साम्यवादी सरकार अमेरिकी तंत्र को संचालित कर रही है।

जापान, वियतनाम, इराक, अफगानिस्तान, कुवैत, पाकिस्तान न जाने कहाँ-कहाँ और किस-किस रूप में अमेरिकी सोच गहरे धँसता चला जा रहा है। मंत्र वहाँ का है, तंत्र वहाँ का है, साधन भी वहाँ के हैं और उन पर लगाम भी वहीं की है। पाकिस्तान की क्या मजाल कि अमेरिका की इच्छा के प्रतिकूल चले।

यह अमेरिका का स्वत्व अमेरिका की धरती और अमेरिका की जलवायु, अमेरिका के रक्त और अमेरिका की संस्कृति का नहीं, यूरोप का है, फिर भी हम उसे अमेरिका का लोकतंत्र कहते हैं। कितना गलत है यह। अमेरिका की डेमोक्रेसी है, उसे डेमोक्रेसी कहो। वह वहाँ का सत्तातंत्र है लेकिन वहाँ के लोक का, जो वहाँ की जमीन से निकला, विकास मंत्र नहीं है, तंत्र नहीं है। आज यही डेमोक्रेसी दुनिया भर में लोकतंत्र को मिट्टी में गाड़ती हुई, सर्वत्र अपने को लोकतंत्र के रूप में स्थापित करती जा रही है।

भारत में लिंकन का नहीं, राम का मंत्र चाहिए। लिंकन का नहीं, राम का तंत्र चाहिए। बापू का संकल्प पूरा होना चाहिए। राम-राज्य स्थापित होना चाहिए। अस्त्र-शस्त्र, अर्थ और सत्ता की नहीं, लोक की आराधना होनी चाहिए।

वर्ग संघर्ष का पथ—चीन में सत्ता और स्वत्व स्थापन के लिए संघर्ष का रास्ता

चुना गया। यह संघर्ष बुर्जुआ और सर्वहारा के बीच का संघर्ष रहा। कहीं भी चीन की धरती और चीन की चेतना का भाव नहीं उठा। मातृत्व और पुत्रत्व के भाव का उभार नहीं उठा। बस रोटी, कपड़ा और मकान के लिए वर्ग-संघर्ष खड़ा हो गया। साम्यवादी विचारधारा का शासन हुआ और यह भी सच है कि इस विचारधारा और शासन की बागडोर सँभालनेवाले चीन के हैं, बाहर के नहीं, किंतु उनका भावात्मक लगाव धरती और संस्कृति से नहीं, वर्ग-संघर्ष की विचारधारा से है।

वर्ग-संघर्ष की धारा चीन में सफल रही और उसने राष्ट्र की भावना छोड़ सर्वहारा के वर्चस्व के स्थापना की धारा पकड़ी। भारत के बंगाल और केरल प्रांतों में भी यही वर्ग-संघर्ष की धारा आ धमकी। राष्ट्रभाव और राष्ट्र की संस्कृति की बात बहुत पीछे छूट गई। न भारतीय लोक की पहचान चली, न मूल्य चले, न मानबिंदु उभरे, न भारतीय आदर्श सामने रहे, बंगाल और केरल की धरती भी उनके हृदय में नहीं धड़की। शुद्ध रूप से वर्ग-संघर्ष की धारा और रोटी का सवाल उठा। सत्ता सँभाली गई। लोक-अनुभूति, लोक-अभिव्यक्ति, लोक-संचरण और लोक में समर्पण का भाव कहीं न उठा फिर लोक-चेतना कैसे राजनीति की डोर पकड़ती और कैसे लोक का शासन होता। इसीलिए साम्यवादियों का लगाव और नियंत्रण भारत के भगवा से नहीं, लाल निशान से है। उनका नियंत्रण भारत के शासन में नहीं, विदेश में चल रहे साम्यवादी नियंत्रण के हाथ में है तभी सन् 1962 में चीन के आक्रमण का वे स्वागत करते हैं।

राष्ट्र-साधना का पथ—शस्त्र का पथ, अर्थ का पथ, सत्ता का पथ और वर्ग-संघर्ष का पथ, न तो अपनी धरती की भक्ति से निकला है और न अपनी धरती की लोक-चेतना की कोख से बाहर आया है। ये सभी पथ जन से निकले हैं और ये जन एक स्वाभाविक लोक का स्वरूप नहीं हैं। समाज भी नहीं हैं। समाज के नाम पर अलग-अलग स्थानों से आए लोगों का जमघट हैं, या रोटी के लिए एक साथ उठ खड़े हुए लोगों का मंच है। धरती के लगाव, धरती के रक्त, धरती की पहचान और धरती के जीवन से इनका कोई वास्ता नहीं। लोक-सत्ता के लिए यह स्वाभाविक विकास नहीं। इसीलिए ये लोकतंत्र के रास्ते नहीं, सत्ता के लिए चले गए रास्ते हैं।

लोकतंत्र का रास्ता 'लोक' का रास्ता है। धरती और धरती की संतान से लेकर धरती पर समग्र जड़ और चेतन इकाइयों के संपूर्ण व्याप को लोक कहते हैं। केवल वर्तमान ही नहीं, इसमें अतीत और भविष्य भी बैठा रहता है। यह लोक मानव जाति के प्रारंभ काल से 'राष्ट्र' रूप में आराधा गया है। वेदों में इसका विशद् वर्णन है। 'माता भूमि:' इसका आधार है। इसी राष्ट्र की साधना करनी है।

राज्य की साधना नहीं, राज्य की सत्ता की साधना नहीं, सत्ता के लिए युद्धरत दलों की साधना नहीं, इन सबसे ऊपर उठ, इन सभी को जन्म देनेवाले और इनको सँभालनेवाले

अस्तित्व 'राष्ट्र' की साधना करनी है। राष्ट्र रहा तो 'राज्य' कुछ न बिगाड़ सकेगा, सत्ता कुछ न मिटा सकेगी और यदि 'राष्ट्र' ओझल कर दिया, भुला दिया तो राज्य और सत्ता सभी कुछ स्वाहा हो जाएगा। राज्य और राज्य की सत्ता को राष्ट्र की साधना में जुटना चाहिए।

मुगलों का राज्य रहा, अंग्रेजों का राज्य रहा किंतु राष्ट्र भारत रहा। चेतना भारत की रही। दिल्ली के तख्त पर अकबर बैठा किंतु देश के दिल पर, देश के मन पर तुलसी विराजे। जैसे ही यह चेतना विस्फोट बन फूटी, सत्ता गई और राष्ट्र सामने आ गया। दुर्भाग्य, सत्ता सँभालते ही राष्ट्रभक्त किनारे पड़ गए और राज्य भोग के लिए नेता सामने आ गए। आज राज्य छाया है और राष्ट्र ओझल है।

संविधान बना तो राष्ट्र की आत्मा, राष्ट्र की धड़कन और राष्ट्र की प्रकृति को किनारे रख, राष्ट्र की संतान के स्वभाव और संकल्प को भूल, केवल दिमाग के बल बाहरी संविधानों को ले, यह रचना कर डाली गई। राष्ट्र नहीं, राज्य का संविधान बना। वह भी भारत का नहीं, इंडियन यूनियन 'दैट इज भारत' का संविधान बना, भारत माँ की संतान का संविधान नहीं, इंडियन यूनियन राज्य के नागरिकों का संविधान बना, जिसकी उद्देशिका में न तो कोई आदर्श रखा गया और न ही कोई राष्ट्र चेतना के अनुरूप लक्ष्य। उद्देशिका बनी--

'हम भारत के लोग, भारत को एक संपूर्ण प्रभुत्व-संपन्न, समाजवादी, पंथ-निरपेक्ष, लोकतंत्रात्मक गणराज्य बनाने के लिए तथा उसके समस्त नागरिकों को:

सामाजिक, आर्थिक और राजनैतिक न्याय,

विचार, अभिव्यक्ति, विश्वास, धर्म और उपासना की स्वतंत्रता

प्रतिष्ठा और अवसर की समता प्राप्त कराने के लिए,

तथा उन सबमें व्यक्ति की गरिमा और राष्ट्र की एकता और अखंडता सुनिश्चित करनेवाली बंधुता बढ़ाने के लिए

दृढ़ संकल्प होकर, अपनी इस संविधान सभा में आज...इस संविधान को अंगीकृत, अधिनियमित और आत्मार्पित करते हैं।'

मातृत्व, पितृत्व, गुरुत्व और राष्ट्रीयत्व के भावों को निकाल बाहर कर दिया गया। जिस भारत माँ के लिए भगत सिंह ने फाँसी खाई, आजाद ने सीने पर गोली खाई, अशफाक और बिस्मिल ने बलिदान दिया, सुभाष और सावरकर ने असहनीय यातनाएँ झेलीं, बापू ने जीवन भर रामधुन गाई और राम-राज्य का सपना देखा, उसी भारत माँ को, माँ न मान मिट्टी का टुकड़ा बना दिया गया। हम भारत के बेटे और बेटी नहीं, नागरिक रह गए। भारत आराध्या नहीं, भोग्या बन गई। राष्ट्र-धर्म गया, नागरिक-भोग चढ़ बैठा। इस संविधान की उद्देशिका होनी चाहिए थी—

''हम भारत की संतान,

भारत को अखंड, एकात्म, सशक्त, सुसंपन्न और विश्वभर्ता बनाने के लिए, बिना किसी भेदभाव के, सभी को एक मन, एकरस, एक शक्ति रखते हुए

पूज्य बापू के आराध्य 'राजा राम' को अपना आदर्श मान 'रामराज्य' की स्थापना करने का संकल्प ले, इस संविधान सभा में इस संविधान को अंगीकृत, अधिनियमित और आत्मार्पित करते हैं।''

लोक चाहिए, लोक। लोक-चेतना की शक्ति चाहिए, पाशविक-भूख की अनुरक्ति नहीं। राष्ट्रधर्म का प्रवाह चाहिए, पशुता का सैलाब नहीं। मानव-धर्म चाहिए, मानव राइट नहीं। धर्म की गंगा से सभी साधन, सभी अवसर, सभी शक्तियाँ, सभी समाधान कल-कल करते फूट पड़ते हैं। माँ की गोद मिल जाए तो पुत्र को कुछ माँगना नहीं पड़ता। पिता का हाथ पकड़ लिया तो पुत्र को कुछ कहना नहीं पड़ता। गुरु के आशीष की छाँह में बैठे शिष्य को सोचना नहीं पड़ता। पोषण झर-झर झरता है, साधन पैरों पर लोटते हैं और ज्ञान आगे-आगे चलता है।

इस लोक-आराधना में, इस राष्ट्र-साधना में, साधक (राष्ट्र की संतान) को सबसे पहले साधो, बनाओ, सँभालो।

भारत का पुत्र-पुत्री भारत का हो—हम भारत राष्ट्र के अंग हैं। हमारा एक-एक अंश इस भारत की चेतना का है। भारत की मिट्टी ने, भारत के जल ने, भारत के अग्नि ने, भारत के आकाश ने, भारत की वायु ने हमारी काया रखी है। इस काया में भारत माँ की चेतना बसी है। उसी ने हमें सोच दिया है, दृष्टि दी है, दिशा दी है। हमारा चिंतन और आचरण उसी ने ढाला है। जैसे माँ का बेटा अपनी माँ पर जाता है। उसका रूप, उसका रंग, उसकी आवाज, उसका ढंग सभी कुछ माँ का ही लगता है, यदि नहीं, तो लोग चिढ़ाते हैं। कन्हैया को चिढ़ाते हैं। कन्हैया को चिढ़ाते हुए कहते हैं—

''गोरे नंद जसोदा गोरी, तुम कत स्यामल सगात''।

यह स्वाभाविक है। प्रकृतिदत्त है। हम उससे दूर क्यों जाते हैं? भारत के होकर भी हम अमेरिका के, रूस के, अरब, चीन के क्यों लगना चाहते हैं? क्यों भारत की मिट्टी, भारत की जलवायु, भारत की प्राकृतिक गोद और भारत की जिंदगी छोड़ विदेश की धरती, विदेश की जलवायु, विदेश की गोद और विदेश की जिंदगी प्रिय मानते हैं? यहाँ और वहाँ की जिंदगी जीते हैं, गीत वहाँ के गाते हैं, भक्ति वहाँ की करते हैं क्यों?

हमारा तन भारत का हो, हमारा मन भारत का हो, हमारी सोच और हमारा आचरण भारत का हो, पूरा भारत हमारे अंदर बसा हो और हम पूरे भारत में रमे हों। भारत के बिना हमें चैन न हो। भारत की अनुभूति करें और भारत की अभिव्यक्ति करें। चलें तो लगे भारत चल रहा है। करें तो लगे भारत कर रहा है। बोलें तो लगे भारत बोल

रहा है। क्या विवेकानंद को, अरविंद को, रामतीर्थ को, गांधी को, गोलवलकर को चलते, करते और बोलते हमने नहीं देखा है। राष्ट्र का जाग्रत् चैतन्य बनें।

माँ की लोरियाँ, माँ की प्रभातियाँ, माँ की कहानियाँ और माँ के गुनगुनाते गीत यही बोध बच्चे के दिल में उतारें। माँ की गोद पहली पाठशाला है। उसमें माँ का बेटा बैठे, मम्मी का बॉबी नहीं। पिता की दिशा और पिता का संरक्षण आदमी बनाए, उसमें आदमी का चरित्र ढाले, पशु की-पैसे की भूख नहीं। बेटा बनाए बेटा, वोटर की साधना न करें। गुरु पाठशाला में राम और कृष्ण निकाले, चाणक्य और शिवा ढाले, सावरकर और सुभाष पाले। विदेश का कैक्टस नहीं, देश की तुलसी लगाएँ, यूकेलिप्टस नहीं, पीपल उगाएँ। माँ का बेटा बना तो माँ की आराधना करेगा।

भारत माँ की सतत साधना करें—भारत माँ की संतान हैं, तो भारत माँ का सतत स्मरण चाहिए। माँ ने तो हमें पालने में कोई कमी नहीं रखी। सर्वोत्तम पालना दिया। सर्वोत्तम ढंग से पालने में बैठा झुलाया। चिड़ियों के चहचहाते गीत सुनाए। भौरों का गाना सुनाया। पुष्पों का सौंदर्य दिया। गंध दी। प्रकृति के हर हाथ से हमारा पोषण किया फिर हम उसे क्यों भूलें। प्रात: उठते ही धरा को प्रणाम करें, धरा के पूरे स्वरूप को स्मरण कर जाएँ। उसके पर्वत, उसकी नदियाँ, उसके पोखर, उसके पवित्र-स्थल, उसके महापुरुष, महापुरुषों के महान् कार्य, महान् कार्यों की महान् उपलब्धियाँ सभी एक-एक कर दिमाग में दौड़ जाएँ।

केवल स्वयं ही स्मरण न करें, सब हृदयों में माँ की स्मृति को भरने का काम करें। बच्चा-बच्चा भारत बन बोल उठे। भारत का होने में उसे गर्व लगे। वंदे-मातरम् कहना उसे पुण्य लगे। वंदे-मातरम् से भागे नहीं, दिल से जुड़ जाए। यदि सभी भारत माँ के भक्त होते, भारत माँ उनके हृदयों में बसी और बोलती होती तो भारत कटता क्यों? पाकिस्तान बनता क्यों? वंदे-मातरम् उपेक्षित होता क्यों? सारा दर्द इसी भूल ने दिया है।

प्रभुप्रदत्त कर्म में सतत लगे रहें—हम अपनी इच्छा से भारत में नहीं जनमे। प्रभु ने हमें भारत की धरती पर भेजा है। उसकी योजना है। भारत में भेज उसने हमें भारतीय जीवन-दृष्टि से भर, मनुष्य-दायित्व निभाने के लिए निर्देशित किया है। पशुता की भूख मिटाने के लिए भेजा होता तो टुंड्रा, टैगा, सहारा, कांगो कहीं पटक देता। कर्म वह भी सामान्य कर्म नहीं 'कर्तव्य' और उसके भी आगे बढ़ 'धर्म' निभाने भेजा है। भगवान् स्वयं कहते हैं कि जब-जब धर्म की ग्लानि होती है, तब-तब वह आकर धर्म की स्थापना करते हैं और अपने चिंतन तथा आचरण से धर्म का पथ दिखाते हैं।

भगवान् राम ने सब करके दिखाया है। सोचने को नहीं छोड़ा। करने के लिए कहा है और बता भी दिया कि ऐसे करो। बेटा बनो तो राम सा बनो। भाई बनो तो राम सा

बनो। मित्र बनो तो राम सा बनो। पिता बनो तो राम सा बनो। राजा बनो तो राम सा बनो। शत्रु भी बनो तो राम सा बनो। सब क्षेत्रों में आदर्श स्थापित कर दिखाया था। कुछ छोड़ा नहीं व्यक्ति-धर्म, समाज-धर्म, राष्ट्र-धर्म, सृष्टि-धर्म का अविरोधी-सार्थक और समग्र सुखमय आचरण।

यही कार्य प्रभु का कार्य है। इस कार्य के लिए हमने कमर कसी है। हम अच्छे पुत्र बनेंगे। अपने माँ-बाप के पुत्र, भारत माँ के पुत्र, परमपिता के पुत्र। भाई बनेंगे तो केवल अपने सगे भाई के भाई नहीं, सभी के भाई बनेंगे। कोई भेद नहीं, कोई दूरी नहीं। कोई संकोच नहीं, एकदम समरस। पिता हैं तो पालन करेंगे। मित्र हैं तो साथ रहेंगे। राजा हैं तो समग्र का कल्याण करेंगे।

कहीं वैर नहीं, कहीं ईर्ष्या नहीं, कहीं चोरी नहीं, कहीं छीनना नहीं, सर्वत्र प्यार-ही-प्यार, निर्माण-ही-निर्माण। यह दिशा है हमारे भारतीय-लोक की। व्यक्ति बनो, समाज को सँभालो, समाज सँभाला तो राष्ट्र का समुत्कर्ष प्राप्त करो, राष्ट्र उत्कर्ष के साथ विश्व का कल्याण करो। किसी इकाई का विरोध नहीं।

ऐसे साधक बनें, ऐसे साधक सामने आएँ तो राष्ट्र का उत्कर्ष निश्चित है।

भारत की धरती को अखंड और एकात्म करें—साधकों का निर्माण हुआ तो राष्ट्र का निर्माण दूर नहीं। प्रकृति ने हमें हमारी धरती, सुंदरतम और उपयुक्ततम, पूर्ण स्वरूप में प्रदान की है। कोई खोट नहीं। कहीं की धरती छोटी है 'साइप्रस' जैसी, 'लंका' जैसी। कहीं धरती विशाल है 'रूस' जैसी, 'ब्राजील' जैसी, किंतु भारत की धरती सुगठित और श्रेष्ठतम विस्तार लिये सामने है। कोई देश पतला-पतला चीट जैसा फैला है, कोई टुकड़ों में बसा है, कोई बिखरा है, कोई समुद्र पर तैरता सा है, किसी के पास समुद्र है ही नही, कोई रास्तों को तरसता है, तो कोई रास्तों की भरमार से पीड़ित है। भारत ही एक ऐसा देश है, जहाँ सबकुछ है और ठीक है, कोई समस्या नहीं। यह प्रकृति की देन है किंतु हमने प्रकृति की देन को सत्ता-भोग के लिए मेट दिया। पशुता की भूख के लिए काटते जा रहे हैं। अखंड भारत की प्रतिमा को खंड-खंड कर डाला। एक इकाई को इकाइयों का संघ बना डाला। भारत माँ को धरती का टुकड़ा बना दिया। जीवन स्वरूप को जड़ और पूज्या माँ को भोग्या का स्वरूप दे डाला। भगवान् कैसे माफ करे?

भारत की संतान, उठो, जागो। भारत को अखंड करो। भूगोल को मत कटने दो। इतिहास को मत बँटने दो। समाज को मत बिखरने दो। भारत को भारत का मुकुट दो, भारत का शीर्ष ठीक करो, भारत की भुजाएँ जोड़ो। सागर की सज्जा सँभालो। सागर से आतंकियों और आक्रमणकारियों को हटाओ। माँ भारत का भव्य स्वरूप प्रकट करो। उसकी वंदना करो—

'सुजलां सुफलां, मलयज शीतलां, शस्य श्यामलाम् मातरम् वंदे मातरम्'।

राष्ट्र को खड़ा करो। राज्य की सीमा, राष्ट्र को समझे।

केवल अखंडता नहीं, अखंडता में एकात्मता वास करे। धरती से धरती की संतान का उसी तरह लगाव रहे जैसे माँ के साथ कन्हैया का, जैसे गाय के साथ बछड़े का। माँ की संतान एक। कोई अंतर और दूरी नहीं। माँ के बच्चे सब भाई-भाई और भाई-बहन। न मजहबवाद, न रिलीजन का सवाल, न संप्रदाय का प्रश्न, न जातिवाद, न क्षेत्रवाद, न दलवाद, सब एक रस, एक ही राष्ट्रवाद। एक ही आत्मा के सभी अंश। परम प्रभु की संतान, भारत माँ के बच्चे। भेद कैसा?

अखंड और एकात्म भारत को सुसंपन्न करो—विपन्नता का देश जापान संपन्नता का शीर्ष राष्ट्र है। समस्याओं से चारों तरफ घिरा इजरायल समाधान का आदर्श है। किंतु संपन्नता की धरती भारत निर्धनों का देश है, भूखों और भिखारियों का देश है। सर्वोत्तम प्रकृति का देश समस्याओं का घर है। कैसे बनेगा संपन्न और कैसे बनेगा समर्थ? कौन बनाएगा? बाहर के साधन और बाहर के मस्तिष्क नहीं। भारत की संतान को ही यह करना होगा। भारत की भूख भारत का हलधर हरेगा। भारत की रक्षा भारत का गांडीव करेगा।

उत्तर में हिमालय का आँचल श्रम की वाट जोह रहा है। मस्तिष्क को चुनौती दे रहा है। राजस्थान का मैदान, मध्य प्रदेश का पठार, उड़ीसा का तट, आंध्र का विस्तार हमारे पौरुष को ललकार रहा है। संपन्नता उगलने को धरती के अंदर सामर्थ्य भरी है, इसे बटोरने की आवश्यकता है, केवल गंगा और ब्रह्मपुत्र का मैदान ही विश्व भर का पेट भरने को पर्याप्त है, फिर क्यों अन्न के लिए आँसू? कहाँ से भटकाव। इसे दूर करना ही होगा।

संसाधनों से भरपूर है धरती और सागर भी संपदा उलीचने को तैयार है, किंतु हम उसे बटोरते नहीं, विदेश की भीख पर पलने के अभ्यस्त हैं। भीख देनेवालों के संकेतों पर चलने के अभ्यस्त हैं। अपनी बुद्धि, अपनी सामर्थ्य, अपनी दिशा और अपनी दृष्टि अपनाने में हीनता का अनुभव करते हैं। बेकारों की पलटन खड़ी है, कार्यालय खाली हैं, विद्यालय खाली हैं, चिकित्सालय खाली हैं, पूरा देश ही कार्य करनेवालों की प्रतीक्षा में व्यग्र बैठा है और बेकारों की सेना काम करने के लिए पागल है। कौन करे ये व्यवस्था? नेता तो हड़पने और नोचने में व्यस्त हैं, फिर बनाने का काम कौन करे? जागना होगा। जगाओ राष्ट्र-चेतना, जगाओ जगाओ राष्ट्रबोध, सिखाओ मानवधर्म। विश्व का सिरमौर बनेगा भारत।

डेमोक्रेसी को भगाकर लोकतंत्र लाओ। सत्ता-भूख हटाकर लोकधर्म सिखाओ। □

लोकतंत्रात्मक राजनीति के मूल्य

डेमोक्रेसी यूरोप और अमेरिका का वैचारिक-आक्रमण का घातक हथियार है। इसी हथियार ने अमेरिका की धरती के लोक को सदा के लिए मिट्टी में सुला दिया। वहाँ की लोकचेतना को मौत के घाट उतार, एंग्लोप्रोटेस्टेंट सोच की कोख से निकली डेमोक्रेसी ने विश्व भर पर अपने प्रभुत्व की तलवार चला दी। विश्वविख्यात विद्वान् सेमुअल हंटिंग्टन की सारगर्भित टिप्पणी है कि थामस जेफरसन ने 'अमेरिकी विचार' में कहा है—"सत्रहवीं और अठारहवीं सदी में अमेरिका में बसनेवालों की विशिष्ट एंग्लोप्रोटेस्टेंट संस्कृति ने विचार दिया 'डेमोक्रेसी'। इसके मूल तत्त्व थे अंग्रेजी भाषा, ईसाइयत, मजहबी विश्वास, कानून के शासन की ब्रिटिश धारणा, शासकों की जिम्मेदारी, व्यक्ति के अधिकार और मतभेद रखने के प्रोटेस्टेंट मूल्य, काम की नैतिकता तथा यह विश्वास कि यह मनुष्य की योग्यता और कर्तव्य है कि वह धरती पर स्वर्ग की रचना करे।" हंटिंग्टन ने यह भी कहा कि इस सिद्धांत का दूसरे देशों में प्रसार करना अमेरिकी विदेश नीति का एक प्राथमिक लक्ष्य होना चाहिए। यही उनकी लोकतंत्र की धारणा है। इससे ईसाई साम्राज्यवादी निहितार्थ स्वत: स्पष्ट है। दुर्भाग्य से हमारा देश इसी के प्रभाव में चलता है।

हमारी मूर्खता ने और हमारी सत्ता की बेलगाम भूख ने विदेशी विचारों की आक्रमणकारी तलवार को अपने सीने में स्वयं गहरे धँसा लिया है। डेमोक्रेसी, सोशलिज्म और सेकुलरिज्म यही तलवारें हैं। डेमोक्रेसी का लोक से या लोक-चेतना से कोई संबंध नहीं, सेकुलरिज्म का मनुष्यता या मानव के विकास से कोई संबंध नहीं और न सोशलिज्म का लोक से कोई वास्ता है। तीनों ही सत्तानीति की कोख से निकली हैं। सत्ता के स्वरूप को अपने स्वार्थ के अनुरूप ढालती हैं।

राजनीति तो 'पॉलिटिक्स' से बहुत श्रेष्ठ है। सर्वोत्तम नीति है। जिसमें मँजकर,

पककर, दशरथ पुत्र राम भगवान् राम बनते हैं, यशोदानंदन कन्हैया भगवान् कृष्ण बनते हैं और गुजरात के मोहनदास बापू राष्ट्रपिता बनते हैं। पॉलिटिक्स कुरसी से बँधी है और राजनीति लोक-चेतना से। हमारी मूर्खता पॉलिटिक्स को ही राजनीति कह उठी है। राजनीति में समर्पण का प्रवाह है और पॉलिटिक्स में लोकहरण का तूफान।

'लोक सर्वोपरि' है—भारत की राजनीति सदैव लोकतंत्रात्मक राजनीति रही। राजा रहा, किंतु राजा के हृदय में लोक विराजता रहा। सत्ता एक के हाथ में रही या कुछ के हाथ में अथवा बहुतों के हाथ में या सभी के हाथों में, किंतु सत्ता का संचालन सदैव लोक-धड़कन से बँधा रहा। लोक इस धड़कन का स्वामी रहा। कठिनाइयाँ आईं, संकट आए, कष्ट पर कष्ट पड़े किंतु मूल-दृष्टि नहीं बदली। इसी दृष्टि से बँधा कर्म अपने चरण पर चरण बढ़ाता गया।

व्यर्थ है वह कर्म जो कुछ दे न सका। व्यर्थ है वह जीवन, जो न बना, न बना सका। व्यर्थ है वह व्यवस्था, जो न बँधी, न बाँध सकी। कर्म का, जीवन का, व्यवस्था का कुछ मूल्य है। मूल्य न रहा तो कर्म कैसा? जीवन कैसा? व्यवस्था कैसी? यही मूल्य तो मानदंड है मनुष्य के जीवन-स्तर का। "मूल्य एक ऐसा मापदंड है, जो संपूर्ण संस्कृति एवं समाज को अर्थ एवं महत्ता प्रदान करता है।" समाज मूल्य की कसौटी पर अपने चिंतन को, अपने व्यवहार को, अपने संबंधों को परखता है, उनका क्रम निर्धारित करता है, स्वीकृति प्रदान करता है। "सामाजिक दृष्टि से मूल्य वह कसौटी है, जिनके आधार पर समाज व्यक्तियों, पद्धतियों, उद्देश्यों और सामाजिक तथा सांस्कृतिक उद्देश्यों के महत्त्व को परखता है।" "जिस प्रकार वैयक्तिक मूल्यों को सामाजिक मूल्यों के अधीन करना आवश्यक है, उसी प्रकार सामाजिक मूल्यों को आध्यात्मिक मूल्यों के अधीन करना भी संगत है।" "जिस वस्तु को एक विवेकशील व्यक्ति मूल्यवान मानता है, उसे सभी विवेकी पुरुष मूल्यवान मानते हैं।" कौन है जिसे मानव-कल्याण मूल्यवान न लगे। विवेक के धरातल पर आते ही स्वार्थी से स्वार्थी पुरुष भी मानवहित की बात करने लगेगा। एक-दूसरे को समाप्त कर देने के लिए आतुर बैठे देश, चाहे अमेरिका हो या रूस, चीन हो या इराक, अपनी लोकयात्रा मानव-कल्याण के नाम पर ही करते हैं। वह भी केवल अपने देश के मानव नहीं, विश्व के मानव-कल्याण की बात करते हैं। इसी समग्र हित को लेकर विश्व की राजनीति का रथ पूँजीवादी गाड़ी बना या साम्यवादी वाहन बना दौड़ता चला जाता है।

"आदर्शवादी नीति का अंतिम मूल्य मानव-कल्याण ही मानते हैं।" फिर आदर्शवाद के पथ से कौन हटे? समाज छोड़ अपने स्वार्थ का मूल्य कौन स्थापित करे? 'सामाजिक मूल्य किसी एक व्यक्ति के मूल्य न होकर समाज के सभी सदस्यों के मूल्य होते हैं।

समाज की प्रगति, सुरक्षा और शांति की ओर अग्रसर करनेवाले व्यवस्थित और निर्धारित सिद्धांत मूल्य हैं।

संपूर्ण संपदा जिन मूल्यों पर आधारित थी, वे झूठे पड़ गए हैं। दौड़ता हुआ परिवर्तन शब्दों से अर्थ खींच रहा है। शब्द हैं, किंतु उनका अर्थ चला गया। 'सत्य बोलो' शब्द है पर अर्थ कहाँ? 'लोकतंत्र' शब्द कहाँ? न लोक है न कोई दृष्टि है न लोक-चेतना है न लोक-सृष्टि। डेमोक्रेसी लोकतंत्र बनकर बैठ गई है।

लोकतंत्र का मंदिर बंधुत्व, समानता, स्वतंत्रता और न्याय की नींव पर राष्ट्रीयता, 'स्व' चेतना, लोक-संप्रभुत्व और धर्माधारिता की दीवारें ले, लोकमत के संबल पर, लोक-भावना की पताका फहराता खड़ा है। लोक का देवता उसमें प्रतिष्ठित है। इस मंदिर की साधना है, उसी की वंदना है। वही आराध्य है। वही साध्य है। देवता के बिना मंदिर निष्प्राण, इसलिए लोकमत के हाथों लोक-भावना की पताका फहरती रहे।

लोकतंत्र के मूल्य शाश्वत मूल्य हैं। हृदय की अतल गहराई से जुड़े हैं। आत्मा के पावन स्रोत से फूटे हैं। विवेक के सामान्य धरातल पर खड़े हैं। ये साध्य मूल्य हैं, साधन के रूप में प्रयुक्त नहीं। लोक का रथ, इन्हीं मूल्यों के बल, सभ्यता के आलोक तक पहुँचा है। कौन भुला सकता है राम को? कौन भुला सकता है राम के आदर्श को? कौन नकार सकता है 'राम राज्य' को? इस लोक के लिए राम कहते हैं—"लोक कल्याण के लिए स्नेह तथा दया और अपने पूरे सुख वैभव का, यहाँ तक कि अपनी पत्नी जानकी तक का भी परित्याग करते हुए मुझे रंच मात्र भी व्यथा न होगी।"

आज लोकतंत्र नहीं, डेमोक्रेसी है। लोक नहीं, सत्ता आराध्य है। लोकहित नहीं, प्रत्याशी और पार्टी का स्वार्थ है। स्वार्थ बनानेवाला नहीं, मिटानेवाला है। इसी मिटने वाले प्रवाह में सभी कूदते जा रहे हैं। प्रत्याशी मिटता है, पार्टी मिटती है और मिटता है लोक। महान् नेता नेहरू चले गए, दर्द में भरे चले गए। नेहरू की बेटी इंदिरा चली गई, दर्द लेकर चली गई। इंदिरा के बेटे संजय और राजीव भी चले गए, दर्द की राह पर ही गए। राह नहीं बदली। सोनिया और राहुल दौड़ में हैं, दर्द पीछे लगा है। पंडित का रक्त पंडित रहना तो दूर हिंदू भी न रह सका, बदलता चला गया। दौड़ ने ऐसा मारा कि व्यक्ति तो गए ही, पार्टी भी ध्वस्त है। देश की दुर्दशा है। सब देख रहे हैं, किंतु उसी दौड़ में आँखें बंद किए दौड़े जा रहे हैं। न लोक सधता है न व्यक्ति। डेमोक्रेसी का डकैती तंत्र, कानून का हथियार थामे मानव-धर्म को रौंदता चला जा रहा है।

बचना है तो लोकतंत्र के पथ पर चलना होगा। लोकतांत्रिक-मूल्यों को जीना होगा। राजनीति को स्वार्थ-साधना से बाहर निकाल राष्ट्र-आराधना में लगाना होगा।

□

राजनीति का धर्म

राजनीति, जो राम के हाथों आ पूज्य बनी, कृष्ण के आचरण में उतर वंदनीय हुई, चाणक्य की कर्म-साधना में परमश्रद्धेय हुई, बापू की साधना में आदर की पात्र बनी, लोहिया और दीनदयाल के जीवन में चल सम्मान की वस्तु बनी, वही आज के नेताओं के चंगुल में फँस वेश्यालय की गंदी नाली बन गई। हर कोई उसे गाली देता है, हर कोई उसे निकृष्ट समझता है और गाली दे तो दे, राजनीति करनेवाले लोग भी उसे गाली देते हैं। जहाँ कोई समस्या आई, झट उबल पड़े कि इसमें 'राजनीति' न करो। महँगाई बढ़ी, आतंकवाद बढ़ा, आक्रमण हुआ, नेता बोलने लगा कि इसमें 'राजनीति' नहीं होनी चाहिए। भाई, इस समस्या के समाधान के लिए राजनीति न हो तो क्या 'खेल नीति' हो। राजनीति को संकुचित, गंदा, घिनौना और त्याज्य क्यों बना रखा है और यदि राजनीति ऐसी ही है तो कृपा कर उसे छोड़ राष्ट्र-साधना के पथ पर आ जाओ। राजनीति को राष्ट्र साधना की दृष्टि से नहीं सत्ता-प्राप्ति के लिए चले जा रहे हथकंडों और षड्यंत्रों के चश्मे से देखा जा रहा है। इसमें 'राष्ट्र' नहीं, सत्ता ही सबकुछ है और इसी प्राप्ति के लिए हर गिरा हथकंडा अपनाना उचित है। राजनीति को राम के सिंहासन से नीचे खींच, छविराम के राक्षसी शिकंजों में बाँध दिया है।

समाज के श्रेष्ठ जन उससे कतराते हैं। उसे दूर से ही नमस्कार करते हैं। कोई उसे वेश्या कहता है तो कोई उसे गंदी नाली, कोई सर्पिणी मानता है तो कोई पिशाचिनी, किंतु उसके सर्वव्यापी जाल से मुक्ति कोई नहीं पाता। जीवन की सर्वस्व बनकर, अमरबेल सी, व्यक्ति से लेकर आँगन और आँगन से आगे बढ़ परिवार तथा परिवार को पार कर समाज के हर कोने में विराज गई है। न कलुआ की झोंपड़ी बची है और न बाबा रामदास की कुटिया, तभी तो पूज्य बापू इससे छुटकारा पाता न देख, इसके विषदंत तोड़ने को उद्यत हुए। पूज्य दीनदयालजी इसकी सफाई कर इसको पुण्यसलिला गंगा बनाने के लिए निकल पड़े और वेश्या समझनेवाले पूज्य जयप्रकाशजी इसे पवित्र-

आचरण की घुट्टी पिलाकर इसे देवी बनाने चल पड़े। प्रयास के चरण बढ़ते गए किंतु परिणाम पिशाचों की झोली में अटक गए। धरती पर न आ सके। गांधी के भक्त अब देखे नहीं भाते, दीनदयाल के शिष्य अच्छे नहीं लगते, लोहिया और जयप्रकाश के अनुयायी सहन नहीं होते।

विकृति बढ़ती ही चली गई। नीरज कहने के लिए विवश हो गए—

'सर्वोदय तजकर राजनीति तम के वेश्यालय आ पहुँची।'

पाशविक भोग के अतिरिक्त उसे कुछ न सूझा। सत्ता के लिए संतों को जेल में ठूँसा, विद्वानों को अत्याचार की काल कोठरी में डाला, बच्चों के नाखून उखाड़े, घरों को लूटा, कहीं आँख में दया नहीं दिखाई दी। कवि अंबर कह उठे—

"यह सियासत उस तवायफ का दुपट्टा है, जो किसी के आँसुओं से तर नहीं होता।"

क्या यही राजनीति है? क्या यही राजनीति है जिसकी राह पर भगतसिंह चले थे, आजाद चले थे? क्या यही राजनीति है जिसको सुभाष ने अपनाया था? सावरकर ने जिया था। आज यह राजनीति सत्ता के लिए देश को काटती है, बेटों को बाँटती है, भविष्य को मेटती है। 'स्व' नाश के रास्ते पर चल सर्वस्व स्वाहा कर डालती है। न व्यक्ति 'व्यक्ति' रहता है और न घर 'घर'। न समाज रहता है और न राष्ट्र। वोटर मिलता है, मकान मिलता है, लोगों की भीड़ मिलती है, राज्यों का संघ मिलता है। राज्यों के इस संघ की सत्ता की कुरसी पाने के लिए, अपराधनीति के सर्वोच्च शिखर पर बैठे महारथी अपने भ्रष्टाचार, आतंक और अपराध के समस्त अस्त्र-शस्त्र ले चुनाव-दंगल में कूद पड़ते हैं, क्यों? क्या सत्पुरुषों के लिए राजनीति नहीं है? क्या गांधी और जयप्रकाश चुनाव के योग्य नहीं। क्या मनमोहन सिंह चुनाव दंगल के लायक नहीं। यदि नहीं है, तो देश का क्या होगा?

राजनीति के नाम पर चलाई जा रही यह प्रक्रिया और नीति राजनीति नहीं, सत्ता-युद्ध है और घोर पाशविक-भूखों के मध्य है। यह सत्ता की लड़ाई है, इसमें किसी की भलाई नहीं। सत्ता की लड़ाई ने राजनीति का गला घोंट दिया है। सत्ता को गेंद बनाकर उछालने और दूर फेंक देनेवाले राम और भरत की नीति राजनीति थी। कुटिया में रहकर, राष्ट्र की लगाम साधनेवाले चाणक्य की नीति राजनीति थी। नंगे बदन सड़कों पर पैदल दौड़नेवाले और देश के लिए तिल-तिल गलनेवाले गांधी की नीति राजनीति थी। व्यक्ति और समाज का संरक्षण करनेवाली नीति राजनीति थी। इस लोक और परलोक को सँभालने वाली नीति राजनीति थी। नीतियों में सर्वोत्तम नीति थी तभी तो 'राजनीति' थी। नीतियों से सर्वाधिक शोभायमान बन राजती थी। व्यक्ति और वर्ग की नीति नहीं, लोक की नीति थी। व्यवस्था और विकास की नीति थी, जिस पर चल भरत भरत हुए और

राम हुए राम। विश्व का भरण-पोषण किया और किया सृष्टि का कल्याण। कभी राम-राज्य में दुःखों का साम्राज्य नहीं रहा

'दैहिक, दैविक, भौतिक तापा। रामराज काहुहि नहिं व्यापा॥'

साधुता हार गई और दुष्टता सिंहासन पर विराजी। राम का आलोक गया, रावण का अंधकार छा गया। वही लोग राजनीति के नेता बने, जिनका भय और जिनका आतंक, जिनका पैसा और जिनका भ्रष्टाचार, जिनका छल और जिनका कपट, समाज का मन और मस्तिष्क खरीदने, समाज के हाथ और पैर जकड़ने, हृदय और आत्मा को विवश करने में सफल हुआ। अच्छाई बुराई को मान्यता देने ही नहीं, आरती उतारने के लिए विवश हो गई। बुराई के पैरों पड़ी अच्छाई, अपने जीवन की भीख माँगने के लिए मजबूर हो गई। यह राजनीति नहीं, यह तो राष्ट्र-हत्या है। इससे मुक्ति चाहिए।

राजनीति तो लोक की व्यवस्था और लोक की रक्षा के लिए है। सुख और संपन्नता के लिए है। अपने-अपने धर्म-पालन करते हुए जब सभी रहते और व्यवहार करते थे, तब न राज्य की आवश्यकता थी और न राजा की, न दंड की आवश्यकता थी और न दंड देने वाले की। सब स्वयं ही व्यवस्थित था। यह धर्म का शासन था।

न राज्यं न च राजाऽसीत्, न दण्डो न च दाण्डिकाः।
धर्मेणैव हि प्रजा सर्वा रक्षन्तिस्म परस्परम्॥

यहाँ लोक लोकेच्छा के प्रति समर्पण—कामनाओं की तुष्टि और अधिक कामनाओं को जन्म देती चली गई। तुष्टि के लिए मर्यादा टूटी, व्यवस्था भंग हुई। बंधन टूटे और संबंध बिखर गए। मान्यताएँ लुप्त हुईं। राज्य-सत्ता का जन्म हुआ। सत्ता लोक-चेतना के हाथों चली। लोक नियंत्रण से सँभली। धर्म ने अंकुश लगाया। सत्ता को लोक के सामने झुकना पड़ा। धर्म के सामने नत होना पड़ा। लोकतंत्र में लोक की प्रकृति, लोक की चेतना, लोक की भावना, लोक की इच्छा और लोक-कल्याण की दृष्टि बोलती है। स्वार्थ का स्वर कहीं नहीं। व्यष्टि समष्टि का ही स्पंदन बनता है, अलग उसका अस्तित्व नहीं। तभी तो राम का प्रत्येक कार्य लोक के लिए है, राम के लिए नहीं। राजा राम के सामने दशरथ-पुत्र राम असहाय हैं। राजनीति का रूप वैयक्तिक नहीं, समष्टिगत है। राजनीति की क्रिया पर नियंत्रण किसी व्यक्ति का नहीं, लोक-इच्छा और लोक-चेतना का है। जैसे ही लोक भूल, किसी व्यक्ति की इच्छा राजनीति की नियंत्रक बनी कि राजनीति शून्य हुई। दासता ने पैर पसारे और राज्य को जन्म देनेवाला समाज सिसकियाँ भरने लगा।

इसलिए समाज पर, एक की इच्छा नहीं लादी जाती और न ही कुछ की सनक समाज को संचालित करती है। यदि यह चला और चलता है तो विकृति है। बहुतों की भी इच्छा समाज संचालन के लिए योग्य नहीं। समाज-व्यवस्था तो समाज-पुरुष की

चेतना से होती है। यही प्रकृति है। इस चेतना को समझना और पहचानना, उसको आचरण में उतारना ही राज्य का काम है। एक की इच्छा से यदि राज्य चला तो वह एक की दासता है, कुछ की इच्छा से राज्य चला तो वह कुछ की दासता है और बहुतों की इच्छा से राज्य चला तो वह बहुतों की दासता है। समाज की अपनी व्यवस्था और अपना राज्य नहीं। इसके लिए तो अविभाजित-चैतन्य विराट्-लोक की इच्छा ही चाहिए। यह इच्छा समझना राज्य का कार्य है, जिसे वह व्यक्ति को गिनकर नहीं, लोक की आत्मा में बैठकर ही कर सकता है। इस इच्छा को राम ने समझा था, गांधी ने समझा था, दीनदयाल ने समझा था, जयप्रकाश ने समझा था। धर्म ही इसकी दिशा देता है।

भारत में इसीलिए जब भी राजा ने सोचा कि वह सबसे ऊपर है उसके ऊपर कोई नहीं, तभी पूज्य ऋषियों ने राज्याभिषेक पर राजा के सिर पर तीन बार सांकेतिक प्रहार करते हुए समझाया—'धर्म दण्डोऽसि', धर्म ही नियंता है, धर्म ही व्यवस्था है, व्यक्ति नहीं। सब उसी से संचालित है। राजा की भी सभी क्रियाएँ उसी के अधीन हैं। धर्म राजनीति को दृष्टि देता है, बोध कराता है राज्य की प्रकृति का; राज्य की चेतना का और राज्य की इच्छा का, कर्म के हाथ और गति के चरण; हर पल साधता और सँभालता है। राजनीति इसके स्वरूप को ले चलती है।

सामान्य जीवन को साधनेवाले चार पुरुषार्थ हैं। अर्थ और काम जगत् को वैभव संपन्न बनाते हैं, तो मोक्ष उस लोक की चिंता करता है, परंतु धर्म सभी को साधता है, यह लोक भी और पर लोक भी, अर्थ भी; काम भी और मोक्ष भी। कोई भी चिंतन और कोई भी कर्म इसकी लगाम से बाहर नहीं, लगाम छोड़ी तो विनाश ने आ दबोचा। चाहे अर्थ अर्जन हो या उसका व्यय, कामनाओं का उदय हो या उनकी तुष्टि, सभी का पथ धर्म का ही पथ है। इसी में सुख है, कल्याण है। पथ छोड़ा तो दुःख है। अपना धर्म छोड़ कोई चल नहीं सकता। अपना धर्म लेकर ही वह अस्तित्व में है। मिठाई मिठास के अभाव में कहाँ? आग जलने के अभाव में कहाँ? पानी भिगोने के अभाव में कहाँ? जो पढ़ाता नहीं, वह शिक्षक कैसा? जो वकालत नहीं करता वह वकील कैसा? धर्म से हटे, तो शून्य बने।

मनुष्यता से रहित, मनुष्य नहीं पशु है। सामाजिक संबंधों से अलग खड़ा व्यक्ति-समूह समाज नहीं भीड़ है। राष्ट्र के रक्त और मांस से अलग बनी राजनीति, राष्ट्र की धड़कन और चेतना से अलग ढली राजनीति, राष्ट्र की चिति और प्रकृति से अलग खड़ी राजनीति, राष्ट्र की दृष्टि और राष्ट्र के हित से दूर स्वार्थसनी राजनीति 'राजनीति' नहीं, विकृत स्वार्थनीति है, सत्तानीति है, कूटनीति है, विनाशनीति है।

राष्ट्र और राज्य—राष्ट्र राजनीति का केंद्र है और राष्ट्र की चेतना ही राजनीति का धर्म। राष्ट्र की चेतना छोड़ विदेश की चेतना पर चलनेवाली राजनीति 'राजनीति' नहीं,

विदेशी दिल और दिमाग विदेशी षड्यंत्र और हथकंडों से संचालित आक्रमण--नीति है। कितनी ही मोहक क्यों न हो, कितनी ही सुखकर क्यों न लगे किंतु है समाज और राष्ट्र की मृत्यु-वाटिका। डेमोक्रेसी, सोशलिज्म और सेकुलरिज्म विदेश की धरती से निकली विषैली मृत्युवाहिनी है। भारत की धरती तो लोकतंत्र, एकात्मवाद, सर्वहित और धर्म की धरती है। यहाँ तो हर मजहब को, हर रिलीजन को, हर पंथ को, हर संप्रदाय को, हर मत को, धर्म की कसौटी पर कसना और चलना पड़ता है। रावण की उपासना, हिरण्याक्ष की उपासना और हिरण्यकशिपु की साधना कभी स्वीकार्य नहीं। वे निंदित हैं।

राजनीति का अपना धर्म है, जिसके बिना राजनीति राजनीति नहीं। राजनीति के आँगन में जाने से पहले व्यक्ति को लोक-चेतना (राष्ट्र-चेतना) अपने में पूरेपन से अनुभव करनी पड़ती है, उसे जीना पड़ता है, उसे व्यक्त करना पड़ता है। उसे लोक-चेतना के प्रवाह में संचरण करना पड़ता है और लोक में समर्पण के लिए तैयार होना पड़ता है। राम ने यही किया, कृष्ण ने यही किया, चाणक्य ने यही किया, आज गांधी ने, सुभाष ने, सावरकर ने, दीनदयाल ने, लोहिया ने यही किया। लोक के अंग बने, लोक के प्रतिनिधि बने, लोक बन चले तब राजनीति के आँगन में राष्ट्र-हित समर्पण के लिए आगे बढ़े, लोक का होना राजनीति के धर्म का प्रथम चरण है। जो लोक का है ही नहीं, वह लोक की राजनीति कैसे करेगा?

राजनीति व्यक्ति का विलय चाहती है। उसका 'स्व' विस्तारित हो 'राष्ट्र का स्व' बनता जाता है और बढ़ता हुआ सहज ही वह 'राष्ट्र का व्याप' बन जाता है। उसका सोचना, उसका चलना, उसका कर्म करना उसका अपना नहीं, अपने जीवन के लिए नहीं वरन् समग्र राष्ट्र का होता है, राष्ट्र के लिए होता है। एक भी क्षण वह राष्ट्र से हट अपना जीवन नहीं जीता। कहता है और करता है 'इदं न मम, इदं राष्ट्राय स्वाहा'। गांधी और गोलवलकर को जीते हुए हमने देखा है।

व्यक्ति का विलय होते ही राष्ट्र का उदय होता है। व्यक्ति के हृदय में व्यक्ति नहीं, राष्ट्र हिलोरें लेता है। व्यक्ति अपना अस्तित्व भूल राष्ट्र-व्यक्तित्व में डूब जाता है। तब वह व्यक्ति नहीं राष्ट्र होता है। वह अपने को नहीं, राष्ट्र को अनुभव करता है। उसकी इच्छा नहीं रहती; उसकी आवश्यकता नहीं रहती; उसकी डगर नहीं रहती; उसकी तुष्टि नहीं रहती, राष्ट्र की इच्छा ही उसकी इच्छा होती है; राष्ट्र की आवश्यकता ही उसकी आवश्यकता होती है, राष्ट्र की डगर ही उसकी डगर होती है और राष्ट्र की तुष्टि ही उसकी अपनी तुष्टि होती है। व्यक्ति में राष्ट्र का यह बिरवा उगते हुए वट-वृक्ष बनते हुए और वट-वृक्ष बन लोक को पालते हुए हमने देखा है। पंडित दीनदयाल उपाध्याय का जीवन राष्ट्र-व्याप बन लोक में ढलते हमने देखा है।

वैयक्तिक सुख-सुविधा, वैयक्तिक संबंध और वैयक्तिक साधन का प्रश्न नहीं

रहता। सबकुछ राष्ट्र का ही जीवन। इसी राष्ट्र-जीवन को जीना, इसी राष्ट्र-चैतन्य को व्यक्त करना, इसी राष्ट्र-हित को ध्यान में रख चलना, इसी राष्ट्र-स्वत्व को संरक्षित करना, संवर्धित करना, विश्व का आलोक बनाना और उसे पूर्ण उत्कर्ष प्रदान कर परम के दायित्व का निर्वाह करना, यह है राजनीति का परिपक्व-जीवन। राजनीति अपने संकल्प में, अपने साधनों में, अपने चिंतन में, अपने आचरण में राष्ट्र का स्वरूप निखारनेवाली है।

राष्ट्र को समर्थ, सशक्त और प्रकाशवान कर राजनीति विश्व-इकाई को सँवारने चलती है। इस लक्ष्य के लिए राष्ट्र की इकाई बाधा नहीं, वह तो स्वाभाविक इकाई है। भारत में अनादिकाल से यही साधना चलती आई है। वसुधैव कुटुम्बकम् और सर्वे भवन्तु सुखिनः का भाव व्यक्ति के आचरण को विश्व-कल्याण हित ही ढालता है। यज्ञमय जीवन इसी पथ का जीवन है। कभी भी भारत ने किसी दूसरे देश को ध्वस्त करने की नहीं सोची, जब सोची तो सही रास्ते पर डाल उसके हित की सोची है। राम अंगद से कहते हैं—

रिपुसन करिय बत कही सोई। काज हमार तासु हित होई॥

है कोई विश्व में इस दृष्टि का पालक? राम शत्रु का भी हित ही चाहते हैं। लंका विजय तो करते हैं, किंतु लंका पर राज्य नहीं करते, राज्य लंका के पुत्र विभीषण को सौंपते हैं। अभी-अभी, बँगलादेश को पाकिस्तान के आतंक से उबारते हैं, अलग देश बनाते हैं किंतु उस पर राज्य हम नहीं करते, राज्य बँगलादेश का ही पुत्र करता है। राजनीति में व्यक्ति अपने अस्तित्व के बिंदु से समष्टि का व्याप बनता चला जाता है। राम का आदर्श हमारे सामने है। दशरथ-पुत्र राम भगवान् राम होते हैं। मोहनदास गांधी विश्वबंधु बापू बनते हैं।

दुर्भाग्य! देश की राजनीति डेमोक्रेसी की राह पकड़ सत्ता के लुटेरों की जिंदगी बन गई। न दल रहे, न दल की विचारधारा। न आदर्श रहे न आदर्श पर चलने का आचरण। न चरित्र रहा, न चिंतन। रह गया सत्ता का युद्ध, सत्ता का पाशविक भोग, सत्ता का विनाशक-अस्तित्व। इसे बदलना होगा।

□

लोकतांत्रिक राज्य-सत्ता का गठन

लोक एक इकाई है, अनेक इकाइयों का समूह नहीं। इसका प्रवाह एक है, इसका क्षेत्र विस्तार एक है, इसका जीवन-संचरण एक है, इसका लक्ष्य एक है, इसका पथ एक है और एक है इसकी यात्रा। कहीं अलग-अलग होने का भाव नहीं। यह रचना प्राकृतिक है, मनुष्य के मस्तिष्क की उपज नहीं। मनुष्य तो विकृति का वाहक बन गया है। धरा बाँटता है, रक्त बाँटता है, जन बाँटता है, संस्कृति बाँटता है, लक्ष्य और पथ को बाँट देता है। कृत्रिमता पीड़ादायक है, प्रकृति ही पीड़ा-निवारक है। प्रकृति को समझें, उसे सँभालें।

लोक की धरा एक—भारतीय लोक की धरती एक सुगढ़, सुंदरतम इकाई है। हिमाद्रि इसका शीश है तो कन्याकुमारी इसके चरण। पंजाब और असम इसकी भुजाएँ हैं तो अवध इसका वक्षस्थल। पश्चिमी और पूर्वी घाट इसकी जंघाएँ हैं तो सतपुड़ा इसकी कटि। गंगा और यमुना गले में शोभित मालाएँ हैं तो कलकल करते सागर के उमड़ते उफान नूपुर ध्वनि। समग्र-धरा भारत माँ की कल्याणमयी सुंदरतम मूर्ति है और है जीवंत। इसकी रचना एक है, विस्तार एक है, जलवायु एक है, संपदा एक है और एक ही है संचरण गति। कैसे हिमालय से निकल नदियाँ सागर में जा मिलती हैं और कैसे सागर से उठ मेघ पश्चिमी घाट से भारत को सिंचित करते हुए मध्य प्रदेश, उड़ीसा, बंगाल, असम से निकल बिहार, उत्तर प्रदेश, पंजाब, कश्मीर, राजस्थान को सींच वापस लौट आते हैं, ग्रीष्म से प्रारंभ हुई मेघ-यात्रा बसंत तक जल देती हुई कैसे पूरे कालखंड को 'वर्ष' में ढाल देती है। इस धरा को टुकड़ों में देखना विनाशक है। यह एक है, अखंड है।

इस धरा का जन एक—इस धरती पर करोड़ों लोग रहते हैं। बनावट अलग-अलग है। रंग अलग-अलग हैं। बोलियाँ अलग-अलग हैं किंतु सभी में धड़कनेवाली अस्मिता की चेतना एक है। भारत के होने की भावना एक है, मन-मस्तिष्क और हृदय

में जीवन की दृष्टि और पहचान एक है। यह बहुवचन लगनेवाला 'जन' एक ही माँ 'भारत' और एक ही पिता 'परमपिता' के होने के कारण, एक विराट्-अस्तित्व है। अनादिकाल से चलता चला आया इसका जीवन-प्रवाह एक है। एक ही रक्त है, एक ही इतिहास है। सभी को राम पर, कृष्ण पर, शिव पर, बुद्ध पर, महावीर पर, नानक पर गर्व है, श्रद्धा है।

एक जीवन—जीवन का संचरण एक है। प्रातः उठ धरा को प्रणाम। माता-पिता को प्रणाम, प्रभु को नमन, बाहर निकल सूर्य को नमन—जलदान, गौ को ग्रास, बच्चों को प्यार, बड़ों को श्रद्धा, प्रभु से भक्ति। परिवार की एक इकाई, गाँव का एक रूप, गाँव का एक देवता, सर्वत्र यही तो देखने को मिलता है। मूल्य एक, मानबिंदु एक, आदर्श एक, जीवन का दर्शन एक। बाहर दिखाई पड़नेवाली सभी भिन्नताएँ आंतरिक जीवन-प्रवाह के हाथों समाप्त हो जाती हैं। कैलाश से चलकर कन्याकुमारी तक की यात्रा, कच्छ से प्रारंभ कर काम कोटि तक की सफर, पूरे भारत को अपना एकात्म रूप मानकर होती है। पूरा लोक एक घर बनता है और लोक का पूरा जीवन एक जीवन।

एक लक्ष्य—विदेशों के समान यहाँ लक्ष्य अलग-अलग नहीं, कहीं धन का लक्ष्य है तो कहीं सत्ता का; कहीं मजहब का लक्ष्य है तो कहीं प्रभुत्व का। भारत में लक्ष्य है 'नर से नारायण' होने का, संपूर्ण विश्व को श्रेष्ठ बनाने का। अच्छाई की ओर इसकी यात्रा है, पाशविक-भूख की ओर इसके चरण नहीं हैं। विद्यालयों में प्रातः होती प्रार्थनाएँ, सुनो—'हम राम बने, बलराम बने, गौरक्षक घनश्याम बनें'। 'कृणवन्तो विश्वमार्यम्' का उद्घोष है हमारा। सभी इसी दिशा में गतिवान हैं।

एक पथ—इस लक्ष्य की प्राप्ति के लिए हम अस्त्र-शस्त्र, पैसा और किसी पुस्तक या पैगंबर का सहारा नहीं लेते। हम चलते हैं धर्म के पथ पर, मनुष्यता के मार्ग पर। व्यक्ति-निर्माण के बोध पर। राष्ट्र-उत्कर्ष के दर्शन पर और विश्व-कल्याण के मंतव्य पर। कहीं टकराव नहीं, कहीं भटकाव नहीं, कहीं संघर्ष नहीं, सर्वत्र साधना, जीवन-साधना और निर्माण।

इस समग्र इकाई लोक का संचालन भी एक ही चाहिए—इस समग्र लोक व्याप को व्यवस्था के लिए हमने 'राष्ट्र' रूप में आराधा है—'वयं राष्ट्रे जाग्रयाम्।' हम राष्ट्र को जाग्रत् रखते हैं, सँभालते हैं। राष्ट्र ही हमारा देवता है। इसकी आराधना करनी है। इस राष्ट्र की व्यवस्था हमने केवल नियम और कानून के बल पर नहीं, केवल राजा और कर्मचारी के बल पर नहीं, प्रत्येक पुत्र और पुत्री के हृदय में धड़कती हुई स्वधर्म-पालन की चेतना के बल पर की है। सब अपने-अपने धर्म का पालन करते रहे और कभी राज्य की आवश्यकता ही न पड़ी। समग्र लोक-जीवन एक साथ विराट्-चेतना बन खड़ा रहा। विकृति आई और राज्य का जन्म हुआ।

यहाँ राज्य भी राष्ट्र का साधक बना। राष्ट्र छोड़ राज्य का अस्तित्व घातक है। इतिहास और रक्त को भुला, आदर्श और संस्कार को भूल चला, अस्तित्व कब मिट जाए, कहा नहीं जा सकता। राष्ट्र-चेतना की कोख से ही व्यवस्था की इकाई राष्ट्र को निकलना चाहिए और सतत उसे राष्ट्र-साधना में रत रहना चाहिए।

दुर्भाग्य है, आज 'राज्य' ही सामने है। राज्य ने राष्ट्र को भुला दिया। सत्ता ने राज्य को बौना कर दिया। सत्ता को लुटेरों ने हथिया लिया। सर्वत्र लुटेरे सत्तायुद्ध में भिड़े मिलते हैं। पूरा देश दंगल बना है। महाबली, सभी शस्त्रों से लैस हो दंगल में हैं, इसे बचाना होगा।

लोक में व्यवस्था सँभालने वाली राजनीतिक इकाई 'राज्य' एक है और होनी चाहिए। राज्यों का संगठन काम नहीं करता। स्वाभाविक-विकास संभव नहीं बनता। न तो कर्तव्य का प्रवाह हर क्षेत्र में एक ही भाव और शक्ति ले चलता है और न राज्य की जनता को एक सी सुविधा और व्यवस्था उपलब्ध होती है। केंद्र के अधीन या केंद्र से नियंत्रित राज्यों का चलना भी लोक-इकाई के प्रतिकूल है। इकाई की शक्ति और इकाई की दृढ़ता कमजोर बनती है। इकाई एक ही चाहिए। इस इकाई के संचालन के लिए प्रशासनिक-इकाइयाँ केंद्र इकाई के अधीन हों, जैसे जनपद होते हैं परंतु केंद्र इकाई के अतिरिक्त किसी अन्य इकाई की मौलिक सत्ता उचित नहीं। इस व्यवस्था को हम एकात्मक-शासन कह सकते हैं। संघात्मक-शासन की दृष्टि अमेरिका और रूस के लिए ठीक है, क्योंकि वहाँ स्वाभाविक 'लोक इकाई' नहीं है। राज्य ही है और राज्य भिन्न-भिन्न समुदायों का समूह है।

केंद्र पर पूरे लोक की, एक ही केंद्रीय-व्यवस्था रहने से शासन की दृष्टि एक रहेगी और सबको एक सा संरक्षण तथा नियंत्रण प्राप्त होगा। एक ही राज्य की जनता होने के कारण यदि वह भिन्न-भिन्न विधान और भिन्न-भिन्न सुविधाओं में पले तो यह असंगत है, अनैतिक है, अनुचित है। पूरे राज्य में एक विधान, एक व्यवस्था, एक निशान चाहिए। कश्मीर का दर्द, नागालैंड का नासूर, असम की आग इसी विकृत-दृष्टि के कारण है। लोकतंत्र में पूरे लोक का शासन चाहिए, टुकड़े-टुकड़े का अलग-अलग शासन नहीं।

लोक का शासन लोक के हाथों चले, लोक-चेतना से चले, लोक के लिए चले इसलिए लोक को सत्ता पर बैठना चाहिए। पूरा लोक सत्ता पर कैसे बैठे ? व्यवस्था प्रतिनिधि के माध्यम से होगी। प्रतिनिधि जन के नहीं, प्रतिनिधि लोक के हों। हाँ, लोक के प्रतिनिधि होंगे जन ही, किंतु वे केवल वर्तमान में रहनेवाले राज्य के नागरिकों का प्रतिनिधित्व नहीं, धरती की संतान का चाहे नागरिक हो या न हो, चाहे वोटर हो या न हो, और अतीत के सनातन जीवन-प्रवाह से बँधे भविष्य के अकल्पनीय शिखर तक जाने वाले प्रवाह तक का और धरती,

धरती की संस्कृति तथा लोक की समग्र-चेतना का प्रतिनिधित्व करेंगे। यह प्रतिनिधित्व कैसे हो ? वोटरों का प्रतिनिधित्व तो वोटरों के वोट से हो जाता है। जो वोट नहीं डाल सकते या जो वोट नहीं डालते, उनका प्रतिनिधित्व भी इसी में मान लिया जाता है किंतु लोक के पशु-पक्षियों का, कीट-पतंगों का, पेड़-पौधों का, वोटरों के अतीत का, वोटरों के भविष्य का, प्रतिनिधित्व कैसे कराया जाए ? पूरे लोक का प्रतिनिधित्व चाहिए, केवल वोटरों का नहीं।

लोक जागरण चाहिए। लोक का स्वस्थ स्वरूप चाहिए। लोक के जन का बच्चा-बच्चा लोक-भावना से भरा, लोक को जाननेवाला, लोकहित चलनेवाला बनाना चाहिए। यह जागृति का कार्य पाँच इकाइयाँ करें। उनका यह धर्म है।

1. संत—पुरानी सूक्ति है—'संत सेव्या वसुन्धरा'। संतों ने धरा की सेवा की है, रक्षा की है। परशुराम इसी सेवा के काम में सतत लगे रहे। दुष्ट और भ्रष्ट राजाओं को दूर किया तथा समर्थ और कल्याण करनेवाले राजा को सत्ता पर बिठाया। राम के मिलते ही उनका अभियान पूर्ण हुआ। लक्ष्य प्राप्त हुआ। सब भार उन्हें सौंप वह तपस्या में लग गए। संतों ने गाँव-गाँव संस्कार जगाते हुए राष्ट्र-जीवन को जाग्रत् रखा। वे इस लोकभाव को घर में बिठाएँ। कर्तव्य समझाएँ।

2. विद्वान्—प्रबुद्धता स्वार्थ के लिए नहीं, लोक के लिए समर्पित है। चिंतन और आचरण लोकहित में चलना ही चाहिए। गाँव-गाँव, नगर-नगर, प्रबुद्धजन लोक-चेतना को जाग्रत् करें। व्यक्ति में लोकभाव भरते रहें। यह होता रहा है। छोटे-छोटे कामों से लेकर बड़े-बड़े कार्यों तक यह लोकदृष्टि समाहित रही है। इसे पाप और पुण्य भाव से बाँधा गया। वृक्ष लगाना, कुएँ खुदवाना, सरोवर बनवाना, धर्मशाला बनवाना, पढ़ाना, सहायता करना आदि पुण्य बताकर लोकहित की दिशा दी गई। जिसमें लोक का अहित हो, उसे पाप की संज्ञा दी गई

'परहित सरिस धर्म नहिं भाई। पर पीड़ा सम नहिं अधमाई॥'

3. साहित्य—साहित्यकार सर्वाधिक समर्थ, संवेदनशील व्यक्ति है। उसने लोकहित में ही साहित्य रचा है। सूर और तुलसी का साहित्य लोक-निर्माण के लिए अमर प्रकाश है। रामचरितमानस आचरण का महाकाव्य है। क्या करना चाहिए और क्या नहीं करना चाहिए, समझने के लिए मानस को पढ़ें। निराला, प्रसाद, पंत, दिनकर, मैथिलीशरण गुप्त सभी ने जीने की दिशा दी है। लोकभक्ति सिखाई है। यह होना ही चाहिए।

4. राजनीति—सत्ता-संचालन के लिए निकली राजनीति इस कार्य को अपना धर्म स्वीकार बच्चे-बच्चे को राष्ट्र-धर्म से परिपूर्ण करे। व्यक्ति-धर्म का पालन हो, समाज-धर्म चले और राष्ट्र-धर्म का भक्तिभाव से घर-घर आचरण हो। संपर्क चले, संवाद हो, आचरण से शिक्षा मिले, आदर्श सामने हों, अतीत याद रखवाया जाए, संकल्प कराए जाएँ। लोक पूर्ण परिपक्व बने।

5. सामाजिक संगठन—समाज संगठन, समाज संस्कार, समाज सेवा के लिए सक्षम संगठनों का जाल बने। इनके कार्यकर्ता वैचारिक दृष्टि से संपन्न तो हों ही, आचरण की दृष्टि से अतिश्रेष्ठ हों। राष्ट्रभक्ति का भाव प्रत्येक में स्वाभाविक बना; व्यक्त होता हो, जिसके समाज में निकलते ही; राष्ट्रभक्ति का भाव फैल जाता हो। आज भी देश में, विकृति होने पर भी, कुछ संगठन श्रेष्ठ कार्यों में लगे हैं। गायत्री-परिवार के सदस्य व्यक्ति-निर्माण और यज्ञ के कार्य में लगे हैं। राष्ट्रीय स्वयंसेवक संघ के कार्यकर्ता व्यक्ति-निर्माण और राष्ट्र संगठन के कार्य में जुटे हैं। स्वामी रामदेव पूरे वेग से व्यक्ति और राष्ट्र दोनों का ही स्वास्थ्य बनाने में जुटे हैं। इन संगठनों को लोक-चेतना और व्यक्ति-धर्म की शिक्षा में जुटना चाहिए।

जब लोक श्रेष्ठ होगा। लोक में दायित्व-निर्वाह की धारा बहेगी। स्वार्थ को धिक्कारते हुए राष्ट्रहित को सबसे पहले सामने रखवाया जाएगा तो लोक-व्यवस्था के लोक-प्रतिनिधि स्वाभाविक ही चुनकर आ जाएँगे। चुनाव लड़े नहीं जाएँगे। चुनाव का दंगल नहीं होगा। न प्रत्याशी कूदेंगे और न दल अपने हथियार भाँजेंगे। न प्रत्याशी चिल्लाएँगे कि हम ही सर्वोत्तम हैं और बाकी भ्रष्ट हैं और न दल व्यक्ति, वर्ग और दल को गालियाँ देंगे। शांत और संस्कारमय वातावरण में 'लोक' बिना किसी शोर-शराबे के लोकहित में सर्वोत्तम को सामने ले आएगा। ये चुनाव केवल जनमत से नहीं समग्र लोकमत से होगा। लोकमत एक ही मत होता है। सबका मत नहीं होता है। अलग-अलग मत नहीं होते। इस मत को जानने के लिए लोक पाँच उच्च स्तर की समितियाँ बनाएगा—

(क) साधुमत—देश के प्रमुख संत, उनका मत, पंथ, संप्रदाय कोई भी हो, किंतु मत संप्रदाय और पंथ विदेश के खूँटे से न बँधा हो, विदेश-भक्ति से न सधा हो, देश की धरती, देश की संस्कृति और देश के रक्त के विरुद्ध न हो, इस समिति के सदस्य हों। इन्होंने पूरे देश को देखा, समझा और अनुभव किया हो। निर्भय हों, निष्पक्ष हों, निर्वैर हों, राष्ट्रहित-समर्पित हों। ये संत सतत अपने मस्तिष्क में राजनीति को भी परखते रहे हों। जैसे विश्वामित्र ने राम को निकाला, सांदीपनि ने कृष्ण को निकाला, समर्थ गुरु रामदास ने शिवा को निकाला, वैसे ही राष्ट्र के श्रेष्ठ व्यक्तित्व को सामने निकालकर लाएँ। वे बैठकर एक मत हों, आपस में निर्णय लें।

(ख) विद्वत्मत—ज्ञान और आचरण के सभी क्षेत्रों से देश भर के विद्वान्, समय-समय पर वर्ष में तीन बार बैठते रहें, चिंतन करते रहें। राजनीति के क्षेत्र में कार्य करनेवालों को परखते, समझते और देश की स्थिति को भली प्रकार समझते रहें। पूज्य संतों के द्वारा सुझाए हुए नामों पर गंभीरता से चिंतन करें। समझें, संपूर्ण-लोक की दृष्टि से कौन श्रेष्ठ है? व्यक्ति नहीं, वर्ग नहीं, जाति नहीं, क्षेत्र नहीं, पंथ नहीं, दल नहीं, देश किसमें और कितनी गहराई में बैठा है? कौन हो सकता है देश का नेता, आकलन करें।

(ग) राजनीति-विशेषज्ञ मत—देश के मँजे हुए जानकार, देशनीति और विदेशनीति के अनुभवी व्यक्ति, बाह्य सुरक्षा और आंतरिक व्यवस्था के मर्मज्ञ, मनोविज्ञान और चरित्र गुणवत्ता के पारखी विशेषज्ञ सतत इन नामों पर दृष्टि रखें और उन्हें एक ही दिन में नहीं, एक ही बैठक में नहीं, लगातार देखते-समझते रहें। वर्ष में जब बैठें अपने-अपने अनुभवों से प्रत्येक को तौलते हुए संतमत और विद्वत्मत से निकले नामों पर विचार करें कि राष्ट्रहित में कौन सर्वोत्तम है ? वह सामने लाएँ।

(घ) राष्ट्र-चेतना और संस्कार मत—जो देश में सतत राष्ट्र जागरण, राष्ट्र संस्कार और राष्ट्र संगठन के काम में लगे रहते हैं, ऐसे समाज से देश के सर्वोत्तम व्यक्तियों की समिति हो। वह देश के क्षेत्र को समझे, देश के समय को समझे, देश के समक्ष चुनौतियों को समझे, नामों की सामर्थ्य, त्याग और चरित्र को समझे और अपना संतमत, विद्वत्मत-विशेषज्ञमत के बाद में प्राप्त नामों पर गंभीरता से विचार कर निर्णय लें और राजनीति के लिए कुछ नामों को सामने लाएँ।

(ङ) जनमत—इन चारों स्तरों पर चयन हो जाने पर जो श्रेष्ठ नाम हों, उन्हें राष्ट्र के जन के सामने चयन के लिए रखें। देश में अनेक दल नहीं। क्षेत्रीय दल, जातीय दल, मजहबी दल कहीं भी न हो, केवल दो दल हों जो पूरे राष्ट्र को क्षेत्र, काल, रक्त, संस्कार, दृष्टि, लक्ष्य और सेवा से बाँधनेवाले हों। इन्हीं में से ये लोग चुनकर सामने आएँगे। इन नामों पर लोक के जन का भाव लिया जाए। न कोई प्रचार हो, न कोई अभियान हो, न कोई प्रदर्शन हो। इन नामों को और दलों को लोक भलीभाँति जानता होगा। मतदान की व्यवस्था शासन करा ले। शासन किसी दल या किसी व्यक्ति के हाथ में नहीं, दलों से ऊपर और, जानेवाले व्यक्तियों से बहुत ऊपर दूसरे ही समर्थ हाथों में रहे।

मतदान हो जाने पर, जो व्यक्ति और व्यक्तियों का दल चुनकर सामने आए, वह शासन की व्यवस्था बनाए। प्रशासनिक इकाई प्रांतों में चुनाव से व्यक्ति तो आए, व्यवस्था सँभालें, किंतु वे हों केंद्रीय शासन के अंग, पूरेपन से केंद्र के चिंतन और आचरण से बँधे। अलग-अलग कोई आवाज नहीं। एक स्वर एक आचरण।

राजनीतिक दोनों दलों और राजनीति में काम करनेवाले व्यक्तियों पर नियंत्रण बनाए रखने के लिए राष्ट्र-स्तर पर, जिसका विस्तार प्रांत-स्तर और जिला-स्तर पर भी पहुँचे, ऐसे समर्थ-संगठन ऐसी सशक्त-समिति का निर्माण हो, जो सतत काम करनेवाली इकाई रहे। प्रत्येक समय राजनीति में काम करनेवाले व्यक्ति के सोच, व्यवहार, चिंतन, आचरण, संबंध और दायित्व-निर्वाह पर दृष्टि रखे। यह समिति दलीय, क्षेत्रीय, पंथीय निष्ठाओं से ऊपर हो।

यह समग्र-व्यवस्था धर्म के पथ पर चले। कानून बहुत छोटा, बौना और घिनौना

माध्यम है। 1975 के आपातकाल में तो भोगा ही है, अब भी सब भोग रहे हैं। व्यक्ति बनाओ, व्यक्ति में मजहब, रिलीजन, पंथ नहीं, धर्म धँसाओ। धर्म का आचरण निकालो। राष्ट्रपति अपने धर्म का पालन करे, प्रधानमंत्री अपना धर्म निभाएँ। प्रशासनिक अपने धर्म से बँधे तो कोई अव्यवस्था संभव ही न होगी। धर्म ही लोकतंत्र का प्राण है।

प्रत्याशियों का चयन तो पाँचों समितियों द्वारा जँचता और सँभलता हुआ निकलेगा। समितियाँ अपने मानक के आधार पर निर्णय करेंगी, किंतु दल का मानक, देश की अस्मिता से बँधा रहना चाहिए। लोकतंत्र में कोई दल, राजनीति में काम करने के लिए उतरता है तो उसकी राजनीति का मंत्र, राजनीति का तंत्र, राजनीति की निष्ठा, राजनीति की लगाम, राजनीति की भक्ति किसी भी रूप में विदेश से नहीं बँधी होनी चाहिए। लोक ही उसकी राजनीति का आँगन हो, लोक ही उसका आराध्य हो, लोक ही उसका नियंत्रक हो, और लोक-चेतना ही उसकी प्राणशक्ति हो।

भारत की धरती, भारत का रक्त, भारत की संस्कृति, भारत की जीवन-शैली, भारत के मूल्य, भारत के आदर्श, भारत का स्वाभिमान और भारत के मानबिंदु दल के चिंतन और आचरण के निश्चित आधार होने चाहिए। डेमोक्रेसी में दुर्भाग्य से विदेशी शक्तियाँ भारत के आँगन में धँसती चली आ रही हैं। चीन का वैचारिक प्रवेश तो है ही, चीन का मंत्र और तंत्र भी भारत में अपना परचम फहरा रहा है। कहीं उनमें भारतवादी सोच और आचरण नहीं। सेकुलरिज्म की छतरी तले, वोटों के लालच में ढले अरब और अमेरिका खुलकर अपना खेल खेल रहे हैं। कहीं 'स्तान' उभरते हैं, तो कहीं 'लैंड'। दुनिया भर के परचम तो प्यारे लगते हैं किंतु भारत का भगवा वैरी लगता है।

भारतीय लोकतंत्र में भारत चाहिए। भारत भी आहार, निद्रा, भय और मैथुन की लगाम में बँधा भारत नहीं, इस पशुता के कठघरे से बाहर का, ऊपर का, मनुष्यत्व और देवत्व का, राम और कृष्ण का, चाणक्य और चंद्रगुप्त का, गांधी और डॉ. राजेंद्र प्रसाद का, विवेकानंद और अरविंद का भारत चाहिए।

□

लोकमत बनाम जनमत

डेमोक्रेसी को पढ़ा है, डेमोक्रेसी को देखा है, डेमोक्रेसी में भाग लिया है, डेमोक्रेसी को भोगा है और भोग रहा हूँ, इसलिए गहरी अनुभूति से, सहज भाव से कहता हूँ कि डेमोक्रेसी में चल रहा 'जनमत' न तो जन-जन से बने 'एकजन' का मत है, न जन से विकसित हुए समाज का मत है और न लोकमत। लोकमत तो कहीं भी, किसी भी रूप में नहीं। चुनाव में लोकमत चलता है। कितने प्रतिशत लोग मतदाता नहीं होते? ये 18 वर्ष से कम आयुवाले, ये सड़कों में रत रहने और घूमनेवाले, ये गरीबी के मारे दर-दर भीख माँगनेवाले और पेट पालने के लिए जनता को कुछ करतब दिखा रोटी कमानेवाले, वोटर कहाँ हैं? फिर वोटर बनानेवाले कितने प्रतिशत लोगों को वोटर बनाते ही नहीं या भूल जाते हैं। इसके आगे भी सोचिए, जो वोटर हैं उनमें से कितने प्रतिशत लोग वोट देते हैं? आधे बैठे रहते हैं। तो फिर वोट न देनेवाले वोटर 30 प्रतिशत, वोटर न बने न बनाए गए 'एकजन' के जन, कुल मिलाकर 80 प्रतिशत वोट करने से अलग रह गए। केवल 20 प्रतिशत वोटरों ने वोट डाले। जीतनेवाले को पड़े वोटों का आधा भी नहीं मिल पाता, फिर भी चुने जाते हैं। अब लगाइए बुद्धि, 'एकजन' का कितना प्रतिशत जीतनेवाले के साथ है। अल्प ही नहीं, नगण्य! फिर भी चिल्लाते हैं कि हमें जनता ने जिताया है। जनता तो इस डकैती-तंत्र के बाहर खड़ी है।

जन-जन का लिया गया मत कभी 'एकजन' का मत नहीं होता। 'एकजन' जिसे डेमोक्रेसी में 'जन' कहते हैं, एकवचन इकाई का भाव, एक इकाई का अस्तित्व, एक इकाई का चैतन्य, जन-जन के मत द्वारा आज की डेमोक्रेसी में नहीं होता। वोटर अपनी, केवल अपनी इच्छा और लक्ष्य लेकर वोट देता है। दिल और दिमाग में कहीं 'जन' जिसे समाज भी समझ सकते हैं, नहीं रहता। वोटर बहुत आगे बढ़ा, तो जाति, मजहब, मुहल्ला, प्रलोभन और भय से बँध मतदान करता है।

इस जाति, मजहब, मुहल्ला, प्रलोभन, भय में 'जन-जन' की इकाई 'जन' कहाँ

मिलती है। सर्वत्र पाशविक भूख और छुद्र-दृष्टि। सामान्य समझ भी तो हम नहीं लगाना चाहते। एक दुःखद दृश्य सामने इकाई की अभिव्यक्ति का आता है। 'घर' एक इकाई है। अतिप्रिय इकाई है। राज्य का विकास इसी इकाई से है। घर में पिता सभी का संरक्षक और मुखिया होता है। राज्य में राजा प्रजा का पिता कहा और समझा जाता है। प्रभु सबका पिता है, इसलिए उसे परमपिता कहते हैं। इसी घर को, और अपने घर को आज के डेमोक्रेसी सोच में पलते और मिटते देखा है। गाँव में चाचा के दो भाई और हैं। तीनों अलग-अलग नौकरी पर हैं। माँ बीमार हैं। राय हुई। ये तीनों के पास चार महीने रहें। घर का और घर की स्वामिनी का और माँ के संबंधों का भौतिक तुला पर बँटवारा किया। दूसरे चाचा बोले—कुछ नहीं, वहीं रहे, चार-चार महीने का खर्चा हम तीनों देते रहें। तीसरे बोले—एक गाँव का नौकर रख दें, वह खेती से पैसा लेता रहेगा। राय चलती रही, आजी बीमार हो के मौत के करीब जाती रहीं और एक दिन चल बसीं। सवाल था दाह-संस्कार का। कौन करे? खर्चा कौन उठाए? राय सभी चाचाओं के दिमाग में दौड़ती रही और आजी को आग गाँव के पाँच भले व्यक्तियों ने दी। उन्हें अपने बेटे के न दर्शन हुए, न आग मिली, न लगाव। आजी गईं, घर भी गया। सब अलग-अलग, गाँव का घर-घर का एक जीवन, एक रक्त का प्रवाह, एक संस्कार का बंधन सब स्वाहा हो गया। रह गए अलग-अलग लोग। क्या इसे घर का 'मत' कहें? राय तीनों की थी, लेकिन अपनी-अपनी थी। घर की नहीं थी। न घर दिमाग में था, न दिल में, न संस्कार में। राय ने घर खा लिया, गाँव छुड़वा दिया। अपने भुला दिए, लगाव मिटा दिया। पैसा बसा लिया, आदमी मर गया और आदमी में जानवर उभर आया। आज के मत का यह है रूप। जन-जन का मत समाज का मत नहीं होता। समाज व्यक्तियों का जमघट नहीं है। समाज संबंधों का जाल नहीं है। समाज एक ही स्थान पर बहुतों का बसाव नहीं है। समाज स्वयंभू सावयव जीवमान अस्तित्व है, एक पहचान है, सुख-दुःख की समान अनुभूति है, एक दृष्टि है। इस समाज का मत तभी सामने आ सकता है, जब इस समाज का होने के कारण, इस समाज के हित को ध्यान में रखकर इस समाज के ढंग से निष्पक्ष, निर्भय और निर्वैर रहकर राय व्यक्त हो। यह वोटरों से लिया गया मत, समाज का मत नहीं। यह 'लोकमत' तो बिलकुल है ही नहीं।

लोकमत—लोकतंत्र लोक का तंत्र है, लोकतंत्र में लोक का मत चाहिए। लोक का मत एक होता है। अनेक मत लोक का मत नहीं बनते। केवल जन-जन का मत लोक का मत हो ही नहीं सकता। लोक में केवल वर्तमान के लोक नहीं, अतीत के पुरखे भी हैं, भविष्य की संतानें भी हैं। केवल जन नहीं पशु भी हैं, पक्षी भी हैं, पेड़-पौधे भी हैं। सबका सोच और संबंध है, सबका कर्म और व्यवहार है। सभी कुछ इसमें समाहित है। इस लोक की चेतना को, इसकी इच्छा को, इसकी दृष्टि को कैसे समझा जाए? इस

लोकमत को कैसे पहचाना जाए? भारत में इसका सहज ढंग चला है।

भारत में पूज्य संत, पूरे देश के गाँव-गाँव और व्यक्ति-व्यक्ति को समझते और सँभालते हुए विचरण करते हैं। उन्हें पूरे देश की प्रकृति, वृत्ति और व्यवहृति समझ में आती रहती है। सभी संतों के दिव्य-समागम में चर्चा होती है, चिंतन होता है। वे देश की नब्ज समझते हैं। लोक की राय पकड़ में आती है। पशु-पक्षियों से पेड़-पौधों से, पर्यावरण से उनका निकट का संबंध होता है, उनकी अनुभूति और अभिव्यक्ति समझते हैं। इस सबको लेकर वह लोक का मत ले, बताते हैं।

केवल संत नहीं भारत के विद्वान् प्रवास करते हैं। चिंतन करते हैं। प्रमुख लोगों से संवाद करते हैं। पढ़ते हैं और सबको सुनते हैं। वे लोक-भावना और लोक-चेतना को परखते हैं। उनका मत पूज्य संतों के समान ही महत्त्वपूर्ण है। वह लिया और समझा जाता रहा है।

विद्वान में भी, व्यवस्था-सुरक्षा, आंतरिक-सुरक्षा आदि के विशेषज्ञ बहुत गहराई से देश के हाल पर विचार करते हैं। उनका निष्कर्ष कहीं अधिक महत्त्वपूर्ण होता है। इसलिए उनको संतों और विद्वानों के साथ रखना अति आवश्यक है।

राष्ट्र-चेतना में पलनेवाले और राष्ट्र-जागरण में लगनेवाले, देशभक्त मनीषियों से देश के विषय में राय लेना और उसके आधार पर लोकमत बनाना अति आवश्यक है। उनकी उपेक्षा उचित नहीं। वे लोकमत के आवश्यक साधक हैं।

अंत में आता है लोक का जन। उनका मत समझा जाए। सभी को मिलाकर लोकमत का रूप सामने आता है। इसमें कोई काल, कोई वर्ग, कोई प्राणी, कोई पेड़-पौधा, कोई कर्म छूटता नहीं। सब पर चिंतन करते हुए जानें कि लोक राम-मंदिर चाहता है या बाबरी-मसजिद। पता लगाएँ भारत का लोक रामसेतु चाहता है या रामसेतु का ध्वंस। जानें भारत का लोक गौहत्या चाहता है या कि गौहत्या-बंदी। समझें भारत का लोक 'भारत माँ' समझता है या कि 'इंडियन यूनियन'। भारत के लोकमत से फूटनेवाली जिंदगी को जिएँ। अमेरिका, रूस, चीन और अरब की जिंदगी को कुरसी के लालच में भारत की जिंदगी न बनाएँ।

□

लोकमत से बनी सत्ता

लोक-व्यवस्था के लिए सत्ता होगी। सत्ता व्यक्तियों के हाथों में होगी। ये व्यक्ति किसी-न-किसी दल के होंगे। अच्छा स्वरूप लोकतांत्रिक राजनीति का वही रहेगा, जिसमें अनेक नहीं, दो दल हों। लोकमत पर परखने और चुनने के लिए प्रत्याशी से पूर्व दल को देखना होगा।

दल के सदस्य दल का सगुण रूप होते हैं। वे दल की पहचान बनते हैं। साम्यवादी दल का चरित्र और चेहरा, चिंतन और आचरण, साम्यवादी दल के सदस्य और नेता बिन पूछे ही अपनी भाषा, अपनी भूषा, अपनी शैली, अपने व्यवहार में प्रकट करते मिलेंगे। भारतीय जनता पार्टी के सदस्य और उसके नेता, साम्यवादी सदस्यों और नेताओं से नितांत भिन्न और अलग पहचान के मिलेंगे। नेता का नाम लो और उसका दल आँखों के सामने आप तिर जाएगा। सामान्य-व्यक्ति भी इसे जान लेते हैं, देश के विशिष्ट लोग तो भलीभाँति समझते हैं।

लोकमत समझने का सर्वाधिक सशक्त और महत्त्वपूर्ण स्तंभ है 'साधुमत'। चरित्र और आचरण के महान् व्यक्ति, अपनी लोकनिष्ठा और राष्ट्रभक्ति के शिखर-पुरुष, निष्पक्षता और निर्भयता के लिए जीवन-अस्तित्व ये साधु, व्यक्तियों और दलों को अपनी दृष्टि से देखते और समझते हैं। ये देखें, कौन सा दल लोक की धरती से कितना जुड़ा है, देश की चेतना से कितना भरा है, त्याग और साधना से कैसा पगा है, समर्पण और भक्ति से कितना बँधा है, चरित्र और व्यवहार से कितना श्रेष्ठ है। देश हित में है या देश को ध्वस्त करनेवाला है। इनकी पसंद दल को जब हरी झंडी दे, तब दल आगे बढ़े।

साधुमत से निकलते ही विद्वत्मत दलों को कसौटी पर कसे। दल के सिद्धांत, दल की नीति, दल के नियम, दल के घोषणा-पत्र, दल के विचारक, विचारकों के दृष्टिकोण, उनके चिंतन का उभरता स्वरूप, सभी कुछ ये विद्वान देखें और समझें कि उनके विचार जातिगत हैं, क्षेत्रीय हैं, मजहबी हैं, लेने और छीननेवाले हैं, विदेशपरक हैं, भूख से भरे

हैं या राष्ट्रवाद के हैं, लोक के हैं, संपूर्ण समाज ही नहीं उससे भी आगे समग्र–लोक के हैं, करने और देने के हैं, दान के हैं, सर्वहितकारी हैं, संघर्ष के हैं या कि साधना के हैं, मानव धर्म के हैं या कि मानव राइट के हैं। विचार करें कि देश के लिए कौन से दल ठीक रहेंगे। इनका निर्णय दल को आगे बढ़ाएगा।

इन आगे बढ़े हुए दलों को राजनीति–विशेषज्ञों का दल, परखे। क्या ये दल देश की आंतरिक नीति, अर्थ नीति, कृषि नीति, उद्योग नीति आदि के साथ देश की विदेश नीति, देश के अंतरराष्ट्रीय संबंधों की नीति, युद्ध नीति आदि के परिपक्व चिंतक और व्यावहारिक दृष्टि से समर्थ हैं। इनका निर्णय दलों को आगे विचार के लिए प्रस्तुत करे।

इनके निर्णय के बाद राष्ट्र–चेतना और राष्ट्र–संस्कार से जुड़े राष्ट्र के महान् विचारक तथा संत राष्ट्र में सेवारत श्रेष्ठ लोग विचार करें कि ये दल राष्ट्र चेतना से कितना संपृक्त हैं, राष्ट्रभक्ति और लोक–चेतना प्रकट करते हैं या नहीं, कहीं विदेश ही तो इनके जीवन का सर्वस्व नहीं है। योग्य निर्णय दें। यहाँ से निकले, तो ये दलों का निर्णय तो पूरा हो चुका होगा। कौन से दो दल राजनीति सँभालें। इनके प्रत्याशियों को जिन्हें दल नहीं, प्रत्याशी नहीं, यही पाँचों मंत निश्चित करेंगे, आगे निकालें। जनमत हो और जो जीतकर आएँ वे सरकार बनाएँ।

इस कसौटी पर दल, दल की विचारधारा, दल की निष्ठा और दल के प्रत्याशियों की क्षमता, चरित्र, व्यवहार, त्याग, समर्पण, राष्ट्रभक्ति सभी कुछ जँच जाएगा। जो लोक–चेतना के हाथों निकलकर आएगा। केवल जन नहीं, पूरे लोक की चेतना, उन्हें परखेगी। सही अर्थों में लोक ही सर्वोत्तम–शक्ति 'लोक' को सँभालेगी। राम आएँगे, कृष्ण आएँगे। लोकतंत्र होगा।

□

लोकतंत्र में राइट्स

हिंदुस्थान की किसी भाषा में 'राइट' शब्द का भाव और अर्थ व्यक्त करनेवाला कोई शब्द नहीं है। जिस हिंदी शब्द 'अधिकार' को राइट शब्द के स्थान पर प्रयोग किया जाता है उसका अर्थ और भाव राइट शब्द के अर्थ और भाव से ठीक विपरीत है। 'अधिकार' शब्द 'कृ' धातु से बना है, इसमें 'अधि' उपसर्ग लगा है। 'कृ' का अर्थ होता है 'करना' और 'अधि' उपसर्ग बताता है कि वह कर्म करना, जिसके लिए करनेवाला बनाया गया है। अर्जुन युद्ध करने के लिए बनाए गए हैं तो 'युद्ध करना' अर्जुन का अधिकार है, 'फल देना' कृष्ण का अधिकार है।

भारत की संस्कृति ही करने की संस्कृति है, देने की संस्कृति है। ब्रह्मांड के तीन स्तर हैं—व्यक्ति, समुदाय और प्रकृति। तीनों के विकास के लिए अधिकार नहीं, कर्तव्य का पथ है। व्यक्ति विकास के लिए आश्रम-पद्धति है। ब्रह्मचर्य आश्रम में व्यक्ति अपना विकास करता है। शारीरिक विकास, बौद्धिक विकास, हार्दिक विकास, आत्मिक विकास और सेवा पथ पर साधना का विकास भी गुरु चरणों में बैठकर करता है। कहीं भी लेना और छीनना-दबोचना न तो सिखाया जाता है और न वह सीखता है। कर्म ही उसका विकास पथ बनता है। इससे आगे बढ़ गृहस्थ आश्रम में आ व्यक्ति संबंधों के दायित्व में बँधता है। माता-पिता के प्रति दायित्व, भाई-बहन के प्रति दायित्व, परिवार के प्रति दायित्व, पत्नी और बच्चों के प्रति दायित्व उसके कर्म विस्तार का रूप बनते हैं। यहाँ तो उसे करना-ही-करना सिखाया जाता है। राइट की माँग उसे नहीं पढ़ाई जाती। गृहस्थ आश्रम के धर्म-पालन में जो समस्याएँ आती हैं, उनका समाधान वानप्रस्थ आश्रम में खोजा जाता है और संन्यास आश्रम में सभी को समाधान बताते, समझाते हुए विचरण करना होता है। चारों आश्रमों में व्यक्ति अपना विकास करता है। अपना कर्म करता है। किसी आश्रम का कोई राइट नहीं होता। न किसी आश्रम में चल रहे व्यक्ति का कोई राइट होता है। आश्रम-पद्धति केवल कर्तव्य की शिक्षा देती है तथा उस पर चलने को

प्रेरित करती है। समुदाय के स्तर पर वर्ण-व्यवस्था आती है। किसी भी वर्ण का कोई राइट नहीं है। कर्तव्य सभी का है। कर्तव्य व्यक्ति को नहीं पूरे लोक को साधने के लिए है। ब्राह्मण अपने भोजन की, अपने वस्त्र की, अपने रहने की, अपनी सुरक्षा की चिंता नहीं करता। उसे चिंता है—लोक के शिक्षण की। 'ब्राह्मण का धन केवल शिक्षा', पढ़ना-पढ़ाना ही, उसका धर्म है। कहीं लेना, छीनना नहीं। कर्तव्य की ही शिक्षा दी जाती है। क्षत्रिय को लोकरक्षा का दायित्व दिया गया है। वह समाज की सभी प्रकार से रक्षा करता है। बाहर के आक्रमण से रक्षा करता है, आंतरिक सुरक्षा रखता है। सारी शक्ति इस रक्षा में लगाता है। उसका जीवन इसी कर्म के लिए है। कहीं लेता नहीं। उसे भी राइट नहीं पढ़ाया जाता है। वैश्य अपनी सारी सामर्थ्य समाज के भरण-पोषण में लगाता है। यही उसका कर्म है। सदैव से वह इसी में लगा रहा। उसे भी अपने धर्म की ही शिक्षा दी गई। जो ब्राह्मण, क्षत्रिय और वैश्य अपना-अपना धर्म नहीं निर्वाह करते, दायित्व में रत नहीं रहते, वे शूद्र कहलाते हैं। क्योंकि जन्म से सभी शूद्र होते हैं 'जन्मना जायते शूद्रः, संस्कार द्विजमुच्चते।' अपने प्रदत्त-दायित्व का निर्वाह करते हुए सभी लोक-सेवा और लोक-साधना में लगे रहते हैं। कहीं राइट के लिए न तो माँग करते हैं और न संघर्ष की नौबत आती है।

तीसरा स्तर प्रकृति का है। प्रकृति सतत कर्मपथ पर चलती है। धरा का घूमना थमता नहीं। वायु का बहना रुकता नहीं। मानसून का आना-जाना लगा ही रहता है। इस कर्तव्य निर्वाह में बाधा न पड़े। प्रकृति-धर्म अबाध रूप से चलता रहे। इसलिए हमारे यहाँ चार पुरुषार्थ बनाए गए हैं—धर्म, अर्थ, काम और मोक्ष। इन्हीं पर चल मनुष्य की यात्रा पूरी होती है। अर्थ है और काम भी, किंतु अर्थ का अर्जन और व्यय तथा इच्छाओं का उभरना और उनकी संतुष्टि पाशविक ढंग से नहीं, धर्माधारित ही होनी चाहिए। धर्म पर ही अर्थ और काम का क्षेत्र टिका है। मोक्ष की कामना भी और उपासना भी धर्मानुसार ही चाहिए। पूरे का पूरा मानव जीवन कर्मयात्रा का जीवन है। कर्तव्य की डगर है। कभी राइट का भाव न तो सिखाया गया और न ही 'जीवन' राइट यात्रा का जीवन है। कर्तव्य की डगर है। कभी राइट का भाव न तो सिखाया गया और न ही उदित हुआ।

मानव के कर्म का विस्तार केवल मानव समाज तक ही नहीं प्रकृति के समग्र व्याप को सँभालनेवाला रहा है। पशु-पक्षियों के प्रति उसका दायित्व फैला है, पेड़-पौधों के प्रति उसका कर्म बढ़ा है। नदी, तालाब, पर्वत और सागर भी उस कर्म से अछूते नहीं हैं। कर्म ही जीवन है। इसी कर्म-साधना में वह सतत रत है। कर्म धर्म का रूप ले जब जन-जन में चलता है, तो बच्चों की माँ-बाप से, भाई-बहन से कुछ माँगने की इच्छा भी नहीं हो पाती और इच्छा जगी तो झठ पूर्ण। शिष्यों का गुरुजनों से राइट के रूप में कभी लेने

का प्रश्न ही नहीं उठ पाता। माँ-बाप और भाई-बहन, इतना देते और उड़ेलते हैं कि बच्चे कल्पना भी नहीं कर सकते।

गुरुजन इतना पढ़ाते-सिखाते, चलाते हैं और पागल बन शिष्यों के पीछे उनके निर्माण के लिए लगे रहते हैं कि शिष्य कभी सोच भी नहीं सकते। समाज इतना व्यक्ति-व्यक्ति और इकाई-इकाई को देता और सँभालता है कि व्यक्ति सोचता तक नहीं। वृक्ष लगाना, तालाब खुदवाना, कुएँ खुदवाना, धर्मशाला, विद्यालय, अनाथालय बनवाना, बाजार, मेले लगवाना, घाट बनवाना, निर्धनों को भोजन, वस्त्र, साधन बँटवाना आदि इतना कर्म-साधना के पथ पर चलता है कि राइट की दृष्टि नहीं पैदा होती।

साधनों का, अवसरों का, आनंद का, संबंधों का, सम्मान और प्यार का, श्रद्धा और भक्ति का मिलना लक्ष्य है। यह कैसे हो? दो रास्ते हैं। एक है देने का और दूसरा है राइट के नाम पर लेने का। भारत देने का रास्ता अपनाता है। यह लोकदृष्टि है। हम लोक के साधक हैं। अपने को बनाए रखते हैं, साथ में अपने से अधिक परिवार को बनाए रखने में खपते हैं, आगे बढ़ संबंधियों और समाज को बनाए रखने का पूरा धर्म-निर्वाह करते हैं। पूरी जिम्मेदारी निभाते हैं। यहाँ थमते नहीं, आगे चलते हुए देश और दुनिया को समेट समग्र-सृष्टि की साधना में रत रहते हैं। व्यक्ति, परिवार, संबंधी, समाज, राष्ट्र और दुनिया सभी इकाइयाँ इसी कर्मप्रवाह में बहती हुई सभी को साधने के दायित्व में बँधी रहती हैं। यह धर्मपथ है।

इस पथ पर चलने से देनेवाले में प्यार और श्रद्धा का भाव उमड़ता है। अपनेपन का संबंध सधता है। अपने होने का दायरा सतत बढ़ता जाता है। कहीं ईर्ष्या, द्वेष, घृणा विरोध, हिंसा, बुराई, शोषण का प्रश्न नहीं आता। सर्वत्र सुख, शांति और आनंद बिखरता है। प्रत्येक इकाई अपनी सामर्थ्य, अपनी योग्यता और अपने स्वभाव के अनुकूल आगे बढ़ती जाती है। इसी बढ़ते विकास के बल लोक समुत्कर्ष को प्राप्त होता है।

ठीक इससे विपरीत विदेशी-सोच में, डेमोक्रेसी तंत्र में राइट का भाव चलता है। यहाँ कर्म नहीं, लेने और छीनने का ज्वार उमड़ता है। बच्चों को पढ़ाया जाता है—'बाल अधिकार'। बाजार में रटाया जाता है—'ग्राहक जागो', श्रम क्षेत्र में बोया जाता है—'दुनिया के मजदूरों एक हो।' शिक्षकों को भी समझाया जाता है—'चाहे जो मजबूरी हो, हमारी माँगें पूरी हो', राजनीति के आँगन में सर्वत्र यही राइट की आँधी चलती है। कोई क्षेत्र इस आँधी से अछूता नहीं। बताने और समझने का रास्ता नहीं चलता। बताएँ 'गुरुजन' कि अपने धर्म का पालन करो, 'विक्रेता अपने धर्म का पालन करो', 'कर्म ही पूजा है'। 'कर्म ही राम बनाता है, कर्म ही कृष्ण बनाता है'। 'कर्म का सम्मान करो, शोषण नहीं, पोषण करो'। 'राजनीति राष्ट्र साधना है, सत्ता-भोग नहीं, लोकहित समर्पण का पथ है।' सत्ता पथ पर राम पत्नी का भी त्याग करते हैं, चाणक्य वन में झोंपड़ी में

रहते हैं—'राष्ट्रसेवा के लिए संघर्ष नहीं, समर्पण करो।' डेमोक्रेसी सेवा, समर्पण, संस्कार, साधना और समग्र पोषण का पथ नहीं, पाशविक-भूख, स्वार्थ, विकृति, संघर्ष, शोषण और हिंसा का पथ है। इसमें व्यक्ति जागता है और अपनी भूख के लिए जागता है। लोक ओझल होता है और व्यक्ति की भूख का शिकार बनता है। लोकतंत्र चाहिए, लोकहित-समर्पण चाहिए।

लोकतंत्र में राइट का प्रश्न ही नहीं उठता। राइट तो राइट्स के जनक हैं। ये लोक के विरोधी हैं। करने और देने के नहीं, लेने और छीनने के आदी हैं। इनमें केवल अपना स्वार्थ ही नहीं, लोक का विनाश निहित है। जो विद्यार्थी कभी कक्षा में पढ़ता तो था ही नहीं, सतत कट्टा और कारतूस के बल सड़क पर शासन करता रहा, वही इस राइट की कोख से निकली डेमोक्रेसी में, अपना राइट ले विधायक बनता है, मंत्री बनता है, सांसद बनता है और वह सब करता तथा उड़ेलता है जो उसकी पाशविक-भूख, सड़क पर सीखी जिंदगी और उसके आकाओं की अपराधसनी नसीहत करवाती है। चपरासी और मजदूर भी न बन सकनेवाला इस राइट के रथ पर चढ़ मंत्री और प्रधानमंत्री बनता है। लोकतंत्र में भरत जैसा महान् तपस्वी, त्यागी और कर्मवीर भी, लोकहित में अपने को सत्ता से दूर रख, लोक-चेतना के समग्र स्वरूप राम को राजा मानता है और सबकुछ कर्म, धर्म, लोक-कल्याण के लिए उन्हीं के चरणों में समर्पित करता है। लोकतंत्र लोकहित-समर्पण की पावन गंगा है, डेमोक्रेसी राइट की कोख से निकली पाशविक-भूख की गंदी नाली है। लोकतंत्र में राम राज्य करते हैं और डेमोक्रेसी में छविराम (भयंकर अपराधी) राज्य करते हैं।

लोकतंत्र में कर्म का समग्र उदात्त स्वरूप विकसित है, आचरित है और है पूज्य। कर्म के कारण ही राम 'भगवान् राम' बन सामने आते हैं। साक्षात् वह धर्म के विग्रह हैं। पुत्र का कर्म, भाई का कर्म, पिता का कर्म, पति का कर्म, मित्र का कर्म, शत्रु का कर्म, राजा का कर्म, सभी क्षेत्रों का कर्म अपने पूर्णत्व में राम के आचरण में निखरा है। कर्म का वह जीवंत संदेश हैं तभी उनका राज्य रामराज्य है, लोक-राज्य है। सामने आते हैं, 'कर्म' का पाठ पढ़ाते हैं। केवल सुनाते नहीं, करके दिखाते हैं। गीता इसी कर्म का उपदेश है। चाणक्य का कर्म, शिवा का कर्म, गांधी का कर्म यही कर्मपथ पर चलने का पाठ है। राइट की भूख का पाठ न राम ने पढ़ा; न राम ने पढ़ाया, न कृष्ण ने सिखाया; न चाणक्य ने बताया, न शिवा ने समझाया और न गांधी ने कभी उपदेशित किया। सर्वत्र कर्म की गंगा बहाई। बस सबका हित।

□

लोकतंत्र का आदर्श 'रामराज्य'

लोकतंत्र लोकचेतना का तंत्र है और राम चेतना के सगुण स्वरूप हैं। समग्र लोक उनमें बसता है और लोक के कण-कण में वह रमते हैं। वह सभी में रमे हुए राम हैं। उनका चिंतन लोक का चिंतन है और उनका आचरण लोक का आचरण है। उनकी दृष्टि लोकदृष्टि है। लोक को छोड़ वह रह नहीं सकते। वह स्वयं कहते हैं कि मैं लोक के लिए सर्वस्व त्याग सकता हूँ, सीता को भी छोड़ सकता हूँ। केवल कहते ही नहीं छोड़ते भी हैं। लोक के सामने वह बौने हैं। लोक बोलता है और वह उसे स्वीकार आचरित करते हैं। वह नायक नहीं, जननायक नहीं, लोकनायक हैं। और लोकनायक समग्रता में हैं। लोकनायकत्व का कोई भी पथ और कोई भी अंश उनसे बचा नहीं। वह हैं तो लोक है। लोक उनमें बोलता है, लोक उनमें चलता है, लोक उनमें कर्म करता है। लोकत्व श्रेष्ठत्व शिखर बन उनमें विराजा है। वही सबके आदर्श हैं।

इस लोकतंत्र में राजनीति राज्य को सँभालती है, तभी तो राजनीति कहलाती है। वह राजती है। भारत इस राजनीति को मस्तिष्क से नहीं संचालित करता। मस्तिष्क तो साथ चलता है, संचालन की लगाम आत्मा के हाथ में रहती है। हृदय अपना काम करता है और मस्तिष्क अपना। आत्मा परमात्मा का अंश है। इसकी राह धर्म की राह है। इसलिए राजनीति केवल शासन की नीति नहीं, राज्य के पालन और पोषण की नीति है, जिसके लिए 'स्व' का पूर्ण समर्पण करना पड़ता है। राज्य इकाई की धड़कन बन राज्य-जीवन के लिए सुखद-जीवन के लिए धड़कना पड़ता है, तभी तो यहाँ राजनीति नहीं, 'राजधर्म' चलता है जिस पर चलने का अर्थ, अपनी नहीं, राज्य की यात्रा होता है। राज्य का दुःख अपना दुःख और राज्य का सुख अपना सुख होता है।

राजसत्ता भोग नहीं है। अधिकार (राइट) की आँधी से इसे बचाया गया। राजधर्म कोई सामान्य कर्म नहीं, केवल प्रशासन नहीं, जनता पर शासन नहीं, यह तो संपूर्ण राज्य में जीना और अपने जीवन से प्रतिपल इसे सींचना है, वह भी उत्तम से उत्तम रूप में

जिसे निभाना प्रत्येक का काम नहीं। भरत कहते हैं कि यदि हठ कर मुझे राज्य दोगे तो धरती रसातल को चली जाएगी। यह राज्यसत्ता साध्य नहीं, ऐसी साधना है जिसे प्रत्येक नहीं कर सकता। रामराज्य में यह साधना पूरेपन में निखरी है।

'रामराज्य' आदर्श राज्य बना और 'राजा राम' आदर्श राजा। उनकी राजनीति सर्वहितकारी नीति बनी, शत्रु भी जहाँ सुखी रहे। लोकरंजन का ऐसा स्वरूप कहीं देखने को नहीं मिलता। यह राजधर्म है, जिसका पालन अपनी पूर्णता में हुआ है। इसका प्रकाशन मंत्रों के बोध से, राजगुरु की व्याख्या से, संतों के संकेत से, पंचों की राय से, जनता के मत और सर्वाधिक महत्त्व वाले लोकहित भाव से होता है।

महत्त्व तंत्र को संचालित करनेवाली दृष्टि का है, तंत्र संचालित करनेवाली भावना का है, तंत्र को संचालित करनेवाली धारणा का है, तंत्र को नियंत्रित और निर्देशित करने वाली शक्ति का है। सर्वतंत्र ही क्यों न हों यदि वह मूर्खों और धूर्तों का बना है तो हित कैसा? बहुतंत्र में बहुतों की राय हो सकती है किंतु वह स्वार्थसनी विकृत राय हुई तो कल्याण कैसा? अल्पतंत्र में छँटकर लोग आएँगे, परंतु सत्ता लोलुप और भ्रष्ट लोगों को मिली तो हित कैसे होगा? एकतंत्र रहा और वह एक व्यक्ति अक्षम और गिरा हुआ निकला तो समाज का क्या होगा? इसलिए सँभालकर चलना है। राजा दशरथ वृद्ध हो रहे हैं। अपने बच्चों को परख रहे हैं। बच्चों के प्रति जनता की रुचि को समझ रहे हैं। एक-एक घटना को निकट से देखते हैं। विश्वामित्र के साथ राम राक्षसों से यज्ञ की रक्षा करने जाते हैं। वह रक्षा करते हैं। जनक की सभा में धनुषयज्ञ में राम धनुष का भंजन कर अपनी सामर्थ्य ही नहीं प्रकट करते, अपनी विनम्रता, अपनी शालीनता, अपनी व्यवहार-कुशलता और अपनी दूरदृष्टि से सबको प्रभावित करते हैं। राजा दशरथ उनकी शक्ति, उनकी बुद्धि, उनकी सहृदयता, उनकी मर्यादापालन की दृष्टि और उनकी आत्मीयता का भलीभाँति आकलन करते हैं। निष्कर्ष निकालते हैं कि राम ठीक हैं, तब अपने कुलगुरु वशिष्ठ के पास जाते हैं और राम की योग्यता को प्रमाणित कर उन्हें युवराज पद देने की अनुज्ञा माँगते हैं। आज्ञा प्राप्त कर लेना ही पर्याप्त नहीं। वह आज्ञा प्राप्त कर लेने के बाद राज्यसभा में अपने प्रस्ताव को रखते हैं—

जौं पाँचहि मत लागै नीका। करहु हरषि हियँ रामहि टीका॥

राजा का, कुलगुरु का, पंचों का मत मिल भी जाए परंतु लोक-दृष्टि के विपरीत हो, लोकहित के प्रतिकूल हो, धर्म से अलग हो तो ऐसा मत चलता नहीं, निभता नहीं। राम के वनगमन के पश्चात् भरत को राजा बनाने के लिए, राजा दशरथ का आदेश है, पिता दशरथ की आज्ञा है, गुरु वशिष्ठ का निर्देश है, वैधानिकता कहीं बाधक नहीं, रास्ता दिखाती है, सभी की राय होती है, परंतु भरत नहीं स्वीकारते। ग्लानि से गलते हैं। जिसे सब चाहें, जो सर्वोत्तम है, जो सबके लिए सुखकर है, जो जन-जन में ही नहीं,

कण-कण में प्रत्येक क्षण रमता है, उसे कैसे हटा दिया जाए? यह लोक-कल्याण के विपरीत है। यह धर्म विरुद्ध है। भरत कहते हैं—

मोहि राजु हठि देइहहु जबहीं। रसा रसातल जाइहि तबहीं।

राजपद भोग का पद नहीं, धर्म का वह स्थल है, जहाँ चलना प्रत्येक की सामर्थ्य नहीं। बिरले ही यहाँ ठहरते हैं।

इसलिए धर्माधारित श्रेष्ठ व्यक्तियों के लिए यह आकर्षण का स्थल नहीं। यह तो दायित्व-निर्वाह का सर्वाधिक चुनौती भरा कठिन स्थल है। सत्ता सँभालनेवाले का प्रत्येक आचरण ही नहीं, प्रत्येक सोच तक सीधा समाज से बँधा है। राजा की सोच अच्छी है तो सर्वत्र सुख और शांति है, सोच बुरी है तो विपन्नता है; दु:ख है; अशांति है। धर्म-साधना के लिए; लोकयात्रा के लिए इसे क्यों पकड़ा जाए? यह तो 'लोक' सौंपेगा। लोक कार्य करवाएगा। तभी तो राम वनगमन की आज्ञा पर दु:खी नहीं होते, प्रसन्न हैं।

पिताँ दीन्ह मोहि कानन राजू। जहँ सब भाँति मोर बड़ काजू॥

वह समझते हैं कि वन में उनका श्रेष्ठतम विकास है। अपने लिए वन में दायित्व-निर्वाह का अवसर अधिक उपकारी और सुखकर समझते हैं। भरत भी अपनी दृष्टि रखते हुए जनता से कहते हैं—

मोहि नृप करि भल आपन चहहू सोउ सनेह जड़ता बस कहहू॥

भरत को राज्य से कोई लगाव नहीं। राम कहते हैं—'भरतहि होइ न राजमदु बिधि हरि हर पद पाइ।' राजसत्ता तो गेंद बनी इधर-से-उधर लुढ़क रही है। दोनों भाई दूर भाग रहे हैं। सत्ता से दूर अवश्य भागते हैं, किंतु दायित्व का त्याग नहीं करते। वनगमन करते हुए राम लक्ष्मण को समझाते हैं—

जासु राज प्रिय प्रजा दुखारी। सो नृपु अवसि नरक अधिकारी॥

लोक चिंता उन्हें सदैव रहती है।

राजा राम के राजधर्म में सतत लोक का आराधन है। उनके कार्यों में लोकेच्छा का ध्वनन है। उनके आचरण में लोकेच्छा का नियंत्रण है। वह व्यक्ति राम नहीं, राजा राम हैं। राजा राम के सामने व्यक्ति राम बौने हो जाते हैं। अपने प्रजा प्रेम और लोककल्याण की भावना के कारण ही राम सीताजी की निंदा करनेवाले धोबी और उसके समर्थकों के सभी पाप नष्ट कर देने के पश्चात् अपने धाम में बसा देते हैं। शत्रु भी राम की प्रशंसा करते हैं—

'बैरिउ राम बड़ाई करहीं'। वह जनता से कहते हैं—'जो अनीति कछु भाखौं भाई। तो मोहि बरजउ भय बिसराई॥'

वह लोकहित के वाहक हैं।

राम समष्टि के उपासक, प्रजा के रक्षक और कर्म के साक्षात् स्वरूप हैं। राजमद

की विकृत लहरें उन्हें कहीं स्पर्श तक नहीं करतीं। पूज्य बापू इसीलिए रामराज्य की कल्पना सँजोए थे। उनके राज्य में सदैव लोक धर्म रहा है—

'दैहिक दैविक भौतिक तापा। राम राज काहूहि नहिं व्यापा॥'

'बयरू न कर काहू सन कोई। राम प्रताप विषमता खोई॥'

'सब नर करहिं परस्पर प्रीती। चलहिं स्वधर्म निरत श्रुति नीती॥'

राम विनम्रता के साक्षात् स्वरूप हैं। कहाँ वह अपनी सामर्थ्य बताते हुए कहते हैं—'जौं मैं राम त कुल सहित कहिहि दसानन आइ।'

और एकदम परशुराम के समक्ष कह उठते हैं, 'हमहिं तुम्हहिं सरिवर कस नाथा। कहहुन कहाँ चरन कहँ माथा॥'

निर्भीकता मानस में भरी है—'कालहु डरहि न रन रघुबंसी।' परंतु मर्यादा साथ रहती है। सुखेच्छा को रौंदते हुए कर्तव्य को पकड़कर चलते हैं। उनका संकल्प कितना प्रेरक है—

'निसिचर हीन करऊँ महि भुज उठाइ पन कीन्ह।'

वह लोक के हैं और उसी के लिए कर्मरत हैं।

उनके तंत्र में लोक अनुभूति बोलती है। वह लोक को हृदय में बिठा, हाथ से कर्म करते हैं। लोक की पीड़ा को समझ एक-एक पग धर्म की डगर पर रखते हैं, कहीं लोक छूटता नहीं, इसीलिए उनके कर्म में लोक प्रकट होता है। केवट का मिलन हो, जटायु का मरण हो, गिलहरी का स्पर्श हो, विभीषण का राजतिलक हो, सर्वत्र लोक ही झलकता है। लोकयात्रा में ही उनका संचरण है और लोक के लिए ही पूर्ण समर्पण। लोकतंत्र के चारों तत्त्व उनमें समाहित हैं और तत्त्वों के आधार 'सर्वमिदं खलु ब्रह्म', 'आत्मवत् सर्वभूतेषु', 'सर्वभूत हितेरता' तथा 'इदं न मम, इदं राष्ट्राय' उनकी चेतना में विद्यमान है। वह व्यक्ति नहीं लोक हैं। तभी तो रामराज्य पूर्णता में लोकतंत्र है और लोकतंत्र का आदर्श है।